Janne Mommsen hat in seinem früheren Leben als Krankenpfleger, Werftarbeiter und Traumschiffpianist gearbeitet. Inzwischen schreibt er überwiegend Romane und Theaterstücke. Mommsen hat in Nordfriesland gewohnt und kehrt immer wieder dorthin zurück, um sich der Urkraft der Gezeiten auszusetzen.

JANNE MOMMSEN

Die kleine Inselbuchhandlung

ROMAN

Rowohlt Taschenbuch Verlag

6. Auflage November 2025

Veröffentlicht im Rowohlt Taschenbuch Verlag
Rowohlt Verlag GmbH, Kirchenallee 19, 20099 Hamburg
Zuerst veröffentlicht im Rowohlt Taschenbuch Verlag,
Hamburg bei Reinbek, April 2019

Zitatnachweis:
Die Zitate auf den Seiten 69, 217, 242 und 243 sind
entnommen aus: Reinhold Fuchs, «Liebe am Meer»
Pablo Neruda, «Liebesgedichte», München 2012
in der Übersetzung von Fritz Vogelsang
Daniel Keel (Hg.): «Das Ringelnatz-Lesebuch», Zürich 1984
Truman Capote, «Frühstück bei Tiffany», Reinbek bei Hamburg 1962

Umschlaggestaltung
HAUPTMANN & KOMPANIE Werbeagentur, Zürich
Umschlagabbildungen imago/imagebroker;
Hara Taketo/EyeEm/Getty Images
Satz aus der Plantin, InDesign,
bei Pinkuin Satz und Datentechnik, Berlin
Druck und Bindung CPI books GmbH, Leck
ISBN 978-3-499-29155-5

Kontaktadresse nach EU-Produktsicherheitsverordnung:
produktsicherheit@rowohlt.de

MIX
Papier | Fördert
gute Waldnutzung
FSC® C083411

Gewidmet
allen Buchhändlerinnen und Buchhändlern

1

Greta Wohlert schloss die Augen und setzte ihr freundliches Flugbegleiterinnen-Lächeln auf, das sie Tag und Nacht abrufen konnte. Dann griff sie zum Telefonhörer. «Herzlich willkommen an Bord unseres Lufthansa-Fluges nach Shanghai», ertönte ihre Stimme durch die Lautsprecher der Maschine. «Wir werden gleich starten. Bitte vergewissern Sie sich, dass großes und schweres Handgepäck sicher unter Ihrem Vordersitz verstaut ist.» Zum Glück sah sie in diesem Moment niemand, in ihrem Aufzug würde sie den Passagieren wohl Angst machen: Einige Strähnen ihrer blonden Haare hingen von der Stirn, die aufwendige Steckfrisur vom Morgen hatte nicht gehalten. Ihre dunkelblaue Uniformjacke mit dem Kranich-Emblem der Lufthansa und ihre weiße Bluse waren total zerknittert, die obligatorische Strumpfhose hatte sie ausgezogen, ebenso die hochhackigen Schuhe. Barfuß fühlte sich viel besser an.

Sie öffnete die Augen. Zum Glück hatte sie die Maschine bereits vor Stunden verlassen. Nun stand sie auf einem grünen Deich, der von der glühenden Abendsonne beschienen wurde. Vor ihr breitete sich das Meer bis zum Horizont aus, der Himmel war in roten und lila Pastelltönen marmoriert. Der erste Stern der kommenden Nacht leuchtete bereits auf sie herab.

Noch war sie nicht am Ziel. Das Paradies lag nur wenige Seemeilen von ihr entfernt: Auf der Insel gegenüber strahlten die weißen und roten Häuser in der Abendsonne, davor lag ein Streifen in kräftigem Ocker. Das war der Südstrand, an dem ihre Tante Hille wohnte, sie würde kommen und sie abholen.

Greta zog ihr Handy aus der Tasche, um Jana anzurufen. Natürlich wusste sie, dass eine Mutter, die sich ständig meldete, das Letzte war, wonach sich eine Neunzehnjährige sehnte. Sie wählte trotzdem ihre Nummer. Greta brauchte ihre Tochter gerade mehr als umgekehrt. Jana war vor einer Woche ausgezogen, um in Finnland Biochemie zu studieren. Auf der Mailbox meldete sich ihre Stimme auf Finnisch, was sich fremd anhörte. Ungeduldig wartete Greta den Pieps ab.

«Hier ist Mama», raunte sie. «Ich wollte dir nur sagen, ich stehe gerade am Fährhafen und fahre gleich rüber zu Tante Hille. Soll ich sie grüßen? Mach's gut, meine Süße.»

Ein typischer, unsinniger Muttertext. Was sollte Jana damit anfangen, dass sie bald bei Tante Hille war? Greta hätte einfach nur gern ihre Stimme gehört, das hätte sie getröstet. Es gab ja so einen Kalenderspruch, dass man jeden Tag genießen solle. Dieser Tag gehörte bestimmt nicht dazu – es war einer der schlimmsten ihres Lebens.

Heute Morgen waren ihretwegen auf dem Frankfurter Flughafen Blaulicht und Martinshorn aufgefahren worden, und der Transkontinentalflug des Airbus A 380 musste verschoben werden. Peinlicher ging es kaum: Das größte Passagierflugzeug der Welt mit der modernsten

Technik an Bord war an Flugbegleiterin Greta Wohlert gescheitert.

Vor dem Flug nach Shanghai waren sie und ihre Kolleginnen total ausgelassen gewesen, eine chinesische Flugbegleiterin hatte ihnen in der Bordküche ein paar Schimpfwörter in ihrer Sprache beigebracht – die sie natürlich alle falsch aussprachen, was deren abfällige Bedeutung noch einmal verschärfte. Anschließend hatte Greta das Catering kontrolliert, sämtliche bestellten Gerichte waren geliefert worden. Als die ersten Passagiere an Bord kamen, lagen sie mit den Vorbereitungen perfekt in der Zeit. Irgendwann schloss Greta die Kabinentür, und der Kapitän sagte über die Lautsprecher: «Ready.»

In diesem Moment war ihr schlecht geworden, und zwar so heftig, als hätte ihr jemand mit der Faust in den Magen gehauen. Ihr Bauch krampfte, das Herz raste. Als Ursache dafür hatte sie sofort den Fisch im Verdacht, den sie am Vortag am Frankfurter Römer gegessen hatte. Sie atmete so tief wie möglich ein und hielt den Hörer fest in der Hand, als sie die Fluggäste begrüßte: «Herzlich willkommen an Bord unseres Lufthansa-Fluges nach Shanghai», presste sie aus sich heraus. «Wir werden gleich starten.»

Sie brach ab und rang nach Luft. Alle Passagiere schauten irritiert in ihre Richtung, was den Stress noch erhöhte. Verzweifelt versuchte sie weiterhin, Luft zu holen, aber da kam nichts mehr! Ihre Knie wurden weich, sie glitt zu Boden. Ihre Kollegin Mia rief den Captain um Hilfe, der die Startvorbereitungen sofort abbrach und die Triebwerke der riesigen Maschine herunterfuhr. Eine andere Kollegin schob ihr behutsam ein Kissen unter den Kopf und legte eine Decke über sie. Dann hockte sie sich zu ihr und hielt ihr die Hand. Derartige Magenkrämpfe hatte sie noch nie in ihrem Leben gehabt, jeder Atemzug machte es schlimmer. Würde sie sterben?

Kurze Zeit später wurde die Kabinentür geöffnet, draußen flackerte Blaulicht von Feuerwehr und Krankenwagen – alles ihretwegen, was für ein Wahnsinn! Eine Hebebühne fuhr an den Airbus heran, zwei Sanitäter und ein junger Notarzt stürzten herein. Der Arzt hörte sie ab, prüfte Sauerstoffsättigung und Puls. «Hundertzwanzig im Ruhezustand, das ist entschieden zu viel», erklärte er besorgt. «Wir nehmen Sie mit.» Die Sanitäter legten sie auf eine Trage und brachten sie hinaus auf die Hebebühne, die man an den Airbus herangefahren hatte. Es tat gut, an der Luft zu sein, auch wenn es stark nach Kerosin roch.

Auf der Krankenstation des Flughafens beruhigte sich alles wieder, ihr Puls ging langsam herunter, sie atmete wieder normal. Die Ursache der Attacke blieb unklar, es konnte der Fisch gewesen sein, aber auch alles Mögliche andere. Der Arzt schlug ihr weitere Untersuchungen vor, doch darauf verzichtete sie. Sie lebte – bis auf kleine Sünden – einigermaßen gesund, was sollte da sein? Er schrieb sie für drei Tage krank und entließ sie dann.

Greta wusste, was ihr jetzt guttun würde. Sie begab sich auf direktem Weg zum Bahnhof unter dem Flughafen, zückte ihr Handy und rief Tante Hille an. Es tutete dreimal, dann kam ein rauchiges «Moin» aus dem Hörer. Allein wie sie dieses Wort aussprach, breit und kurz zugleich, klang so vertraut nach Meer, Sonne und Strand. Keine Stunde später saß Greta im nächsten Zug nach Hamburg, um von dort aus weiter zum Fährhafen zu fahren. Nur ein einziger Tag bei Tante Hille auf der Insel, und sie würde sich wieder auf null befinden. Übermorgen würde sie sich erneut bei der Lufthansa einklinken und den nächsten Linienflug nach Shanghai antreten, das hatte sie bereits mit der Zentrale vereinbart.

Als hätte jemand einen Zeitraffer angestellt, sank der glühende Sonnenball nun immer schneller ins Meer. Gretas Zehen spielten mit dem warmen, feinen Sand, der ihre Füße sanft massierte. Kaum zu glauben, dass sie sich noch heute Morgen in der abgeschlossenen Welt des Flughafens mit seinen spiegelglatten Böden bewegt hatte! Staubkörner wurden dort mehrmals am Tag mit großen Maschinen weggesaugt, die Luft wurde gefiltert, um im Hochsommer wie im frostigen Winter die gleiche Temperatur herzustellen. Seit über zwanzig Jahren begab sie sich in frisch gereinigter Uniform und makellosen Schuhen in diese künstliche Welt, um zu einer nahezu identischen Welt am anderen Ende des Erdballs zu gelangen, mit exakt derselben Temperatur, egal ob sie in der Sahara lag oder am Polarkreis.

Es war schwül geworden, am Himmel zogen noch mehr lila Wolken auf. Von gegenüber funkelten die Lichter der Insel in der Abenddämmerung zu ihr herüber. Der Ohlhörner Leuchtturm am Südstrand zwinkerte ihr zu, als wolle er sie persönlich einladen. Ihre Eltern, mittlerweile beide verstorben, stammten von hier und hatten lange hier gelebt, bevor sie kurz vor Gretas Geburt nach Frankfurt gezogen waren. Seit Gretas frühester Kindheit hatte die Familie jeden Urlaub hier verbracht. Für Greta war die Insel – gefühlt – mehr Heimat als Frankfurt, wo sie auch heute noch lebte. Das letzte Mal war sie vor drei Monaten hier gewesen. Morgen würde sie an die vertrauten Orte pilgern, in die Godelniederung, über die Dünen, und sie würde durch die flache Marsch wandern, wo sie der höchste Punkt in der Landschaft war.

Nachdem der Sonnenball verschwunden war, flackerte der Himmel am Horizont ein letztes Mal rot auf, dann wurde es schnell dunkel. Eine gute Dreiviertelstunde später hörte sie ein sattes Motorblubbern, das musste der Diesel von Tante Hilles altem Boot sein! Und tatsächlich, nach kurzer Zeit näherten sich die Positionslichter der «Ariadne 2» dem Kai. In der linken Hand hielt Tante Hille das große Ruder, mit der rechten winkte sie ihr lässig zu. Sie trug weiße Shorts und ein grünes T-Shirt mit einer maskierten Spider-Woman als Aufdruck: Die Comicfigur kletterte eine Wand empor und lächelte dabei verwegen.

Tante Hille hatte die siebzig bereits überschritten, besaß aber noch Energie für zwei. Greta liebte ihre große lange Nase und den Mund mit den rundlichen Lippen, das gehörte bei ihr so. Die roten Haare kannte Greta allerdings noch nicht, für ihren Geschmack waren sie ein bisschen *zu* rot. In ihrem großen offenen Holzboot wirkte die üppige Tante Hille beinahe etwas verloren, der weiß gestrichene Rumpf war zehn Meter lang und drei Meter breit. Das sogenannte «Börteboot» wurde normalerweise zum Ausbooten der Passagiere von ankernden Seebäderschiffen vor Helgoland eingesetzt und fasste bis zu fünfzig Menschen.

Vor dem Kai zog Tante Hille eine elegante Schleife und kam genau vor Greta zum Stehen. «Moin, mien Seuten», rief sie fröhlich, und ihre blauen Augen strahlten. «Schön, dass du da bist!»

Greta warf ihren Handkoffer an Bord und sprang hinterher. Auf den schwankenden Planken drückte ihre Tante sie erst einmal fest an ihren großen Busen. Greta roch das grasige Parfüm, das sie seit Jahren auftrug, und atmete auf. Jetzt konnte ihr nichts mehr passieren! Tante Hille war immer wie eine Mutter für sie gewesen, und das war nicht nur so dahergesagt: Gretas leibliche Mutter war verstorben, als sie ein Säugling war, Tante Hille war oft nach Frankfurt gekommen, um sie einzuhüten, oder sie waren bei ihr auf der Insel gewesen.

Sie beschloss, ihr erst einmal nichts von der Sache am Flughafen zu erzählen, sonst würde sie sich zu viele Sorgen machen.

Greta stellte sich neben ihre Tante, die das Ruder fest in der Hand hielt, und ließ sich den Fahrtwind ins Gesicht wehen. Die Nordsee gluckste, gurgelte und produzierte feine Luftblasen am Rumpf. Vom offenen Meer zog ein leichter Nebel herüber, die Sicht wurde schlechter. Aber Tante Hille blieb unverändert auf volle Kraft voraus, sie fand den richtigen Kurs in der Dunkelheit auch ohne technische Geräte. Greta ließ ihre Hand an der Bordwand hinabgleiten, tauchte sie ins kühle Wasser und rieb sich dann damit die Stirn. Schon als kleines Mädchen war sie stolz darauf gewesen, eine Tante mit einem großen Motorboot zu haben. Sie unternahmen herrliche Ausflüge in die friesische Insel- und Halligwelt, Tante Hille erzählte ihr dabei spannende Geschichten von Piraten, die mit genau jenem Boot auf Kaperfahrt im Wattenmeer gegangen waren.

Normalerweise war Tante Hille ein Mensch, der die Dinge ruhig angehen ließ, sie bügelte ihre Wäsche sorgfältig und hasste Sport jeder Art, abgesehen von langsamem Radfahren und gemächlichem Brustschwimmen. Nur auf See lebte sie ihre Sehnsucht nach der wilden Spider-Woman aus. Sie fuhr immer viel zu schnell, was zu Dauerärger mit der Wasserschutzpolizei führte. Tante Hille hatte das auf Insulanerart geregelt: Kein Wasserschutzpolizist der Insel musste in ihrem Textilladen («Wetter- und Brautmoden Wohlert») jemals auch nur einen Cent für seefeste Kleidung bezahlen.

«Ich habe große Sorge, ob du dich bei uns entspannen kannst», rief Tante Hille gegen den Motorlärm und runzelte die Stirn. «In letzter Zeit ist es bei uns auf der Insel gefährlich geworden. Ich kann dir nur raten, die Augen aufzuhalten.»

«Wovon redest du? Raub, Mord, Diebstahl?», fragte Greta erstaunt. Sie konnte sich nicht vorstellen, dass hier seit ihrem letzten Besuch plötzlich Zustände wie in Frankfurt oder New York herrschten.

«Amokläufer», raunte Tante Hille ihr zu.

Greta zuckte zusammen. «Davon stand bei uns gar nichts in der Zeitung.»

Tante Hille schaute ernst aufs Wasser. «Eine Kuh von Bauer Johannsen ist ausgebüxt und durch die halbe Stadt gerannt. Alle ihr hinterher, wie in dieser spanischen Stadt ...»

«Pamplona?»

«Genau.» Sie grinste. «Wir haben den Touristen erzählt, dass wir das jedes Jahr so machen und dass die Spanier das von uns Friesen geklaut hätten.»

Beide lachten.

«Die Urlauber glauben alles, oder?», fragte Greta. Sie

wusste auch, woran das lag: Wenn Friesen jemanden auf die Schippe nahmen, zeigten sie nicht die Andeutung eines Lächelns. Sie besaßen die Fähigkeit, das Lachen auf später zu verschieben.

«Und, was ist sonst so passiert?».

Tante Hille schaute sie verständnislos an. «Nichts.»

Greta schüttelte den Kopf. «Das kann nicht sein, irgendwas passiert doch immer.»

«Nicht auf der Insel! Die ganze Welt dreht sich schneller und schneller, aber bei uns bleibt alles, wie es ist. Wenn die Erde mal untergehen sollte, musst du sofort hierherkommen: Hier passiert alles fünfzig Jahre später.»

Greta bekam vor Freude warme Ohren. Einen besseren Ort konnte es für sie nicht geben.

2

Im kleinen Hafen der Insel drosselte Tante Hille das Tempo und ließ die Ariadne 2 behutsam an einen leicht verwitterten Holzsteg gleiten. Als sie den Motor ausstellte, hörte man nichts mehr, es war totenstill. Die Luft roch nach kühlem Meerwasser und nassen Tampen, alles mit einer feinen Dieselnote versetzt. Auf einem Poller saß eine Möwe, die Greta und ihre Tante beäugte, als wüsste sie, wer da gerade ankam. Die Insel war nicht einfach ein anderer Ort auf diesem Planeten – es *war* ein anderer Planet. Dicke Nebelschwaden umhüllten die reetgedeckten Fischerhäuser, als wollten sie sie abschirmen. Gegenüber dem Hafen lag die Segelmacherei «Stegmann & Sohn», die es genau an dieser Stelle schon seit über zweihundert Jahren gab. Greta sprang auf den Steg und befestigte mit ein paar gekonnten Griffen das Boot mit dem Tampen. Tante Hille hatte ihr sämtliche Seemannsknoten beigebracht, noch bevor sie lesen und schreiben gelernt hatte. Greta reichte ihr den kleinen Handkoffer hoch und hüpfte mit einem lässigen Sprung an Land. Am Steg wartete das Tandem auf sie, das Tante Hille letztes Jahr zusammen mit ihrer Freundin Karen gekauft hatte.

Tante Hille setzte sich nach vorne und übernahm den Lenker, Greta stieg hinter ihr auf den Sattel. So radelten sie gemeinsam an der Polizeistation vorbei, die flutsicher in einem alten Reetdachhaus auf dem Deich hinter dem Hafen untergebracht war. Im Schaufenster von «Fische-Godbersen», wo tagsüber der frische Fang in Styroporbehältern auf Eis präsentiert wurde, waren nichts als blanke weiße Kacheln zu sehen. Dahinter begann die Altstadt. Hier gab es den Bonbonladen, den Dessous- und Bademodenladen «Hemd und Höschen», «Schmuck-Dieter», «Frischmarkt Peters», Bäcker Hansen und Friseur Pohlmann sowie diverse Cafés.

Sie traten kräftig in die Pedale. Es war kurz nach zehn, und kein Mensch war in den spärlich beleuchteten, nebelverhangenen Straßen zu sehen. Neben dem stillgelegten roten Backstein-Leuchtturm aus dem vorigen Jahrhundert stand das Inselrathaus, das nicht breiter war als zwei hintereinander geparkte Autos. Daneben befand sich die Praxis von Dr. Sörensen, bei dem Greta mal als Kind gewesen war, als sie sich den Fuß mit einer Muschel aufgeschnitten hatte. Links davon lag die traditionelle Fischerkneipe «Bei Rita». Sie war schon geschlossen. Schließlich bogen sie auf die Promenade zum Südstrand ab. Etwas zu schnell, wie Greta fand, denn man konnte bei dem Nebel kaum etwas erkennen, sogar die große Kurklinik war in der Suppe verschwunden. Nur der Ohlhörner Leuchtturm blinkte verlässlich in der Dunkelheit.

Der Weg endete an einem Wäldchen, direkt davor stand Tante Hilles Haus. Ihr Vater, Gretas Opa, hatte es damals gebaut, und Tante Hille hatte hier nach seinem Tod weiter gelebt. Der massive zweistöckige Backsteinbau wirkte wie eine trotzige Burg. Unten befanden sich die Verkaufsräume des ehemaligen Textilladens, inklusive großem

Wintergarten, im ersten Stock wohnte Tante Hille, und im zweiten gab es eine windgeschützte Terrasse, von der aus man den Strand und die ganze Bucht überblicken konnte. Was das Haus zu einem echten Traumpalast machte, befand sich jedoch drinnen: Dort konnte man die Wände nicht einmal erahnen, es sah so aus, als würde das Gebäude allein durch Zigtausende Bücher gestützt! Sie waren an jeder nur denkbaren Stelle gestapelt: in Regalen, unter den Treppenstufen, die zum ersten Stock führten, in der Küche, im Badezimmer, überall. Tante Hille war eine so fanatische Leserin wie Gretas Großvater gewesen und hatte die Büchersammlung nach seinem Tod immer weiter aufgefüllt. Ihr Bücherhaus war für Greta in den großen Ferien ein Paradies gewesen. Man schnappte sich einfach ein Buch, setzte sich damit in einen Strandkorb oder legte sich auf die lederne Chaiselongue. Die gesamte Familie Wohlert lagerte dort stundenlang, wie eine dösende Tierherde in der Savanne, und las. Zwischendurch ging man baden, abends beim Essen tauschte man sich über das Gelesene aus. Das Schönste damals war: Niemand konnte kontrollieren, was Greta las. Schon mit zwölf verschlang sie sämtliche verbotenen Erwachsenenwerke. So manches Geheimnis der Liebe wurde auf diesem Weg Jahre früher gelüftet, als es ihr Vater ahnen konnte. Die interessantesten Bücher versteckte sie bis zu den nächsten Ferien hinter den vorderen Bücherreihen in einem wenig beachteten Regal unter der Treppe zum Dachboden.

Als Tante Hille nun die Haustür öffnete, blieb Greta der Mund offen stehen. Statt auf die gewohnten Buchdeckel blickte sie auf freie Flächen und weiße Tapeten, an denen nicht einmal Bilder angebracht waren! Die wuchtigen Ledersessel im Wohnzimmer hatte Tante Hille durch Gartenmöbel aus Bambus und Rattangeflecht ersetzt. Alles sah sommerlich-leicht aus – und total fremd.

«Was ist denn hier passiert?», fragte Greta erschrocken.

«Ich brauchte Platz zum Atmen», sagte Tante Hille.

«Und die Bücher?»

«Habe ich nach unten in den ehemaligen Laden gebracht.»

Sie gingen weiter in die Küche, wo Tante Hilles Freundin Karen am Herd stand und Essen zubereitete. Es roch nach Gemüse und Huhn.

«Moin, Karen, schön, dich zu sehen.» Greta umarmte sie.

Tante Hille und Karen waren seit dreißig Jahren ein Paar, wenngleich sie nie darüber redeten. Sie wollten, dass es ihre Sache blieb, und das wurde auf der Insel auch akzeptiert. Karen war eine zurückhaltende Frau und im Gegensatz zu Tante Hille knabenhaft und schmächtig, was durch ihren raspelkurzen Haarschnitt hervorgehoben wurde. Mit Mitte sechzig war sie zehn Jahre jünger als Tante Hille. Ihre besonnene Art war der perfekte Ausgleich für Gretas Tante, die sich gerne mal zu viele Aufgaben auf den Teller legte. Was Tante Hille nicht hinbekam, brachte Karen ohne Aufhebens wieder in die Spur. Außerdem konnte sie hervorragend kochen, sie war zeit ihres Lebens Köchin in der Kurklinik gewesen.

«Da seid ihr ja!» Karen kniff Greta zärtlich in die Wange. «Hille hat gesagt, ich soll unbedingt die Kummersuppe für dich kochen», sagte sie und fügte hinzu: «Ist gleich fertig.»

Greta blickte sie fragend an. «Kummersuppe?»

«Hilft gegen alles Schlechte im Leben.»

«Wie kommst du darauf?»

Tante Hille musterte ihre zerknitterte Lufthansa-Uniform. «Du bist ja wohl nicht hier, weil es dir prächtig geht, oder?»

Greta fühlte sich erwischt. Aber Tante Hille konnte sie eben nichts vormachen, und das war auch gut so. «Du hast recht», gab sie zu. «Aber es geht schon wieder. Was ist denn in der Suppe drin?»

«Alle Gemüsesorten aus dem Garten, Hühnerknochen und kräftige Gewürze. Das ist ein altes Rezept von meiner Großmutter. Die hatte es von ihrer Großmutter und so weiter. Man muss sie ganz heiß essen.»

«Ist sie pikant oder mild?», erkundigte sich Greta vorsichtig. «Ich hab es gerade nämlich etwas mit dem Magen, weißt du.»

Karen winkte ab. «Da mach dir mal keine Sorgen, die Suppe hat bisher alle wieder auf die Beine gebracht.»

Greta setzte sich an den gedeckten Tisch, Karen gab ihr eine große Kelle zum Probieren auf den Teller. Die Suppe war extrem scharf und brannte höllisch in Gaumen und Hals. Ob das gut für sie war? Der zweite Löffel kam Greta schon etwas milder vor. Ihr Bauch wurde warm, und ihr Herz fühlte sich ruhig und zufrieden an. Nach dem dritten Löffel stand ihr der Schweiß auf der Stirn.

«Liebeskummer?», flüsterte Tante Hille und blickte ihr tief in die Augen.

«Nee.»

Ihre Tante fasste sie am Ellenbogen. «Du bist doch nicht ernsthaft krank, Greta, meine Süße?» So stark sie sonst war, wurde ihre Stimme jetzt brüchig. «Tu mir das nicht an!»

«Nein.»

«Gut so. Wir wollen uns doch bitte schön an die Reihenfolge halten: Erst sterbe ich und dann irgendwann viel später vielleicht du.»

Typisch Tante Hille.

«Es ist nichts Schlimmes», beruhigte sie Greta und legte ihre Hand auf Tante Hilles Arm.

«Wirklich nicht?»

«Kann ich später schnacken? Ich bin fix und fertig.» Sie konnte kaum noch aus den Augen gucken.

Tante Hille lächelte. «Ab ins Bett mit dir. Brauchst du noch was?»

«Gute Träume.»

«Nach der Kummersuppe sind die garantiert. Wenn du magst, frühstücken wir morgen auf der Terrasse. Es soll sonnig werden, das wird ein Supertag.»

Greta strahlte. Sie würde einen langen Spaziergang am Strand machen, der einmal fast um die ganze Insel ging. Danach sah die Welt bestimmt ganz anders aus.

«Gute Nacht, Tante Hille, und dir, Karen, noch mal danke für die tolle Suppe.»

«Da nicht für.»

Sie umarmte die beiden und ging dann nach oben in ihr Zimmer, in dem sie immer schlief, wenn sie zu Besuch war. Hundemüde ließ sie sich in das Holzbett mit der viel zu weichen Matratze fallen. Die frische Bettwäsche duftete leicht nach Lavendel, was eine alte Familientradition war: Alle Wohlerts besprühten ihre Betten mit Lavendelwasser. Während sie die Augen schloss, kam ihr noch einmal der Moment hoch, als sich im Airbus die Tür schloss und sie nach Luft rang, sowie die besorgten Blicke ihrer

Kolleginnen, das Blaulicht und der Notarzt. Zum Glück war sie heil davongekommen.

Das war auch schon der letzte Gedanke an diesem Tag, bevor sie in einen tiefen, erholsamen Schlaf fiel.

3

Als Greta am nächsten Morgen aufwachte, hörte sie die Wellen sanft an den Strand schlagen. Dazu streifte ein fröhlicher Wind ums Haus, irgendwo knatterte eine Fahne. Sie öffnete die Augen. Die Morgensonne beleuchtete die weißen Vorhänge vorm Fenster. Dies war schon das Kinderzimmer ihres Vaters gewesen. Bei ihrer großen Renovierung hatte Tante Hille netterweise alles so gelassen, wie es früher einmal ausgesehen hatte. An den Wänden hingen immer noch Papas alte Poster: der erste Mann auf dem Mond, die Rolling Stones mit absolut lächerlichen Frisuren, Fotos von Muscheln und Inselstränden sowie verblichene Postkarten von den Pyramiden oder von einem Lavendelfeld in der Provence. Das alles hatte mal eine Bedeutung in Papas Leben gehabt und war Greta deswegen bis heute heilig. Er war ein Mensch mit vielen Interessen gewesen – vielleicht ein Ausgleich zu seinem Beruf als Bauingenieur, bei dem er vor allem präzise rechnen musste. Er war ein glänzender Erzähler gewesen und hatte ihr als Kind immer phantastische Geschichten vorgetragen, spannend und lustig zugleich. Auf Partys suchten die Menschen seine Nähe, Kinder wie Erwachsene. Papa konnte die Leute mit seinen Erzählungen zum Lachen und zum Weinen bringen, das hatte sie immer sehr beeindruckt. Schade, dass er sie nie aufgeschrieben hatte, er wäre ein toller Autor geworden.

Letztes Jahr war er mit vierundachtzig Jahren friedlich eingeschlafen. Obwohl alle damit einverstanden waren, auch er selbst, war es einer der traurigsten Momente ihres Lebens gewesen. Hier, in seinem Jugendzimmer, wurde er für sie wieder lebendig, sie dachte gerne an ihn.

Greta gähnte herzhaft und streckte sich im Bett einmal ganz lang aus. Dann pulte sie sich aus der Lavendelbettwäsche und tapste barfuß zum Fenster. Gespannt schob sie die Gardine beiseite und wurde nicht enttäuscht: Die Sonne schien von einem knallblauen Himmel, hinter der Promenade leuchtete der Strand mit den bunten Strandkörben, dahinter glitzerte das Wasser. Eine schwanenweiße Fähre zog langsam an der unbewohnten Nachbarinsel vorbei, über der Hunderte Vögel kreisten. Alles, was sie sah, wirkte wie ein einziges Versprechen: «Das wird dein Tag, Greta!»

Sie öffnete die Terrassentür und trat hinaus. Eine Windbö fuhr sanft unter ihr T-Shirt, die Luft war nicht zu warm und nicht zu kalt. Vielleicht sollte sie vor dem Frühstück schwimmen gehen.

Ihr Handy piepste. Sie ging zum Nachttisch und öffnete eine Nachricht von Jana:

Bin unterwegs mit neuen Leuten. Viel Spaß bei Tante Hille, knuddel sie von mir. LG Jana

Sie schien in ihrem finnischen Studentenwohnheim bestens gelandet zu sein, wunderbar!

Greta zog sich etwas über und ging hinunter in die Küche. Auf dem Esstisch fand sie einen Zettel: «Bin im Laden». Über die schmale Holztreppe begab sie sich in Tante Hilles altes verwinkeltes Lager hinab, das direkt neben dem ehemaligen Laden im Erdgeschoss lag. Das Fischgrätparkett knarzte bei jedem Schritt laut auf. Die runden Seitenfenster sahen aus wie Bullaugen, die in Jahrzehnten von der salzigen Meeresluft trübe geworden waren. Durch sie fiel nur wenig Tageslicht herein, was den schattigen Räumen die Abgeschiedenheit eines Klosters gab. Sie atmete tief ein. Die Seeluft von draußen vermischte sich mit dem Geruch nach altem Papier und nassem Tauwerk. In einer Ecke hatte Tante Hille die Sachen für die Ariadne 2 untergebracht. Früher hatte sie hier Wetterkleidung, Brautmoden und andere Textilien für den Laden gelagert. Als kleines Mädchen hatte Greta in diesen Räumen stundenlange Verkleidungszeremonien gefeiert, ein Traum!

Tante Hille hatte die rotbraunen Holzregale aus den oberen Räumen jetzt hier aufgestellt, sie reichten bis zur Decke. Die Längsstreben waren mit aufwendigen Schnitzarbeiten versehen: Buschwindrosen, in denen manchmal eine Meerjungfrau oder ein Pelikan versteckt war. In diesen Regalen bekam jedes Buch einen großen Auftritt, selbst abgegriffene Taschenbücher wurden zu Kunstwerken veredelt. Opa hatte die Regale seinerzeit aus der alten Inselbibliothek geholt, nachdem sie zur Hälfte abgebrannt war. Wenn man mit der Nase ganz nah ranging, roch das Holz immer noch rauchig.

Sie schritt weiter an den Regalwänden entlang. Die Buchrücken schillerten in allen Farben, von Weiß bis Dunkelrot, einige sahen aus wie neu, andere waren mehr oder weniger abgenutzt. Es waren Zigtausende. Schon das

Äußere eines Buches faszinierte Greta, unabhängig vom Inhalt: Wie lag es in der Hand? Wie fühlte sich der Umschlag an? War er aus verstärktem Papier oder aus festem Leinen? Dann erst kam für sie das Cover, manchmal ein Foto, ein Gemälde oder ein abstraktes Muster. Oft stand dort schlicht nur der Titel, der wiederum tauchte in den unterschiedlichsten Schrifttypen auf.

Wenn sie ein unbekanntes Buch aufschlug, las sie als Erstes immer das Nachwort des Autors: Bei wem bedankte er sich, wen kannte er usw.? Es erzählte mehr über den Urheber als seine offizielle Biographie. Tabu war es natürlich, die letzte Seite der Geschichte vorher zu lesen, das hatte sie als junges Mädchen ein paarmal gemacht und sich damit den ganzen Lesespaß verdorben.

Ihr Opa Friedrich, der vor ihrer Geburt verstorben war, hatte alles aus den damaligen Bestsellerlisten gesammelt und was ihm sonst wie in die Finger kam: Thriller, Romane, Klassiker, Hochliterarisches und Sachbücher. Nach seinem Tod hatte Tante Hille seine Sammelleidenschaft wie gesagt fortgesetzt. Zwischen den Buchdeckeln flüsterten, schimpften und jubelten Millionen von Figuren. Hier konnte man die Wahrheit genauso finden wie die Lüge, die Liebe wie den Hass, die Leichtigkeit wie die Trauer. Es gab Klassiker wie Franz Kafka und Hemingway, in einer anderen Ecke standen Simmel, Böll und Stephen King friedlich neben Siegfried Lenz und Goethe. Im Vorübergehen flogen schwedische Krimiautoren aus den Achtzigern an ihr vorbei, für die sie bei Erscheinen noch zu klein gewesen war. Sie kannte erstaunlich viele Titel, die hier standen. Eigentlich kein Wunder: Seit sie lesen konnte, hatte sie immer ein Buch in den Fingern gehabt. Im Lauf der Jahre war da einiges zusammengekommen.

In einer dunklen Ecke befand sich ein alter Eisenofen, daneben stand das alte Klavier mit den Intarsienarbeiten im Holz. Darauf hatte sie als Kind immer stundenlang herumgeklimpert. Richtig spielen konnte niemand in der Familie, Opa Friedrich wollte es angeblich immer mal lernen, hatte es aber nie geschafft.

Ein Buch leuchtete ihr sofort entgegen, obwohl der Umschlag grau und unauffällig war. Für sie war es wertvoll wie ein Diamant, sie kannte es besser als jedes andere, hatte es aber seit Jahren nicht mehr in der Hand gehalten: «Momo» von Michael Ende. Die gute alte Momo, die gegen die grauen Herren kämpfte, weil sie ihr die Zeit stehlen wollten! Wie lange war das her? Tante Hille hatte ihr das Buch mit ihrer rauchigen Stimme vorgelesen, als Greta noch nicht selbst lesen konnte. Sie hatte die Geschichte geliebt. Mit zwölf hatte sie es dann noch einmal selbst verschlungen und viele Stellen entdeckt, deren Bedeutung sie beim ersten Mal gar nicht richtig verstanden hatte. Sie nahm «Momo» in die Hand und ging nach vorne in den ehemaligen Laden.

«Tante Hille?», rief sie laut. Die Bücher und schweren Teppiche dämpften den Hall ihrer Stimme.

«Hier bin ich!», kam es zurück.

Greta tapste in die Richtung, aus der die Stimme kam. Das Lager ging über in den ehemaligen Verkaufsraum, der sich zum Meer hin mit einem riesigen Wintergarten öffnete. Von hier blickte sie direkt auf den Strand und den blauen Himmel. Der ehemalige Kassentresen war mit Büchern zugepackt, die ihre Tante gerade in einen Umzugskarton schichtete. An der Wand dahinter befand sich eine Spüle mit einem Wasserhahn, darüber ein Sideboard mit Teetassen und Gläsern. Tante Hille hatte ihre Kunden immer als Gäste in ihrem Haus betrachtet, denen sie selbstverständlich Tee oder das Nationalgetränk der Insel, einen Manhattan-Cocktail, anbot.

T-Shirt-mäßig war bei Tante Hille heute Mickey-Mouse-Tag, dazu trug sie alte, verwaschene Jeans.

«Guten Morgen, meine Liebe.» Tante Hille umarmte sie. «Hast du gut geschlafen?»

«Bestens.»

«Wie lange hast du vor zu bleiben?»

«Bis morgen früh, wenn es geht.»

«So kurz?»

«Morgen Abend muss ich nach Shanghai.»

«Shanghai», seufzte Tante Hille. «Meinst du, das wäre auch was für mich und Karen?»

«Aber natürlich, kommt doch nächstes Mal mit! Ich kann euch im Flieger ein kostenloses Upgrade in die First Class besorgen. Mit Champagner und einem richtigen Bett.»

«Klingt verlockend.»

«Schau her.» Sie hielt das Buch hoch, das sie gerade gefunden hatte.

«Momo, wie wunderbar! Da muss ich sofort an deinen rosa Frotté-Schlafanzug denken, den du immer getragen hast.»

«An den erinnere ich mich auch noch.» Greta schaute sich um. «Was treibst du hier eigentlich?»

«Ich muss Ballast abwerfen», erklärte Tante Hille. «Leider. Ich liebe Bücher über alles, das weißt du ja. Aber jetzt brauche ich den Platz, der Laden soll vermietet werden.

Deswegen muss ich die Bände nach und nach weggeben und fange schon mal an zu packen. Was mir nicht leichtfällt, das kannst du mir glauben.»

«Mach doch einen Flohmarkt für Touristen, dann werden sie weiter gelesen», schlug Greta vor.

«Meinst du, jemand interessiert sich für das alte Zeugs?»

«Sicher!»

Tante Hille zog die Augenbrauen hoch und legte die Stirn in Falten. «Nee, ein Flohmarkt ist mir zu anstrengend. Willst du das nicht übernehmen?»

Greta lächelte. «Gerne, aber ich habe ja schon einen Job. Am liebsten würde ich alle Bücher mit nach Frankfurt nehmen.»

«Nur zu!»

«Dann müsste ich anbauen. – Darf ich mir Momo leihen?»

«Klar. Ich bin dankbar für jedes Buch, das ich nicht selber einpacken muss. Du kannst alles behalten, was du findest. Komm, jetzt frühstücken wir erst mal.»

Sie spannten den dunkelroten Sonnenschirm auf der Terrasse auf und holten die Frühstückssachen mit einem Tablett aus der Küche. Am Strand vor ihnen sonnten sich hier und da ein paar Urlauber. Ansonsten sah es noch ziemlich leer aus, Ende Mai war Vorsaison. Jetzt endlich erzählte Greta Tante Hille in Kurzform, was am Vortag im Flieger passiert war. Dabei nahm sie allerdings jede Dramatik heraus, um sie nicht allzu sehr zu beunruhigen. Das schien nicht ganz geklappt zu haben, denn Tante Hille blickte sie am Ende trotzdem besorgt an.

«Geh besser zum Arzt, Greta, mein Kind! Du musst unbedingt herausbekommen, was es war.»

Sie winkte ab. «Ach was, ich habe wahrscheinlich etwas Falsches gegessen, so was passiert.»

Tante Hille blieb ernst. «Besser, man weiß es.»

«Ein Tag auf der Insel, und alles läuft wieder rund.»

«Na, dann ab an den Strand.»

«Nein, ich packe lieber bei den Büchern mit an.»

«Nix da, du gehst an den Strand!»

«Ich helfe dir gerne, immerhin ist es das Erbe meines Großvaters.»

«Ab an den Strand, das ist ein Befehl!»

«Wenn, müsstest du mir Klamotten leihen. Meine Lufthansa-Uniform ist etwas unpraktisch für die Dünen.»

«Zum Glück haben wir ja dieselbe Größe», sagte Tante Hille, ohne die Miene zu verziehen.

«Eins von deinen Spider-Woman-T-Shirts wäre perfekt.»

Tante Hille lachte. «Du kannst es ja als kurzes Kleid tragen.»

«Super.»

«Weißt du überhaupt, wer Spider-Woman ist?»

«Nicht genau.»

Tante Hille zog beide Augenbrauen hoch. «Sie war Agentin der Verbrecher-Organisation Hydra. Als sie deren Ziele durchschaut, kämpft sie sich frei, wird Detektivin und tritt erst den X-Men bei, später auch den Avengers. Nur falls dich jemand drauf anspricht.»

«Alles klar, Tante Hille.»

Sie lieh ihr ein T-Shirt in Größe XXL, was an Greta tatsächlich wie ein Nachthemd aussah. Egal, am einsamen Strand würde es außer den Möwen fast niemand zu sehen bekommen.

4

Greta lief barfuß durchs flache Wasser und ließ sich vom Rückenwind sanft an den Südstrand schieben. Am Horizont verschmolzen Himmel und Meer, der Wind streichelte ihr Gesicht, die Luft war klar und roch nach Salz. Sie blieb einen Moment stehen, schloss die Augen und genoss es einfach nur, hier zu sein. Die Brandung war wild und laut und trotzdem beruhigend. Sie wanderte weiter die Wasserkante entlang und beobachtete fasziniert, wie die Sonne mit dem Wasser spielte und es hell leuchten ließ. Hier in der Brandungszone inhalierte man automatisch das maritime Aerosol, das Lunge und Atemwege reinigte. Dafür musste sie nichts weiter tun, als ganz normal zu atmen. Parallel zur Küste zischte ein Kite-Surfer mit einem pinkfarbenen Schirm übers Wasser und machte wahnsinnige Sprünge in der Luft. Was für ein Gefühl musste das sein!

Greta schaute sich nach allen Seiten um, es war kein Mensch zu sehen. Sie zog sich aus und legte ihre Sachen auf einen großen Findling, der am Strand lag. Dann stürzte sie sich nackt ins schäumende Wasser, das ihren Körper kalt umspülte. Eine Riesenwelle nach der anderen rollte heran, Greta tauchte darunter weg oder ließ sich von der Brandung massieren. Plötzlich näherte sich ein Brecher, der um einiges größer war als alle anderen, er bäumte sich vor ihr auf wie ein kleines Haus. Sie schwamm ein Stück gegen ihn an, bis sich die Welle tosend über ihr brach und sie an Land spülte, ohne dass sie das irgendwie kontrollieren konnte.

Nach kurzer Zeit verließ sie das kalte Wasser und rannte schnatternd am Strand hin und her, um wieder warm zu werden. Dann blieb sie stehen und streckte die Arme zur Seite aus. Der Wind strich ihr um Rücken, Hüften und Beine und trocknete ihre Haut. Sie zog sich rasch an und kletterte hinter dem Strand auf die Dünen, die ihr vorkamen wie eine nördliche Dependance der Sahara. Der Strandhafer bog sich im Wind, feiner Treibsand massierte ihre Knöchel. Von hier aus konnte sie weit ins Innere der Insel blicken.

Hinter den Dünen begann ein kleiner Wald mit einem Süßwasserteich in der Mitte, auf der anderen Seite lag das Marschgebiet, das durch wehrhafte Deiche geschützt wurde. Die alten Windmühlen und ein Leuchtturm ragten aus der flachen Landschaft heraus. Auf der höchsten Düne fand sie eine windgeschützte Kuhle, die aussah wie ein großes Ohr, das in den Himmel lauschte. Sie legte sich hinein. Der Wind schien diesen Platz extra für sie vorbereitet zu haben, sie passte mit ihrem Körper perfekt hinein. Hier war es noch einmal einige Grade wärmer als im frischen Meereswind. Ab da gab es nur sie, den Himmel und ihr Buch – das Wellenrauschen lieferte den Soundtrack zum Text. Sie begab sich mit Momo ins kleine Amphitheater, traf Beppo, den Straßenkehrer, und die grauen Herren bekamen in ihrer Kuhle keine Chance. Irgendwann machte sie die unwiderstehliche Mischung aus sanftem Wellenschlag und Sonne schläfrig, alles wurde eins, Momo, das Meer und die Luft. Sie sank in wilde Träume.

Später wachte sie mit starkem Durst auf, trank eine halbe Flasche Wasser und las weiter. Dann sonnte sie sich erneut mit geschlossenen Augen. Stunden danach wanderte sie auf die andere Seite der Düne. Dort stand ein altes Reetdachhaus mit schrumpeligen roten Ziegeln, dessen Dach mehrfach geflickt worden war. Das Gebäude war umgeben von Hagebuttenbüschen, die bis an die Regenrinne reichten. Ein sandiger Feldweg hinter dem Haus führte zur Inselstraße, ansonsten weit und breit kein Zeichen von Zivilisation, es gab nur Sand und Strandhafer. Früher hatte in diesem Haus ein Maler sein Atelier gehabt, das erinnerte sie noch. Hier draußen in der Weite zu leben war die Gegenwelt zum engen Frankfurter Nordend, wo Greta eine Zweizimmerwohnung im achten Stock bewohnte. Das Haus vor ihr war mittlerweile eine Pension, sie hieß laut Schild über der Eingangstür «Dünenwind». So ähnlich nannten sich fast alle Pensionen auf der Insel: «Windrose», «Strandhus», «Möwennest».

Neben dem Eingang gab es eine windgeschützte Terrasse mit Strandkörben und Tischen, die durch Bastmatten gegen den Wind geschützt wurden. Dort sonnte sich ein halbes Dutzend Gäste. Vor dem Haus faltete ein Kite-Surfer gerade seine Sachen zusammen, der Farbe seines Schirms nach zu urteilen musste es der sein, den sie vorhin im Wasser gesehen hatte. Er war ungefähr so alt wie sie und anscheinend viel draußen, seine Haut war tiefbraun. Seine weizenblonden Locken leuchteten im Kontrast dazu hell in der Sonne.

«Moin», grüßte sie ihn im Vorbeigehen.

«Moin, Spider-Woman», grüßte er zurück.

Das T-Shirt von Tante Hille hatte sie vollkommen vergessen, aber zum Verstecken war es nun zu spät, also drückte sie das Kreuz selbstbewusst durch. Doch es kam noch schlimmer:

«Greta!», rief er.

Kein Zweifel, sie kannte den Mann von früher. Allerdings hatte sie ihn nicht als derartig attraktiv in Erinnerung gehabt.

«Claas?», fragte sie mit offenem Mund. Es war der Sohn von Rita, die in der Altstadt die Fischerkneipe führte. Sie hatten als Kinder zusammen gespielt, wenn Greta mit ihrem Vater zu Besuch bei Tante Hille gewesen war. Sie fielen sich in die Arme.

«Wie geht es dir?», fragte sie.

«Bestens, und selber?»

«Auch. «

Er deutete auf einen Strandkorb auf der windgeschützten Terrasse. «Setz dich doch!»

In dem riesigen T-Shirt fühlte sie sich nicht gerade wie der Hauptgewinn, aber das ließ sich jetzt nicht ändern.

«Ich muss leider gleich in die Küche», fügte er hinzu.

«Bist du hier Koch?»

«Unter anderem. Als Geschäftsführer bin ich Mädchen für alles. Wie gefällt dir mein Dünenwind?»

«Von außen schon mal sehr. Ich würde mir deine Pension gern genauer anschauen, aber leider muss ich auch los.»

Sie war am Abend mit Tante Hille und Karen zum Kartenspielen verabredet.

«Dann komm doch morgen zum Frühstück vorbei.»

«Würde ich gerne», sagte sie bedauernd, «aber dann bin ich schon wieder weg.»

«Wie? Du fährst wieder ab, ohne dass wir geredet haben?»

Sie grinste ihn an. «Los, auf Insulanerisch, das geht fix!»

Diese Phantasiesprache hatten sie sich als Kinder ausgedacht. Die Insulaner waren dafür bekannt, dass sie nicht viel redeten, vor allem in den einsamen Inseldörfern. Normalerweise sprach man hier Friesisch, das beherrschten sie aber beide nicht. Deshalb hatten sie sich «Insulanerisch» ausgedacht. Die Grundregel dabei lautete: So wenige Wörter und Silben wie möglich benutzen.

«Verheiratet?», fragte sie. Erst einmal das Terrain sondieren, konnte nicht schaden.

«Nee.»

«Was in Sicht?»

Er lachte. «Nee.»

«Auf Suche?», fragte sie, was sie eigentlich nichts anging.

«Ja.»

«Was?»

«Blond.»

«Bin ich.»

«Grüne Augen.»

«Hab ich.» War das Zufall, oder flirtete er gerade mit ihr?

«Und selber?», fragte er.

Sie lächelte. «Single mit zwanzigjähriger Tochter.»

«Auf Suche?»

«Kommt drauf an.»

«Worauf?»

«Muss die Küste lieben.»

«Mach ich.»

«Surfer?»

«Bin ich.»

Sie lachte. «Willst du mit mir gehen?»

Er schaute ihr tief in die Augen und lächelte. «Gerne.»

Jetzt wurde es brisant, ihr wurde richtig warm. Zum Glück musste er los.

«Sorry, die Küche ruft, ich bin jetzt schon zu spät.»

Sie blickte auf den Strandhafer, dessen Halme sich im Wind bogen. Die Dünen wurden in gelbes und rotes Licht getaucht, im Westen machte sich die Sonne schon zum Untergehen bereit. Sie hätte noch ewig mit ihm hier sitzen können.

«Kiek mol wedder in», sagte Claas. «Ich würde mich freuen.»

Ein funkelnder Blick aus seinen blauen Augen traf sie so heftig, dass ihr ganz anders wurde.

«Gerne.»

Sie umarmten sich kurz zum Abschied, dann schlenderte Greta an der Wasserkante entlang zurück zum Haus ihrer Tante. Ihre Haut glühte angenehm von der Sonne nach, so frisch hatte sie sich seit Jahren nicht mehr gefühlt. Und Claas war eine äußerst nette Zugabe gewesen. Kaum zu glauben, was aus dem unscheinbaren Jungen von damals geworden war.

5

Am nächsten Morgen stand Greta um Punkt sechs Uhr auf dem Achterdeck der Autofähre, die sie ans Festland bringen sollte. Abends würde es für sie planmäßig ab Frankfurt nach Shanghai weitergehen. Lächelnd blickte sie auf den Hafen und die verwinkelte Altstadt mit den kleinen Fischerhäusern zurück. Es würde wieder ein warmer Tag werden. Die Sonne flutete die leeren Straßen mit sattem Gelb, das Pflaster glänzte. Die Fischerkneipe von Claas' Mutter neben dem Rathaus war noch geschlossen, das Schild «Bei Rita» leuchtete hell auf. Godbersen, der bullige Fischer, schleppte gerade den nächtlichen Fang in großen Styroporboxen vom Kutter in seinen Laden.

Ein einziger Tag auf der Insel hatte genügt, um ihre Batterien wieder voll aufzuladen. Das wilde Nordseewasser war heilsamer als jeder Whirlpool, die salzige Luft hatte sie von innen gereinigt. Wie gerne wäre sie länger geblieben! Andererseits tat es gut, wieder die vertraute Lufthansa-Uniform zu tragen, die Tante Hille gewaschen und sorgfältig gebügelt hatte. Das gelbe Halstuch saß korrekt, Bluse, Jacke und Rock ebenfalls. Tante Hille hatte sie noch zum Schiff bringen wollen, aber diese Uhrzeit wäre für eine Langschläferin wie sie Höchststrafe gewesen. Daher hatte Greta es ihr ausgeredet, ohne auf nennenswerten

Widerstand zu stoßen. Am Vorabend hatte sie mit Karen und ihr noch lange in der Küche gesessen und Canasta gespielt, bis ihr irgendwann fast die Augen zugefallen wären. Der Tag hatte sie so müde gemacht, dass sie Pik und Kreuz nicht mehr unterscheiden konnte.

Als ihr Handy klingelte, schreckte sie aus ihren Gedanken – wer rief um sechs Uhr morgens an? Sie schaute aufs Display, es war Florian. Mit Sicherheit war er weit weg irgendwo auf dem Erdball unterwegs und hatte sich in der Zeitzone geirrt.

Ihr Herz schlug einige Takte schneller. Sie musste, wie so oft, an ihren gemeinsamen Tango in Argentinien denken. Florian und sie hatten beim Tanz perfekt zusammengepasst, wie zwei Seiten einer Medaille. Auf dem Flug von München nach Buenos Aires war er ihr Kapitän gewesen, sie hatte ihm im Cockpit Kaffee und Essen serviert. Besonders sympathisch hatte er auf den ersten Blick nicht gewirkt, eher ein wenig unnahbar. Nach der Landung hatten sie sich verabschiedet – und sich abends zufällig im selben Tangokurs einer argentinischen Tanzschule wiedergefunden. Genau wie sie konnte er bereits Tango tanzen, wollte aber seine Technik verbessern. Die Lehrerin packte die beiden Alemanes zusammen, was ihr überhaupt nicht recht war. Was hatte sie mit diesem Kerl zu tun? Außerdem musste sie noch mit ihm zurückfliegen, da war ein Tango zu zweit eigentlich viel zu privat. Sie ließ sich eher unwillig darauf ein und erlebte eine Überraschung: der große, breitschultrige Florian bewegte sich beim Tanz so geschmeidig, als sei das seine natürliche Bewegungsform. Er führte sie sicher und mit großer Leidenschaft, bei ihm konnte sie sich fallenlassen. Das hätte sie nicht erwartet.

Später in Frankfurt hatten sie sich beim Italiener verabredet, mit einiger Hoffnung und Begeisterung auf ihrer Seite. Doch schon beim zweiten Treffen zog Florian die Bremse. Angeblich war er nach der Scheidung von seiner Frau noch nicht bereit für eine neue Beziehung und bat um etwas Zeit.

«Wie stellst du dir das genau vor?», hatte sie ihn leicht spöttisch gefragt. «Rufst du irgendwann an und gibst durch, dass du so weit bist?» Sie war enttäuscht. Danach hatten sie sich nicht mehr gesehen, und das war nun drei Wochen her. Trotzdem war es ihr nicht gelungen, ihn aus dem Kopf zu bekommen.

Florian rief aus dem Cockpit an, er war gerade auf dem Weg von Honolulu nach China. «Hey Greta, wie geht's? Ich habe gehört, du bist in Shanghai. Wollen wir heute zusammen Mittag essen?»

«Shanghai habe ich gecancelt, ich bin gar nicht mitgeflogen», murmelte sie

«Oh, ist was passiert?»

«Mir ist beim Start schlecht geworden, ich musste am Boden bleiben.»

«Was Ernstes?» Seine Stimme klang besorgt.

«Nee, alles wieder okay.»

«Soll ich vorbeikommen, wenn ich wieder in Frankfurt bin?»

«Ich bin zu meiner Tante ans Meer gefahren.» Sie schaute auf die Nordsee, die sie in Frankfurt schmerzlich vermissen würde.

«Kein Problem, bei euch gibt es bestimmt einen Landeplatz für meinen Airbus.»

«Klar, die bucklige Schafsweide von Schäfer Hansen.

Vorher muss er allerdings noch seine Tiere in den Stall bringen.» Ein Lächeln huschte ihr über die Lippen. «Lohnt aber nicht, ich stehe gerade auf der Fähre und fahre wieder zurück.»

«Treffen wir uns also übermorgen in Frankfurt?»

«Leider nicht, ich fliege heute Abend nach Shanghai.»

«Wenn ich tausche, könnte ich dorthin kommen.»

Für Außenstehende klangen solche Dates an weit entfernten Orten des Planeten vielleicht etwas abgehoben, aber das war das ganz normale Lufthansa-Leben. Alle, die viel im Flieger unterwegs waren, versuchten das Angenehme mit dem Nützlichen zu verbinden, wo immer sie sich gerade befanden.

«Okay, dann sehen wir uns morgen um zwei im ‹Wong›, kennst du das?», fragte sie.

«Leider nicht.»

Die kleine Garküche direkt am Jangtsekiang hatte ihr mal vor Jahren ein Einheimischer gezeigt. Von außen sah das Restaurant aus wie eine Bretterbude. Drinnen standen einfache Tische und Bänke, man konnte kaum etwas sehen, weil die Luft geschwängert war von herrlichen Gerüchen und Dämpfen. Die Kochstelle wurde mit Holzfeuer erhitzt, das der kleine Sohn des schmächtigen Kochs am Laufen hielt.

«Ich schicke dir die Adresse aufs Handy.»

«Roger.»

Greta lächelte. Shanghai mit Florian war eine tolle Aussicht, das musste sie zugeben. Falls sie in der Flugzeugkabine erneut Magenprobleme bekommen sollte, würde sie innerlich die Zeit einfach vorspulen und an das Treffen denken. Dann würde sie die Tür verschließen und dem

Kapitän ein fröhliches «boarding completed – ready for take-off» durchgeben.

Doch als sie die Situation in der Flugzeugkabine nur vor sich sah, merkte sie, wie sich ihr Brustkorb unwillkürlich zusammenzog. Vermutlich lag es daran, dass sie noch nicht gefrühstückt hatte. Um sich abzulenken, ging sie mit zusammengebissenen Zähnen ihre Standard-Ansage durch: «Herzlich willkommen an Bord unseres Lufthansa-Fluges nach Shanghai, wir werden gleich starten. Bitte vergewissern Sie sich, dass großes und schweres Handgepäck sicher unter Ihrem Vordersitz platziert ist.» Es nützte nichts, ihr Herz raste, ihr Brustkorb wurde enger und enger, sie fühlte sich wie eingesperrt.

Du stehst nicht im Flieger, sondern auf dem Achterdeck der Fähre!, wies sie sich zurecht. Keine Gefahr!

Die letzten Autos fuhren an Bord, das Schiff würde gleich auslaufen. Sie rang nach Luft, aber der Sauerstoff kam einfach nicht in ihre Lunge. Ihr Herz pumpte immer schneller, sie würde sterben ohne Luft! Sie versuchte sich weiter auf ihren Text zu konzentrieren: «Schnallen Sie sich jetzt an und ziehen Sie Ihren Sitzgurt fest. Aus Sicherheitsgründen empfehlen wir Ihnen, während des gesamten Flugs angeschnallt zu bleiben.»

Sie sah auf die Uhr und fühlte ihren Puls, der war bereits auf über hundert. Kurz entschlossen rannte sie von Bord der Fähre und ließ sich keuchend auf eine Bank neben dem Anleger fallen. Der Kapitän drückte einmal aufs Horn, die Leinen wurden gelöst. Das Schiff legte ohne sie ab.

Ihr Puls beruhigte sich langsam wieder.

Und nun?

Zum Flieger nach Shanghai würde sie es heute nicht mehr schaffen, das stand fest. Aber ihr Problem reichte noch weiter: Wenn allein der Gedanke an eine geschlossene Flugzeugkabine Panik bei ihr auslöste, würde sie dann je wieder ein Flugzeug betreten können? Hatte sie etwa eine Psychomacke bekommen, oder was? Niemals! Sie war ihr ganzes Erwachsenenleben in der Luft gewesen und hatte nie Schwierigkeiten gehabt. Mit Sicherheit war es etwas Organisches und sollte untersucht werden. Ihr kam der Arzt in der Insel-Altstadt in den Sinn, der sie mal als Kind behandelt hatte. Bestimmt hatte er Tabletten gegen ihre Luftnot.

Mit langsamen Schritten machte sie sich auf den Weg. Ihr Handkoffer, den sie hinter sich herzog, fühlte sich so schwer an, als sei er aus Blei. Die Läden in der Altstadt waren um diese Uhrzeit noch geschlossen: Schmuck-Dieter, der Bonbonladen, die Fischerkneipe und das schmale Rathaus. Nur Bäcker Hansen verkaufte schon seine Brötchen.

Die Praxis von Dr. Sörensen befand sich direkt neben dem Rathaus in einem alten Fischerhaus mit prächtigem Giebel. Sie drückte die Klinke der grün lackierten Tür, trat ein und ging zum Tresen. Eine etwa zwanzigjährige Sprechstundenhilfe mit blond gefärbten Haaren blickte ihr freundlich entgegen.

«Moin», grüßte Greta.

«Moin, wie kann ich Ihnen helfen?»

Was sollte sie jetzt sagen? «Kreislaufprobleme.»

«Seit wann?»

«Eben auf der Fähre.»

«Haben Sie das Gefühl, Sie kippen bald um?»

«Nein.»

«Waren Sie schon mal bei uns?»

«Vor Ewigkeiten.»

«Dann brauche ich noch Ihre Versichertenkarte.»

Greta reichte sie ihr.

«Gut, nehmen Sie bitte im Wartezimmer Platz.»

Greta staunte. So ein Wartezimmer hatte sie noch nie gesehen: An den Wänden waren Fischernetze mit grünen Glaskugeln befestigt. Dazwischen hatte man Treibholz und Bierdeckel der dänischen Marke «Tuborg» gesteckt. An einigen Stellen hingen ein paar vergilbte Farbfotos vom Wattenmeer. Genau so hatte der Partykeller ihres Vaters in Frankfurt ausgesehen, inklusive der Fotos. Nur dass es dort zusätzlich noch eine Bar mit Plattenspieler gegeben hatte.

Ein paar Minuten später führte die Sprechstundenhilfe Greta in ein Sprechzimmer. Dr. Sörensen betrat den Raum. Auf der Straße hätte sie ihn nicht wiedererkannt. Sein Haar war grau geworden, inzwischen war er bestimmt über sechzig. Sein kurzgeschnittener weißer Bart ließ ihn wie das Klischee eines Landarztes aussehen.

«Moin, Frau Wohlert», grüßte er mit sonorer Stimme. «Schön, dass wir uns wiedersehen.»

«Sie erinnern sich noch an mich?», fragte Greta. Immerhin war ihr letzter Besuch über dreißig Jahre her.

Dr. Sörensen lächelte. «Die Muschel am Fuß? Na klar. So einen Fall vergisst man nicht.» Er wartete einen Moment, um ihre Verwirrung auszukosten, und lächelte dann. «Zugegeben, wir hatten Ihre alte Karteikarte noch.»

Greta schob die Unterlippe nach vorne. «Und ich dachte, ich hätte mich kaum verändert.»

Er sah sie prüfend an. «Wünschen Sie sich das wirklich?»

«Ja und nein.»

«Ich finde ja, dass Falten Menschen interessanter machen.»

«Habe ich so viele davon? Oder wie kommen Sie darauf?»

Er lächelte. «Natürlich nicht.»

«Dann bin ich ja beruhigt.»

Sie staunte, wie locker sie quatschen konnte, nachdem sie eben auf der Fähre noch den Tod vor Augen gehabt hatte.

«Was kann ich für Sie tun?»

«Vorhin an Bord der Fähre ist mein Puls ohne Grund irrsinnig hochgegangen.»

«Hatten Sie das schon mal?»

«Nee.» Sie wusste selbst nicht, warum sie log.

«Sie kommen zu mir, obwohl es nur einmal aufgetreten ist und dann sofort wieder weg war?»

«Ja», sagte sie leise. Sie fühlte sich durchschaut, wollte es aber nicht zugeben.

Dr. Sörensen bat sie auf die Liege, hörte sie ab und maß den Blutdruck. «Perfekt, hundertzwanzig zu achtzig. Fieber oder Durchfall?»

«Nein.»

Er nahm seine Brille ab und schaute ihr in die Augen. «Was haben Sie gedacht, als Ihnen die Luft wegblieb?»

«Gedacht? Was soll ich gedacht haben?»

Er verschränkte die Finger ineinander. «Sie haben keine Kreislaufprobleme.»

Sie bekam einen trockenen Mund und fühlte sich wie

früher, als sie in Mathe beim Schummeln erwischt worden war. «Aber …», stammelte sie.

«Was machen Sie beruflich?»

«Flugbegleiterin.»

«Und fliegen Sie überwiegend Langstrecke?»

«Ja.»

«Wie lange schon?»

«Zwanzig Jahre, und gerne!»

Er ließ nicht locker. «Trotzdem ist der Jetlag auf Dauer Stress für den Körper.»

«Ich hatte nie Probleme damit.»

«Sie sind vierzig.»

Was sollte das denn heißen? «Na und? Ich bin topfit.»

Dr. Sörensen nickte. «Schildern Sie mir bitte doch noch mal genau, was passiert ist.»

«Mein Puls ist ohne Grund hochgeschossen.»

«Kann es sein, dass dem eine Panikattacke vorausging?»

Greta stockte. Sie musste sich genau in dieser Sekunde entscheiden: Gab sie es zu, oder versuchte sie sich durchzumogeln?

«Ja», bestätigte sie leise. Ohne dass sie etwas dagegen machen konnte, schossen ihr die Tränen aus den Augen. Sie hielt sich schützend die Hände vors Gesicht. Dr. Sörensen blieb ruhig und ließ sie sich ausweinen, wofür sie dankbar war. Sie hätte es befremdlich gefunden, wenn er sie in den Arm genommen hätte.

«Bitte gehen Sie nach vorne zu meiner Sprechstundenhilfe, sie nimmt Ihnen Blut ab», sagte er. «Nur um sicherzugehen, dass es nicht doch etwas Organisches ist. Ich schreibe Sie für zwei Wochen krank. Aber dann müssen Sie wieder fliegen, sonst weiten sich Ihre Angstzustände aus. Am besten, Sie reden mit jemandem darüber, der sich mit so was auskennt.»

Wie kam er darauf? Im Kopf war sie vollkommen gesund!

6

Greta eilte in ihrer Uniform durch die Altstadt, als sei sie verspätet auf dem Weg zu einem Gate. Die Absätze ihrer hochhackigen Schuhe klackten auf dem Pflaster, den Handkoffer zog sie hinter sich her. Wie kam dieser Inselarzt dazu, ihr eine Therapie zu empfehlen? War er überhaupt dafür ausgebildet, um so etwas beurteilen zu können? Er war doch Allgemein- und Bademediziner!

Sie bog ab auf die Südpromenade, ohne das Tempo zu verringern. Die Morgensonne ließ das Meer so stark glitzern, dass es fast in den Augen weh tat. Im Wasser zogen die ersten Frühschwimmer ihre Bahnen. Der Wachturm der DLRG mit dem blauen Nivea-Ball auf dem Dach war noch nicht besetzt, die Beachvolleyball-Felder davor warteten auf Spieler. Vor dem großen Schachfeld saß eine Möwe auf einer Bank und beäugte die schwarze Dame und einen weißen Bauern, die einträchtig nebeneinanderstanden, obwohl sie sich laut Regel gegenseitig schlagen konnten. Doch es war noch niemand da, der sie zu Gegnern machte. Der Imbiss in Form einer riesigen Erdbeere hatte noch zu, um diese Zeit war mit Eis und Pommes kein Geschäft zu machen. Die Welt zeigte sich von ihrer schönsten Seite und lag für sie doch unerreichbar hinter einer unsichtbaren Glaswand. Sie gehörte einfach nicht dazu.

Am Ohlhörner Leuchtturm machte die Küste einen Knick, in der Ferne konnte Greta Tante Hilles Haus erkennen: ihre sichere Burg. Sie legte noch etwas an Tempo zu, bis sie endlich da war. Nach alter Tradition waren die Inselhäuser nicht abgeschlossen, so gelangte sie ohne Probleme in den Wintergarten, wo sie ihren Koffer abstellte. Dann ging sie nach hinten in den schattigen «Tempel der Geschichten», wie sie den Raum mit den Bücherregalen für sich nannte. Sämtliche Geräusche von außen wurden durch die Orientteppiche und die Bücher gedämpft, es roch vertraut nach Papier und nassem Tauwerk. Hier fühlte sie sich gut aufgehoben.

Andächtig schritt sie die alten Regale entlang und fuhr mit den Fingerspitzen über die Buchrücken. Bei einigen Reihen, wie den rororo-Thrillern, hatten sämtliche Cover eine weiße Schrift auf schwarzem Grund, zwischen unzähligen Taschenbüchern ragten großformatige Leinenausgaben hervor. Die Bücher wisperten ihr von allen Seiten ihre Geschichten zu, von Tausendundeiner Nacht, Verbrechern in New York und dem Leben auf einem Karibik-Eiland. In diesem Raum lebten stolze Könige genauso wie arme Bettler, es gab Liebe, Aufruhr und Trost. Greta setzte sich auf einen der großen Ledersessel vor dem Bullaugenfenster. Wie wohl ihr eigenes Leben weitergeschrieben würde, wenn es ein Roman wäre? In welches Genre würde sie am besten passen? Gab es bei ihr ein Happy End? Oder ging es gerade bergab und lief auf ein Drama zu? Niemand wusste es, denn für das eigene Leben gab es keinen Autor. Was andererseits auch ein großes Glück war.

Ihr fiel ein, dass sie sich noch gar nicht krankgemeldet

hatte. Sie zückte ihr Smartphone und mailte der Lufthansa, dass sie die nächsten zwei Wochen ausfiel, das Attest würde sie nachreichen. Es würde kein Problem sein, so etwas kam vor, es gab genug Ersatz. Wie oft war sie selbst schon für andere Kolleginnen eingesprungen, die kurzfristig wegen eines Infekts oder Ähnlichem absagen mussten. Weitaus schwerer fiel ihr die SMS an Florian. Sie hatte sich auf das Date in Shanghai gefreut, hatte sie beide schon an einem Tisch neben der Garküche sitzen sehen, direkt unter einer Dachluke, durch die warmes Licht hereinfiel. Hatte sich vorgestellt, wie sie mit ihren Essstäbchen nach exotischen Zutaten suchten und den anderen davon probieren ließen. Bei ihrem letzten Essen hatte Florian behauptet, die zähen Meerestiere in der chinesischen Küche seien neuerdings aus Plastik. Was sehr lustig war, weil sie sich im Mund genau so anfühlten.

Daraus wurde nun nichts. Wann würden sie sich wiedersehen? Würden sie sich *überhaupt* wiedersehen?

Aber es half alles nichts, erst einmal musste sie fit werden. Dr. Sörensen hatte ihr vierzehn Tage Aufschub gegeben, in dieser Zeit konnte eine Menge passieren. Aber wenn sie sich jetzt einfach an den Strand legte und die Seele baumeln ließe, würde alles nur noch schlimmer werden, das wusste sie. Ihr Kopfkarussell würde sich unaufhörlich drehen, in Gedanken würde sie ständig an geschlossenen Flugzeugtüren rütteln und Notärzte rufen. Davon wurde sie sicher nicht gesund. Nein, es gab nur einen Weg: Sie musste dringend etwas zu tun bekommen, um sich abzulenken. Hatte sie Tante Hille nicht am Vortag vorgeschlagen, einen Bücherflohmarkt aufzumachen? Vielleicht war das wirklich eine gute Idee! Sie würde sich vor die Tür des Wintergartens in die Sonne setzen, den vorbeilaufenden Menschen die schönsten Bände zum Kauf anbieten und dabei den Bestand nach und nach verkleinern. Was ihr einerseits wehtat, andererseits schickte sie die Geschichten damit weiter in die Welt, wo sie wieder etwas verändern konnten, wenn nicht im Großen, dann doch im Kleinen. Daran glaubte sie, seit sie lesen konnte.

«Stehen bleiben!»

Erschrocken drehte Greta sich um. Tante Hille stand direkt vor ihr, ein Brecheisen in der Hand, und starrte sie mit großen Augen an. Sie trug ein T-Shirt, das die *Vampirschwestern* zeigte, und zitterte vor Aufregung am ganzen Körper.

«Du?», rief sie.

«Ich wollte dich nicht erschrecken», flüsterte Greta.

«Hast du aber.»

«Ich habe auf der Fähre eine Angstattacke bekommen.» Es war das erste Mal, dass sie es offen aussprach.

Tante Hille legte das Brecheisen zur Seite, schritt auf sie zu und nahm sie in den Arm.

«Und jetzt?», fragte sie und streichelte ihr über den Kopf.

«Kann ich noch etwas länger bei dir bleiben?»

«Blöde Frage, natürlich, sehr gerne.»

«Danke.»

«Nur ist dein Problem damit nicht gelöst, das weißt du hoffentlich.»

«Dr. Sörensen hat mich vierzehn Tage krankgeschrieben.»

Tante Hille nickte besorgt. «Solche Zustände weiten sich aus, wenn du nichts dagegen tust. Irgendwann kannst du vielleicht nicht mehr Auto fahren oder Schiff. Zum Schluss fällt dir in geschlossenen Räumen die Decke auf den Kopf.»

«So weit lasse ich es nicht kommen. Ich habe mir gedacht, dass ich erst einmal einen Flohmarkt mit deinen Büchern mache, um auf andere Gedanken zu kommen – falls das in Ordnung für dich ist.»

«Damit würdest du mir eine Menge Arbeit abnehmen», seufzte Tante Hille. «Mein Kreuz macht das Geschleppe einfach nicht mehr mit.»

«Also einverstanden?»

Ihre Tante fasste sie am Revers ihrer Uniformjacke und lächelte. «Aber nicht in diesem Aufzug!»

Sie hatte recht: Die Leute würden komisch gucken, wenn eine Frau in Lufthansa-Uniform ihnen Bücher anbot.

«Natürlich nicht, Tante Hille. Ich hatte vor, mir ein paar Daisy-Duck-Shirts zuzulegen.»

Es gab auf der Insel nur einen einzigen Laden, der für eine Wohlert zum Kleiderkauf in Frage kam: den von Wiebke Lorenzen. Greta machte sich auf den Weg in das Wohnviertel mit friesischen Straßenamen wie Strunwaii, Braseekrempswai und Süterstigh. Hier standen ausschließlich Einfamilienhäuser aus den Siebzigern, nichts wies auf ein Geschäft hin. Man musste die Adresse kennen, sonst würde man dort nicht landen.

Vor der Eisentür des Ladens angekommen, las sie die Aufschrift auf der gelben Markise: «Wiebkes Modestübchen», stand da in Schreibschrift. In Frankfurt hätte sie nicht im Traum daran gedacht, ein Geschäft mit einem derartigen Namen zu betreten. Aber sie wusste, dass es ein echter Geheimtipp war. Bei Wiebke kauften vor allem Einheimische, weil die Ware deutlich günstiger – und oft auch viel schöner – als in den Touristenläden war.

Als Greta die Tür öffnete und den Laden betrat, ertönte zur Begrüßung eine helle Glocke. Wiebke bot dieselbe Mischung aus Braut-, Jagd- und Fischerkleidung an wie früher Tante Hille. Dazu kamen Jeans, Blusen, T-Shirts und Unterwäsche. Im Inneren des Ladens konnte man sich kaum bewegen, die gesamte Verkaufsfläche war mit Ständern, Körben und Regalen vollgestellt. Greta musste permanent den Bauch einziehen, um vor einem Hindernis auszuweichen. Eine Ordnung war nicht zu erkennen: Jacken hingen neben Hosen, Blusen neben Anglerwesten und Jägerhüten. Zudem hielt Wiebke sämtliche Größen vorrätig. Auch dickere oder dünnere Menschen als der Durchschnitt mussten bei ihr nicht mit leeren Händen nach Hause gehen. Nicht, dass es Greta betraf, aber es schuf eine entspannte Atmosphäre – anders als in der Stadt, wo Frauen in einigen Boutiquen ab Größe 36 von herablassend lächelnden Verkäuferinnen mit Konfektionsgröße 30 wieder weggeschickt wurden.

Wiebke kam auf Greta zu. Sie musste inzwischen Mitte bis Ende fünfzig sein. Sie war genauso hell blondiert wie die Arzthelferin von Dr. Sörensen und trug zu ihrer Jeans ein Pailletten-T-Shirt, das bei jeder Bewegung leise raschelte.

«Moin, Greta», rief sie. «Mal wieder auf der Insel? Hü gongt et?»

«Gut, und dir?»

«Auch.» Sie musterte sie bewundernd. «Mensch,

schicke Uniform, da träumt ja wohl jedes Mädchen von. Wo warst'n so in letzter Zeit?»

«Och, überall.» Das war gerade überhaupt nicht ihr Thema.

Wiebke ließ nicht locker. «Auch Tokio?»

«New York, Buenos Aires, Peking, Kapstadt, Paris, Tokio – willst du mehr hören?»

«Und ich hocke hier in meinem Modestübchen und sehe immer den gleichen Ausschnitt von der Straße. Wenn ich mal nach Hamburg komme, ist das schon viel.»

«Wir können ja tauschen.»

Sie lachte. «Sofort. Her mit der Uniform!»

«Deswegen bin ich hier.» Greta überlegte eine Sekunde. «Also, ich brauche auf jeden Fall eine leichte Strandhose, T-Shirts, einen Pullover für abends – und Unterwäsche.»

Wiebke verstand. «Also einmal Wäsche komplett.»

Diesen Begriff hatte Greta das letzte Mal von ihrer Oma gehört. Ohne abzuwarten, zischte die Verkäuferin in Windeseile durch den Laden und sammelte im Vorbeigehen verschiedene Kleidungsstücke ein. Wie sie in dem Chaos mit einem Griff das Richtige finden wollte, war Greta ein Rätsel. Kurze Zeit später war Wiebke zurück und zeigte ihr als Erstes eine weit geschnittene Leinenhose.

«Dat is 'ne Original-Marlene-Dietrich-Büx», erklärte sie in breitem Insulaner-Norddeutsch.

«Ich weiß nicht recht, so was tragen sonst eher Matrosen. Macht die nicht dicke Beine?»

Gretas Skepsis beindruckte Wiebke überhaupt nicht. «Im Gegenteil! Außerdem kannst du damit einen Trend setzen. Spätestens in zwei Jahren tragen die auch auf dem Festland alle – Wette?»

Greta schaute sie verblüfft an. Meinte Wiebke das ernst, oder war es der Überredungsversuch für einen Ladenhüter?

In diesem Moment trat eine Kundin aus der Umkleidekabine im hinteren Teil des Ladens. Die zierliche Frau war Mitte dreißig, hatte schwarze Haare und trug eine schwarze Pastoren-Soutane mit weißem Stehkragen.

«Geht das?», fragte die Frau in Gretas Richtung. Ihre Stimme war noch um einiges rauchiger als die von Tante Hille

Greta war verwirrt: War das eine echte Pastorin oder eine Nachtclubsängerin, die ein originelles Kostüm für einen Auftritt suchte?

«Das Teil muss auf Hochzeiten genauso funktionieren wie auf Beerdigungen», sagte die Frau. Anscheinend war sie wirklich Pastorin.

«Sitzt perfekt», antwortete Greta knapp. Sie war zwar keine Spezialistin für Kleidung von Geistlichen, fand aber, dass die Frau gut darin aussah.

Die reichte ihr jetzt lächelnd die Hand. «Gott segne Sie, falls es ehrlich gemeint war. Soutanen hängen an mir immer wie ein Zelt, oder sie sind eng wie 'ne Wurstpelle. Blöderweise bin ich nun aber Pastorin. Wiebke hat das Teil schon zum dritten Mal geändert.»

«Und? Hat sich doch gelohnt, oder?», mischte Wiebke sich ein. «Das ist übrigens Carola Schmidt, die Pastorin vom Friesendom – Greta Wohlert», stellte sie die beiden einander vor.

Die Pastorin gab Greta die Hand und ging direkt zum «Du» über: «Angenehm. Bist du zufällig mit Hille Wohlert verwandt?»

«Sie ist meine Tante.»

«Aha.»

«Übrigens mache ich ab jetzt täglich einen Flohmarkt in Tante Hilles Haus. Wir verkaufen ihre Bücher.» Warum nicht gleich die Gelegenheit für Werbung nutzen?

«Die Bücher vom alten Fritz?», fragte Wiebke erstaunt. Greta hatte den Spitznamen ihres Großvaters Friedrich jahrelang nicht gehört.

«Ja. Alles muss raus.»

«Das sind Massen, oder?»

«Deswegen ist die Auswahl jetzt noch riesig.»

Die Pastorin strahlte. «Klingt super, ich komme auf jeden Fall vorbei.»

Eine halbe Stunde später war Greta komplett neu eingekleidet: Die Marlene-Dietrich-Hose passte so gut, wie Wiebke es vorausgesagt hatte. Sie fühlte sich luftig an und trug kein bisschen auf. Das war wirklich mal etwas anderes. Dazu kamen zwei helle Shorts, sechs neutrale weiße T-Shirts mit V-Ausschnitt und wunderschöne cremefarbene Seidenunterwäsche. Die war so nicht geplant gewesen, das gönnte sie sich einfach mal. Eigentlich schade, dass sie im Moment niemand zu sehen bekam. Mit Bedauern kam ihr noch einmal das verpasste Date mit Florian in den Sinn. Sie seufzte. Dann verschwand die Lufthansa-Uniform in einer großen Papiertüte, in die Wiebke auch den Rest packte. Glücklich und zufrieden stolzierte Greta in neuen Shorts und T-Shirt aus dem Laden. Mit den Sachen fühlte es sich an, als begönne auch ein neuer Abschnitt in ihrem Leben.

7

Am nächsten Morgen zog Greta ihre Marlene-Dietrich-Hose an, bastelte in der Küche ein Schild mit der Aufschrift BÜCHERFLOHMARKT und hängte es hinter eine Scheibe des Wintergartens, das musste fürs Erste genügen. Die Kunden würden dann hier durchgehen und sich im Lager die Bücher raussuchen. Der Wintergarten sah allerdings ziemlich kahl aus, irgendetwas fehlte.

«Kann ich ein paar Pflanzen von oben haben?», fragte Greta ihre Tante.

«Wozu?»

«In einen schönen Wintergarten gehört einfach etwas Grünes, finde ich.»

Viele Pflanzen hatte Tante Hille nicht, die sie entbehren mochte, aber Greta schnackte ihr immerhin drei kleine Gummibäume und zwei Yuccapalmen ab und stellte sie auf einen hohen Bücherstapel ins Fenster des Wintergartens. Nun sah es schon etwas lebendiger aus.

«Wenn du keine Lust mehr hast, machst du einfach wieder dicht», sagte ihre Tante.

«Danke, aber ich bin froh, dass ich jetzt was um die Ohren habe.»

Tante Hille stellte sich vor sie und nahm ihre Hände. «Ich möchte, dass du wieder ganz gesund wirst, Greta.»

«Werde ich, und mit dem Flohmarkt sowieso.»

«An dir ist wirklich eine Buchhändlerin verloren gegangen. Ich kenne niemanden, der so belesen ist wie du.»

«Ich schon – dich!»

Sie lachte. «Aber ich bin zu alt, um ins Buchgeschäft einzusteigen.» Sie reichte Greta einen Schuhkarton aus brüchiger Pappe, der mit Muscheln beklebt war. «Der stammt von deinem Vater. Ich habe etwas Wechselgeld hineingetan.»

Gerührt nahm Greta die Schachtel entgegen. Auf dem Deckel klebte ein verblichenes Farbfoto vom Plitvicer See in Kroatien, an dem vor Urzeiten der Winnetou-Film gedreht wurde, der unangefochtene Lieblingsfilm ihres Vaters. Bestimmt zwei Dutzend Mal hatte Greta ihn zusammen mit ihm gesehen, die meisten Dialoge konnte sie mitsprechen.

«Wenn was ist – du weißt, wo du mich findest. Toi-toi-toi.» Tante Hille drehte beide Daumen nach oben und verschwand im Haus.

Greta machte sich erst mal eine Kanne grünen Tee, den sie auf ein Stövchen stellte, und setzte sich anschließend auf einen Stuhl neben die Eingangstür in die Sonne. Auf den Bistrotisch vor sich hatte sie bereits die Bücher gelegt, die sie als Nächstes lesen wollte. Sie goss den Tee in eine von Tante Hilles dünnwandigen Tassen mit dem friesisch-blauen Muster. Ein bisschen kam ihr der Bücherflohmarkt vor wie das Kaufmannsladenspielen als kleines Mädchen. Später, als junge Frau, hatte sie immerhin schon mehrmals in der Buchhandlung ihrer Freundin Mona am Frankfurter Nordend ausgeholfen und festgestellt, dass sie sich auf dem Büchermarkt ganz gut auskannte. Sie hatte den Job geliebt: einen Kunden sekundenschnell einzuordnen, um etwas für ihn zu finden, war eine echte Herausforderung. Noch schwieriger war es, ihm bei einem Geschenk für jemand anderen zu helfen. Wenn später ein Kunde noch mal wiederkam und sich für ihre Empfehlung bedankte, kamen bei ihr echte Glücksgefühle auf.

Zu ihrem Flohmarkt hier am Strand würden die meisten vermutlich eher kommen, um zu stöbern, als gezielt nach etwas zu suchen. Tante Hille hatte die Bücher grob nach Erscheinungsjahren geordnet, es begann hinten bei den siebziger Jahren, dann kamen die Achtziger und so weiter. Falls ein Kunde nach einem speziellen Titel fragte, konnte sie mit Hilfe ihres Smartphones das Erscheinungsdatum ermitteln und dann im entsprechenden Regal suchen.

Aber erst einmal rief sie Jana an. «Hallo, Jana, hier ist Mama.»

Im Hintergrund war Stimmengemurmel zu hören. «Hallo, Mama, ich bin gerade auf dem Weg in die Mathevorlesung. Was gibt's?»

«Rate mal, wo ich bin und was ich mache.»

«Ich habe nicht viel Zeit, los, sag schon!»

«Ich sitze vor Tante Hilles Haus und mache einen Flohmarkt mit ihren Büchern. Die hat sie alle nach unten in ihren ehemaligen Laden gebracht.»

Sie schaltete die Kamera an und schickte Jana ein Selfie von sich vor dem Wintergarten.

«Warum will sie sie nicht behalten?», fragte Jana.

«Sie braucht Platz.»

Ein schlechtes Gewissen hatte Greta schon, dass sie ihrer Tochter nicht sagte, warum sie eigentlich länger auf der Insel blieb, aber Jana sollte sich besser keine Sorgen machen.

«Und die Lufthansa?», fragte Jana.

«Kann warten.»

«Im Ernst?» Es schien sie etwas zu verwirren. «Alles in Ordnung bei dir, Mama?»

«Mir könnte es nicht bessergehen. Hier scheint die Sonne, und bald werden Hunderte Kunden meinen Laden stürmen.»

«Sei froh, in Helsinki regnet es seit Tagen in Strömen. – Du, ich muss jetzt rein und einen Platz im Hörsaal suchen, sonst muss ich ganz vorne beim Professor sitzen.»

«Alles klar.»

«Viel Glück.»

«Dir auch.»

Noch war es ruhig auf der Promenade, aber Greta ließ sich nicht entmutigen. Es musste sich ja erst einmal rumsprechen, dass sie hier Bücher verkaufte. Außerdem war Anfang Mai noch Vorsaison, die Zahl der Feriengäste übersichtlich, und die Patienten aus der nahegelegenen Kurklinik nahmen anscheinend alle den anderen Weg in Richtung Altstadt. Aber die Sonne schien, und der Blick über den Strand zur gegenüberliegenden Vogelinsel war unschlagbar. Unzählige Strandregenpfeifer, Möwen und Austernfischer kreisten in der Luft. Zum Glück hatte sie ja genug zu lesen. Sie schlenderte noch mal an den Regalen vorbei und zog einen Roman nach dem anderen heraus. Es gab darunter alte Bekannte, die sie fast vergessen, aber auch viele, von denen sie noch nie gehört hatte. In einigen Exemplaren fand sie hier und da Bleistiftkommentare am

Rand, die sie kaum entziffern konnte, weil die Schrift so klein war. Die Einträge stammten vermutlich noch von ihrem Großvater. «Richtig!», stand da zum Beispiel oder auch: «Viel zu dicke aufgetragen.» Die kommentierten Ausgaben würde sie zum halben Preis anbieten.

Stunden später war immer noch keine Kundschaft in Sicht. Nicht einmal die Frau aus Wiebkes Modestübchen hatte sich blicken lassen. Ein Stückchen weiter an der Promenade entdeckte Greta einen Pfahl, der seit ihrem letzten Besuch vor einem Vierteljahr dort neu aufgestellt worden war. Sie ging hin und blickte nachdenklich auf einige Messingschilder, die die Pegel der schlimmsten Sturmfluten auf der Insel anzeigten: die «Mandrenken» von 1362 und 1634, die Sturmflut von 1962 und dann noch höher die von 1976. Das Haus von Tante Hille stand zum Glück etwas erhöht und war somit sicher, falls es noch einmal so schlimm kam. Aber wirklich sicher konnte man nie sein.

Greta setzte sich zurück auf ihren Klappstuhl. Wenn niemand kam, war es sinnlos, hier die Zeit totzuschlagen. Ein paar Tage würde sie sich geben, dann musste ihr etwas anderes einfallen. Aus purer Langeweile fing sie an, sich die Zehennägel zu lackieren, sorgfältig und langsam wie lange nicht. Auf ihre schlanken Füße war sie stolz, mehr als auf alles andere, und mit dem warmen Pink-Ton von Tante Hille konnte sie sich sehen lassen. Täuschte sie sich, oder war sie in den zwei Tagen schon etwas braun geworden?

Ihr Handy piepste. Es war Florian.

«Ja?» Sie spürte, wie ihr Herz höherschlug.

«Hallo Greta, ich bin zurück in Frankfurt. Hast du Lust, heute Abend mit mir zum Italiener zu gehen?»

Eine wunderbare Idee! Und wie nett, dass er an sie dachte und nicht lockerließ. Sie hatte ihm gestern noch gemailt, dass sie ihren Shanghai-Flug hatte canceln müssen, ohne Angabe von Gründen, und dass es ihr leidtue, das Treffen absagen zu müssen.

«Hallo Florian. Das müssen wir leider verschieben, ich habe mich entschieden, noch länger auf der Insel zu bleiben.»

«Schade.»

«Dann aber wirklich.»

Er räusperte sich. «Ich hatte mich sehr darauf gefreut, dich wiederzusehen.»

«Ich auch, aber es hat sich spontan so ergeben.» Dass sie krankgeschrieben war, brauchte er nicht zu wissen.

«Wann bist du denn wieder zurück?»

Gute Frage, sie hatte keine Ahnung. «In vierzehn Tagen vielleicht.»

«So lange? Das ist ja ein halbes Menschenleben!»

Sie lachte. «Dafür werde ich dann knackebraun sein.»

«Klingt gut. Dann bis bald.»

«Bis bald», sagte sie.

Sie war erstaunt, wie locker sie mit Florian gesprochen hatte. Dabei war nichts geklärt, weder mit ihm noch sonst in ihrem Leben. Er schickte noch eine WhatsApp hinterher:

«Viel Spaß am Meer. Freue mich schon darauf, dich knusperbraun wiederzusehen. LG, Dein Florian.»

«Dein Florian»? Was wollte er von ihr? Mal flirtete er mit ihr, dann ging er wieder auf Distanz. War das ein Spiel?

Nein, ein Spieler war er mit Sicherheit nicht, dazu war er viel zu ernsthaft. Aber seltsam war sein Verhalten trotzdem. Wenn sie nicht aufpasste, würden ihre Gefühle mit ihr Achterbahn fahren, und das Ganze endete in einem Desaster. Das konnte sie gerade überhaupt nicht gebrauchen.

Irgendwann wurde ihr die Sonne zu heftig, und sie ging ins Haus. Im Lager schaute sie auf die Titel, ohne genau zu wissen, wonach sie suchte. Plötzlich huschte ein Schatten vom Wintergarten herein und verschwand zwischen den Regalen im hinteren Teil des Raumes. War da jemand gekommen? Oder hatte sie sich geirrt? Sie ging ein paar Schritte in die Richtung – spitzte die Ohren. Nein, es war totenstill. Dann hörte sie es erneut rascheln. Vorsichtig schlich sie sich heran, und es bot sich ihr ein denkwürdiges Bild: Inselpastorin Carola vom Friesendom kniete vor einem Regal auf dem Holzfußboden und fummelte ein Buch aus der zweiten Reihe heraus.

«Moin, Carola», grüßte Greta.

Carola zuckte vor Schreck zusammen und drehte sich zu ihr um. Greta meinte im Halbdunkel zu erkennen, dass sie rot anlief.

«Die besten Sachen stehen oft hinten», murmelte die Pastorin mit ihrer rauchigen Stimme. Es klang fast entschuldigend.

Carola hatte gerade ein Buch zu fassen bekommen, das sie vor Greta anscheinend nicht herausziehen mochte. Seltsam, ihr Arm verharrte regungslos im Regal, sie wartete wohl darauf, dass Greta wieder wegging.

«Du kommst zurecht?», fragte Greta.

«Danke.»

«Wenn du Hilfe brauchst ...»

Sie ging zurück in den Wintergarten und schenkte sich eine Tasse Tee ein. Immerhin, die erste Kundin war gekommen!

«Moin Greta», meldete sich nun jemand hinter ihr. Sie drehte sich um. Und sah direkt in ein breit lächelndes, braun gebranntes Gesicht.

«Claas!», rief sie überrascht.

«Wolltest du nicht abreisen?», fragte er. Er sah in seinem schwarzen T-Shirt und den Jeans ziemlich lässig aus. Das Klischee eines Surfers, und doch ganz eigen.

«Ich bin auf der Insel hängengeblieben.»

Er lachte. «Ist mir genauso gegangen. – Ich habe gehört, dass du einen Flohmarkt aufgemacht hast.»

«Ist das schon rum auf der Insel?», fragte sie erstaunt.

«Jo.»

Komisch, dass trotzdem keiner kam.

«Ich verkaufe die Bücher von Tante Hille.»

Er schaute sich um. «Da hast du dir was vorgenommen.»

«Tee?»

«Gerne.»

«Warte, ich setze neuen auf.» Greta ließ etwas Wasser in den Kocher laufen, zündete ein neues Teelicht an und stellte es ins Stövchen. Dann wärmte sie die Kanne vor, was bei Wohlerts so üblich war. Der Tee kam aus einer Dose in einen Stoffbeutel. Während dieser Zeremonie sagten beide kein Wort.

«Magst du Earl Grey?», fragte sie.

«Ja.»

Als das Wasser kochte, goss Greta die Kanne auf und

schaute auf ihre Armbanduhr. Dann nahm sie zwei Tassen aus dem Schrank und stellte sie auf die Untertassen.

«Kluntjes?», fragte sie.

Claas nickte und füllte ein paar Brocken aus weißem Kandis aus einer Porzellandose in seine Tasse.

«Wo hast du dich denn die letzten Jahre versteckt?» Greta rührte ihren Tee um.

«Och, erst habe ich ein bisschen in Berlin studiert, dann kam Kanada, zuletzt Australien.»

«Und um den schönsten aller Plätze mal wiederzusehen, bist du dann zurück auf die Insel?»

«Nur auf Zeit. Der Besitzer des Dünenwind macht gerade eine Weltreise und hat mich gefragt, ob ich seine Pension in der Zeit übernehmen kann. Für mich passte das perfekt. Eigentlich will ich eine Surfschule auf Hawaii eröffnen, aber dafür brauche ich Geld.»

«Auf Hawaii war ich eine Zeitlang jede Woche.»

«Stimmt, du bist ja Flugbegleiterin.»

«Woher weißt du das?»

«Von Tante Hille.»

Sie lächelte. «Du sagst auch ‹Tante› zu ihr?»

Claas nickte. «Wir haben ja lange nebenan gewohnt. Ich habe oft bei ihr im Laden Schularbeiten gemacht, in der Kneipe meiner Mutter war das schwierig. Außerdem konnte Tante Hille mir in Mathe und Deutsch viel besser helfen.»

«Komisch, dass wir uns so selten gesehen haben.»

«Das lag daran, dass ich fast immer, wenn du da warst, nach Bayern in die Ferien geschickt wurde, zu einer Freundin von meiner Mutter.»

Sie quatschten über alte Zeiten und die phantastischen

Riesensandburgen, die sie damals gebaut und mit Muscheln verziert hatten. Heute war das streng verboten, um den natürlichen Küstenschutz nicht zu zerstören.

«Als ich von deinem Bücherflohmarkt gehört habe, ist mir eine grandiose Idee gekommen: Wie wäre es, wenn ich im Dünenwind eine kleine Bibliothek einrichte? Im Kaminzimmer würde sich das super machen, und den Gästen würde es bestimmt gefallen. Was hältst du davon?»

«Perfekt für ein romantisches Reetdachhaus», sagte sie.

«Das Problem ist nur, dass ich mich mit deutschen Büchern nicht so gut auskenne. Die letzten Jahre habe ich im Ausland gelebt und von den Neuerscheinungen in Deutschland nicht viel mitbekommen.»

«Da kann ich dir gerne helfen.»

Claas holte drei Hunderter aus seinem Portemonnaie, legte die Scheine auf das Bistrotischchen und beschwerte sie mit einem Stein. «Wie viele Bücher bekomme ich dafür?»

Sie nahm den Stein weg und gab ihm das Geld zurück. «Nee, das machen wir anders. Du zeigst mir, wie Kite-Surfen geht, und für jede Stunde bekommst du zwanzig Bücher.»

Claas grinste. «Wenn du dich blöd anstellst, kostet dich das unter Umständen deine ganze Büchersammlung.»

Sie beugte sich etwas näher zu ihm und grinste zurück. «Ich habe fast mein ganzes Leben lang Ballett gemacht, ich tanze Tango und bin auch sonst gut beieinander. Da werde ich wohl nicht lange brauchen, um surfen zu lernen. Mehr als sechzig Bücher springen für dich nicht raus. Wenn etwas gefährdet ist, ist es also deine Bibliothek.»

Er lachte. «Du suchst die Titel aus.»

«Okay, dann komm mal mit.»

Gemeinsam schauten sie die Regale durch.

«Jeder tickt anders», sagte sie. «Frauen lesen andere Bücher als Männer. Was immer geht, ist Liebe und Mord. Dazu würde ich drei Sammelbände Lyrik stellen, für alle Fälle.»

«Gedichte? Echt?»

«Wann sonst liest man die, wenn nicht im Urlaub?»

«Ich vertraue dir voll und ganz.»

Sie gingen weiter, und Greta drückte ihm nebenbei das eine oder andere Buch in die Hand. Dann setzten sie sich draußen in die Sonne, tranken ihren Tee weiter, blätterten in den Romanen und redeten über Gott und die Welt.

Plötzlich stellte sich Carola mit einem Bücherstapel vor sie und blies sich nervös eine Haarsträhne aus der Stirn. «Ich möchte gern zahlen.»

Die Pastorin hatte Greta völlig vergessen.

«Dann zeig mal her.» Greta wollte ihr gerade die Bücher abnehmen, da zog Carola die Bände an sich.

«Können wir das nicht drinnen machen?», murmelte sie.

Greta wusste zwar nicht, wieso, aber ihre Kundin sollte sich als Königin fühlen, zumal sie die erste war. Also ging sie mit ihr hinein. Carola legte die Bücher so auf den Tisch, dass die Titel nicht zu erkennen waren.

«Was kosten die?»

«Muss ich sehen», erwiderte Greta.

Carola lief rot an. «Ich nehme sie alle für zwanzig.»

«Das ist zu viel.»

«Egal.»

Während Carola in ihrem Portemonnaie nach einem

Schein suchte, nahm Greta das oberste Buch in die Hand. Der Titel lautete «Die unersättliche Begierde der Stefanie B.». Das Cover zeigte eine leichtbekleidete Frau in Weichzeichneroptik mit einer blonden Achtziger-Jahre-Föhnfrisur. Bevor Carola ihr den Zwanziger hinhielt, drehte Greta den Buchstapel unauffällig zu sich, sodass sie auch die anderen Titel auf den Rücken lesen konnte. Es waren alles erotische Bücher! Von dieser Vorliebe ihres Opas hatte ihr natürlich niemand aus der Familie etwas erzählt – falls überhaupt jemand davon wusste. Hatte Tante Hille diese Bände beim Umräumen übersehen? Bei den Massen an Büchern war das sehr wahrscheinlich, da hatte sie bestimmt nicht auf jeden Titel geachtet.

«Besser, man kennt den Feind», murmelte die Geistliche, warf den Kopf nach hinten und setzte ein weihevolles Gesicht auf. Greta hätte am liebsten laut gelacht, verkniff es sich aber. Auch eine Pastorin durfte natürlich lesen, was sie wollte.

«Steht noch mehr davon im Regal?», erkundigte sich Greta.

«Vermutlich», antwortete Carola.

«Gut zu wissen.» Das Klügste wäre es, Carola als eine Art Trüffelschwein für Erotika anzusetzen, dann verschwanden die fraglichen Titel schnell aus den Regalen. «Falls du Nachschub haben willst, bekommst du sie zum halben Preis.»

«Danke.»

Sie verabschiedeten sich, und Carola hastete mit einem schiefen Lächeln aus dem Laden. Sie wirkte, als könnte sie es kaum abwarten, mit dem Lesen zu beginnen.

Claas saß immer noch draußen. Offenbar hatte er von

Carolas Kauf nichts mitbekommen, und Greta hatte bestimmt nicht vor, ihre Kundin zu verraten. Diskretion war das oberste Gebot für eine gute Verkäuferin.

«Ich muss wieder zum Dünenwind», sagte Claas. «Die Arbeit ruft.»

«Schade.» Sie packte seine Bücher in Geschenkpapier mit Rosenmuster ein, das noch aus Tante Hilles Textilladen stammte. «Und, wann bekomme ich meine erste Surfstunde?»

Er lächelte sie so charmant an, dass ihr ganz anders wurde. «Morgen habe ich leider keine Zeit, aber gerne übermorgen, gleich nach Feierabend.»

«Ich freue mich drauf.»

«Ich auch.»

Sie umarmten sich kurz, dann packte er das Buchpaket auf den Gepäckträger und radelte auf seinem Fahrrad davon. Greta sah ihm lächelnd hinterher. Dass sie sich so schnell wiedersehen würden, hätte sie nicht gedacht. Natürlich war ihr klar, dass ein Typ wie Claas nicht lange auf der Insel blieben würde. Aber wie sagte ihre Freundin Mona aus Frankfurt immer? «Von Schokolade kann man sich nicht ernähren, trotzdem isst man sie gerne.»

Solange Florian noch in ihrem Kopf herumspukte, blieb das jedoch nur ein Spruch.

8

Greta ging nach hinten in den «Tempel», um die Bücher in der zweiten Reihe zu sichten. Die brisanten Titel wollte sie lieber aussortieren, es waren ja nicht alle Erotikfans wie die Pastorin. Und Kinder sollten diese Bücher vielleicht besser nicht in die Hand bekommen. Schnell stellte sie jedoch fest, dass es unmöglich war, alle Bände durchzugehen, es waren einfach zu viele. Also beließ sie es bei ein paar Stichproben im hinteren Großvater-Friedrich-Bereich. Doch anstatt Erotika zog sie Gedichte aus dem Regal. Ein Titel stach ihr sofort ins Auge: «Liebesgedichte vom Meer». Das klang vielversprechend. Sie blätterte den Leinenband in elegantem Lindgrün durch und stellte fest, dass sie weder von den Dichtern noch von ihren Versen je gehört hatte. Ein Gedicht gefiel ihr besonders, es stammte von einem Reinhold Fuchs:

Liebe am Meer

Wir wandern auf sonnigem Strande;
Weißmähnige Wellen sprühen;
Über dem Dünenrande
Nickt Ginster und Föhrengrün.

Warm färbt dir ein rosiger Schimmer
Die Wangen vom Meerhauch umweht;
strahlt Liebe, die nimmer,
Nimmer verwelkt und vergeht.

Ich aber, ich schweige und drücke
Dir ahnungsbange die Hand:
von ewigem Glücke
Zwischen Wellen und wanderndem Sand …

Unter den Zeilen fand sie eine handgeschriebene Widmung:

Mein Liebster, auch wenn unsere Treffen
kurz und heimlich sind, bist Du immer bei mir,
Tag und Nacht. Es küsst Dich
Dein unsichtbarer Papillon

Sie lächelte: Heimlich? Unsichtbar? Die rundlichen, verschnörkelten Buchstaben stammten jedenfalls nicht von Opa Friedrich, dessen eckige Schrift sie kannte. Nein, es war eine typische Frauenhandschrift, bis auf das «w», das die Dame als Druckbuchstaben schrieb. Zu ihrer Oma konnte sie auch nicht gehören, deren steile Kaufmannsbuchstaben waren ihr ebenfalls vertraut. Und gebrauchte Bücher hatte ihr Opa nicht gekauft, von jemand anderem konnten sie also nicht stammen, höchstens von Tante Hille. Aber Karens Schrift war es auch nicht. Nein, vermutlich hatte ihr Großvater eine heimliche Geliebte gehabt, die ihm das geschenkt hatte – konnte das sein, in der anständigen Familie Wohlert?

Opa Friedrich war Leiter der einzigen Schule und gleichzeitig Bürgermeister der Inselhauptstadt gewesen. Von den Älteren kannte ihn hier jeder, der «Alte Fritz» war eine Legende. Er war Greta immer als moralische Lichtgestalt verkauft worden. Leider hatte sie ihren Großvater nie kennengelernt, er war gestorben, als sie ein Jahr alt war. Wie hatte sein «Papillon» wohl ausgesehen? Blond? Schwarzhaarig? Groß oder klein? Alt oder jung? Von der Insel? Zugereist? Wie alt Opa da wohl gewesen war? Ob «Papillon» immer noch auf der Insel lebte?

Am späten Nachmittag kamen dann noch einige ältere Patientinnen aus der nahegelegenen Kurklinik und kauften einen Konsalik und Krimis aus den Siebzigern. Gegen sechs schloss Greta den Laden, schnappte sich den Gedichtband und ging hoch in die Küche.

«Und? Wie lief der Flohmarkt heute?», fragte Tante Hille und sah sie erwartungsvoll an.

«Ging so.» Greta schüttete ihre Einnahmen auf den Küchentisch, ein paar Scheine und viele Münzen. «Tut mir leid, ist noch nicht dolle.»

Tante Hille war empört. «Unsinn, davon will ich nichts! Ich bin froh, wenn die Bücher aus dem Haus kommen. Das Geld gehört dir, du hast es verdient.»

«Danke, aber ich habe mein Gehalt von der Lufthansa.»

«Dann gib es Jana, die braucht jeden Cent. Ich habe letztens gelesen, dass ein Bier in einer finnischen Kneipe zehn Euro kostet, Wahnsinn!»

«Sie soll ja auch nicht Bier trinken, sondern lernen.»

Tante Hille verdrehte die Augen. «Aber doch nicht Tag und Nacht!»

Greta tippte auf den Gedichtband. «Schau mal, das habe ich gefunden. Stammt das zufällig von dir?»

Tante Hille nahm ihr das Buch aus der Hand. «‹Liebesgedichte vom Meer›? Kenne ich nicht.»

«Lies mal die Widmung.»

Greta schlug die betreffende Seite auf. Tante Hille ging zur Küchenanrichte, fischte ihre Brille aus einer Schublade und las. Ihr Gesichtsausdruck veränderte sich innerhalb weniger Sekunden, sie wurde ganz blass.

«Und das stand unten im Regal?»

«Kann es sein, dass mein Großvater eine Affäre mit dieser ‹Papillon› hatte?», raunte Greta.

«Wie kommst du darauf?» Tante Hille lachte laut auf. Ein bisschen *zu* laut, wie Greta fand.

«Ich behalte es jedenfalls bei mir, als Erinnerung an Papa», fügte Tante Hille hinzu.

Sie wirkte aufgebracht. Immerhin, ihr schien das Buch nicht zu gehören. Offenbar hatte Greta bei ihrer Tante einen wunden Punkt erwischt. Ein bisschen so, als wäre nicht das erste Mal der Verdacht aufgekommen, dass es in Friedrichs Leben jemand anderes gegeben hatte …

Gretas Vater hatte immer sehr zurückhaltend von seinem Vater gesprochen. Als Insulanerkind musste er ja auf dessen Schule gehen, es war die einzige auf der Insel. Friedrich war besonders streng zu seinem Sohn gewesen, damit niemand auf die Idee kam, dass er ihn bevorzugte.

Und dieser Moralist sollte eine Geliebte gehabt haben? Passte das? Greta sah ihre Tante an, aber die hatte sich schon wieder schweigend dem Kochtopf zugewandt.

Bis jetzt hatte sie immer gedacht, dass die Wohlerts eine ganz normale Familie waren. War dem wirklich so?

Es würde interessant sein, sich einmal unauffällig auf der Insel umzuhören. Hier konnte man nichts verstecken. Wenn da etwas gewesen war, wusste irgendjemand mit Sicherheit darüber Bescheid.

9

Am nächsten Morgen klopfte es gegen sieben Uhr heftig an der Haustür. Greta zog sich schnell den Morgenmantel über und erreichte gleichzeitig mit Karen und Tante Hille die Tür. Vor ihnen stand Dr. Sörensen. Greta ahnte, worum es ging: ihre Blutuntersuchung. Dass ihr behandelnder Arzt persönlich vorbeikam, verhieß nichts Gutes.

«Was willst du so früh bei uns?», beschwerte sich Langschläferin Tante Hille anstelle einer Begrüßung. «Wir sind alle gesund.»

«Es geht nicht um dich, sondern um Greta», erwiderte Sörensen.

Tante Hille sah ihn mit aufgerissenen Augen an. «Du lieber Gott», murmelte sie. «Ist es was Schlimmes?»

«Kann ich dich mal unter vier Augen sprechen?», fragte er nun Greta.

Ihr rutschte das Herz in die Hose. «Ich habe vor Tante Hille und Karen keine Geheimnisse», sagte sie mit belegter Stimme.

«Aber ich», schnaubte Sörensen. «Bitte. Ich habe nicht viel Zeit, und meine Praxis ist jetzt schon proppevoll.»

«Na, dann komm.»

Greta führte ihn in den Büchertempel. Sie setzten sich in die Ledersessel unter dem Bullauge.

«Ich habe eine Patientin, Antje Blum, die rutscht gerade seelisch etwas ab», erklärte er. «Sie braucht dringend Lesefutter, um auf andere Gedanken zu kommen, und davon hast du in deinem Flohmarkt massenweise herumstehen. Ich habe dir ein paar Infos über sie aufgeschrieben. Die fallen aber unters Arztgeheimnis, ja?» Er reichte ihr ein Rezeptformular, das eng beschrieben war.

Greta schaute skeptisch darauf. «Ich bin keine Therapeutin.»

«Darum geht es nicht. Ein paar starke Geschichten könnten sie wieder auf Spur bringen, momentan dreht sie sich im Kreis.»

«Das Gefühl kenne ich.» Vielleicht bin ich nur deswegen Vielleserin, fügte sie in Gedanken hinzu.

«Du hast hier mehr davon auf Lager als alle anderen auf der Insel.»

«Sollen es Krimis sein oder Liebesgeschichten?»

«Egal, sie müssen nur einen Sog erzeugen, der mitreißt. Heute Abend muss ich zum Hausbesuch auf die Inseldörfer, schaffst du es bis dahin, so was zu finden?»

«Probieren kann ich es.»

«Ich setze auf dich.»

«Aber ohne Garantie.»

«Die gibt es in der Medizin sowieso nicht.»

Greta erinnerte sich, dass sie mal von einer «literarischen Hausapotheke» gelesen hatte. Dort konnte man gegen jede körperliche oder seelische Krankheit das passende Buch bekommen, was ein schöner Gedanke war. Sie wusste allerdings nicht, ob sie als «Buchapothekerin» kompetent genug war. Zwar hatte sie viel gelesen, war aber keine professionelle Buchhändlerin.

«Apropos: Was ist mit meinen Blutwerten?»

«Alle im grünen Bereich, das besprechen wir ein anderes Mal.»

Immerhin war sie organisch gesund, das war die gute Nachricht. Aber was hatte sie dann?

Nach dem Schreck am frühen Morgen frühstückte Greta erst mal ausgiebig mit Karen und Tante Hille auf der Terrasse. Karen hatte frische Brötchen von Bäcker Hansen besorgt, zusammen mit der selbsteingekochten Marmelade von Tante Hille waren die ein Hochgenuss. Tante Hille war herzlich zu ihr wie immer, der Gedichtband mit der unbekannten Widmung war kein Thema mehr. Dabei wollte Greta es auch belassen. Es war großzügig genug, dass ihre Tante ihr Asyl bot, da wollte sie sie nicht unnötig aufregen. Sie erzählte auch nichts von den Erotika in der zweiten Reihe, die Pastorin Carola entdeckt hatte.

Als Greta den Bücherflohmarkt aufschloss, sah sie auf der Promenade einen Streifenwagen mit Blaulicht stehen. Was war da passiert? Direkt vor dem Wintergarten entdeckte sie nun eine uniformierte Polizistin, die breitbeinig auf ihrem Lesestuhl saß und in einem Band mit Liebesgedichten blätterte. Die Frau war ungefähr Ende zwanzig und trug einen blonden Pferdeschwanz. Ihre Augen versteckte sie hinter einer Sonnenbrille.

«Moin», grüßte Greta freundlich.

«Moin, ich wollte zu dir», erklärte die Polizistin.

Auf der Insel duzte man sich im Allgemeinen, auch auf dem Amt. Bei dieser Frau blieb Greta jedoch erst mal vorsichtig. «Wie kann ich der Polizei helfen?»

Die Uniformierte zog ihre Sonnenbrille hoch und

steckte sie sich ins Haar. Nun sah Greta das erste Mal ihre großen blauen Augen.

«Es gibt auf der Insel das Gerücht, dass eine Festländerin hier Drogen verkauft», sagte sie und hielt das Buch mit den Liebesgedichten hoch. Dabei verzog sie keine Miene.

«Ja, das muss ich zugeben», bestätigte Greta.

«Um was handelt es sich genau?», fragte die Blonde streng.

«Harte Drogen. Du bist völlig weg, wenn du sie dir reinziehst», sagte Greta. «Es kann auch passieren, dass sie dich depressiv machen, aber das ist selten. Meistens sind sie eine Bereicherung, sogar wenn es in deinem Leben sonst nicht so toll läuft. Aber wie das mit Drogen nun mal so ist: Du wirst schnell abhängig und willst immer mehr.»

«Und du besitzt mehr davon, als für den Eigenbedarf nötig ist?»

Greta nickte. «Ich könnte sämtliche Insulaner für Monate in einen Vollrausch versetzen.»

«Nebenwirkungen?»

«Glücksgefühle.»

Die Polizistin grinste. »Her damit! So viel du davon hast!»

«Denn komm rein.»

«Ich bin übrigens Ellen.»

«Greta.»

Kommissarin Ellen ging mit ihr durch den Wintergarten nach hinten zu den Regalen. Nach dem gleißenden Sonnenschein draußen mussten sie sich erst mal an das Zwielicht im Buchlager gewöhnen.

«Es riecht hier nach nassem Tampen», bemerkte Ellen.

«Tante Hille lagert hinten ihre Sachen fürs Boot. – Was liest du denn so?»

Ellen schob die Unterlippe leicht nach vorne. «Hier auf der Insel lieben alle die Natur und das Wattenmeer, was ja naheliegt. Aber ich komme aus der Großstadt, das kriegst du nicht raus aus mir.»

«Wie groß muss die Stadt denn sein?»

«Ich bin in Flensburg aufgewachsen, drunter mache ich es nicht.»

«Würde New York reichen?»

Ellen nickte. «Und am liebsten ist mir, wenn das Verbrechen siegt.»

Greta staunte. «Als Polizistin? Muss ich mir Sorgen machen?»

Jetzt sah Greta das erste Mal die Andeutung eines Lächelns in Ellens Gesicht. «Ich rege mich dann immer so auf, dass es mich richtig puscht für meine Arbeit auf der Insel.»

«Passiert denn hier überhaupt mal was?»

«Mehr, als man denkt.»

Das konnte sich Greta kaum vorstellen, aber sie fragte nicht nach.

«Okay, ich schaue mal, was ich finde.»

Greta staunte selbst, was sie in wenigen Minuten alles aus den Regalen fischte.

«Hier, spielt alles in New York. Aber du musst selber reinschauen, ob nicht aus Versehen was dabei ist, wo die Polizei am Schluss die Bösen verhaftet.»

«Zur Not würde ich das verkraften.»

Plötzlich huschte Pastorin Carola an ihnen vorbei, getarnt mit einer riesigen Sonnenbrille und einer Basecap, die sie sich tief in die Stirn gezogen hatte. Sie kam meistens, wenn der Laden leer war, damit niemand ihrer Gemeindemitglieder sie sah.

«Moin, Carola», grüßten Ellen und Greta unisono. Aber Carola war schon an ihrem Lieblingsregal zugange und kam kurze Zeit später mit ihrem «Bücher-Sandwich» zum Bezahlen: Unten lag der «Diercke Weltatlas» von 1975, oben «Die Geschichte des Altertums». Dazwischen klemmte ein dünnes Erotikbändchen, was nur Greta bemerkte.

«Oh, den haben wir in der Schule auch gehabt», rief Ellen, als sie den Atlas sah.

Unauffällig zog Greta «Die Dienerin von O...» aus dem Stapel, packte das Buch blitzschnell unter dem Tisch ein und reichte es Carola, die bereits nervös auf und ab tänzelte. Sie huschte so schnell aus dem Laden, wie sie gekommen war.

In diesem Moment kam ein krächzender Funkspruch aus Ellens Funkgerät: «Wir haben hier einen 34/12.»

«Was bedeutet das?», erkundigte sich Greta.

«Wir müssen diese Codes alle auswendig lernen», erklärte Ellen. «20/18 zum Beispiel steht für Ladendiebstahl.»

«Und 34/12?»

Ellen grinste. «Das ist ein Sondercode von unserm Chef. Er bedeutet: ‹Zweites Frühstück bei Rita›.»

Das war die Fischerkneipe von Claas' Mutter.

Greta lächelte. «Grüß sie von mir.»

«Mach ich.»

Ellen bezahlte ihre Krimis und kletterte glücklich in den blinkenden Streifenwagen. Dann raste sie mit quietschenden Reifen und eingeschaltetem Martinshorn davon, um rechtzeitig beim Frühstück zu sein. Greta sah ihr grinsend hinterher. Eins stand fest: Ellen war nicht das letzte Mal bei ihr im Flohmarkt gewesen.

10

Gerade als sie sich um die Bücher für Antje kümmern wollte, wurde es voll im Laden. Vor allem die Patienten aus der nahegelegenen Kurklinik strömten plötzlich in Scharen herein, als hätten sie sich bei ihr verabredet. Das kam vollkommen unerwartet und brachte natürlich Spaß, Greta verkaufte ein Buch nach dem anderen. Sie fühlte sich so, als ob sie auf einem Wellenkamm surfte. Erst als sie abends schloss, kam sie dazu, sich das Rezept von Dr. Sörensen genauer anzuschauen.

Die achtundsechzigjährige Antje Blum litt unter einer schweren Lungenentzündung und schwankte offenbar zwischen Kampf und Resignation. Zu Pessimismus gab es rein medizinisch gesehen überhaupt keinen Anlass, im Gegenteil. Antje hatte ihr Leben lang auf der Insel die öffentlichen Grünanlagen angelegt und gepflegt, unter anderem das prächtige Blumenmeer in der Mitte des Kreisverkehrs vorm Hafen. Greta stellte sich ihre Arbeit als eine Mischung aus Malerei und Gärtnerkunst vor. Sollte es für diese Frau eher ein mutmachender Schicksalsroman werden oder ein feinfühliger Gedichtband? Noch wichtiger als alles andere aber war: Worüber lachte sie? Greta schlich durch die Regalreihen und scannte konzentriert die Buchrücken ab.

Doch kein Titel löste in ihr etwas aus oder wies ihr eine Richtung.

Bis sie ihre Sichtweise änderte. Nicht *sie* musste ein Buch finden, sondern das Buch musste *sie* finden! Dieser Gedanke machte ihren Kopf frei, nun ging sie es entspannt an. Und plötzlich boten die Bücher Greta ihre Geschichten alle gleichzeitig an, jedes Exemplar wollte gelesen werden und warb um sie.

«Ich bin rührend.»

«Ich zeige dir etwas ganz Neues.»

«Ich entspanne dich.»

«Ich bin klug.»

«Ich bin frivol!»

«Ich bin verliebt in dich, meine Leserin.»

«Mich kannst du nicht mehr aus der Hand legen, so spannend bin ich.»

«Ich bin der unentdeckte Diamant.»

Die Auswahl fiel nicht leicht, nun fand Greta mehr, als sie gedacht hatte. Schließlich entschied sie sich für die beiden Liebesromane einer unbekannten Autorin, die sehr anrührend schrieb, ohne kitschig zu sein.

Wie versprochen kam Dr. Sörensen kurz nach Ladenschluss bei ihr vorbei. Obwohl er den ganzen Tag Patienten empfangen hatte, sah er überhaupt nicht müde aus.

«Und? Hast du was gefunden?», fragte er. Er blieb immer noch beim inselüblichen «Du», an das sie sich langsam gewöhnte.

«Ich hoffe, es passt.» Sie zeigte ihm die Bücher.

«Komm doch einfach mit und gib sie Antje persönlich. Sie ist eine interessante Frau.»

Greta musste nicht lange überlegen. «Gerne.»

Insgeheim hatte sie gehofft, dass er das anbieten würde. In einem Gespräch mit Karen hatte sie nämlich erfahren, dass Inselgärtnerin Antje Blum und ihr Großvater Friedrich, der langjährige Bürgermeister, früher einmal eng zusammengearbeitet hatten. Wie gut, hatte sie leider nicht herausbekommen, Nachfragen wären zu auffällig gewesen.

«Passt doch perfekt!», sagte Sörensen. «Während der Fahrt reden wir über deine Gesundheitsprobleme, und hinterher tust du was für meine Patientin.»

Davon wollte sie gerade nichts hören, es ging ihr doch wieder gut! Sie beruhigte sich damit, dass sie immer aussteigen und zu Fuß weitergehen könnte. Im maximalen Fall waren das zwei Stunden Fußweg.

Sie steckte die beiden Liebesromane in eine von Tante Hilles Messenger Bags mit Lucy von den Peanuts drauf. Außerdem legte sie noch ein paar Bücher für Claas' Bibliothek im Dünenwind dazu. Er wohnte nur einen guten Kilometer entfernt, die würde sie ihm persönlich vorbeibringen. Dann stieg sie in Dr. Sörensens flaschengrünen Land Rover. Als er kurz an der Apotheke hielt, um noch ein paar Medikamente zu besorgen, betrachtete Greta in Ruhe die Blumeninsel direkt vor sich. Die Beete wurden immer noch genau nach Antjes Vorgaben bepflanzt, sie waren friesischen Porzellanmustern nachempfunden, wie die auf den weiß-blauen Teetassen von Tante Hille.

«Wer kümmert sich eigentlich jetzt um Antje, wo es ihr so schlechtgeht?», fragte sie, als Sörensen zurück im Wagen war. «Ist sie verheiratet?»

Der Arzt lächelte. «Nein, sie hat einen Verehrer, der sie pflegt.»

«Einen Verehrer? Was kann ich mir denn darunter vorstellen?»

«Jasper war Prokurist in der Fährreederei und als Bürgermeister einer der Nachfolger deines Großvaters. Er war sein Leben lang in Antje verliebt. Du wirst ihn kennenlernen.»

«Ein glückliches Paar, wie schön.»

«Nein, die beiden sind kein Paar. Sie sind nie zusammengekommen.»

«Und trotzdem pflegt er sie?»

«Er findet es schön, seiner großen Liebe auf diese Weise nahe zu sein – hat er mir verraten.»

«Weiß sie das?»

«Ich würde sagen, sie spürt es. Sprechen würden die beiden aber nie darüber.»

Sörensen fuhr aus der Hauptstadt hinaus in die tellerflache Marsch. Manchmal blitzte neben der Straße das Meer auf, Gräser, Büsche und Bäume kräuselten sich im Wind, und die Abendsonne beleuchtete dieses Spiel in rot-gelben Farben.

«Wie geht's dir?», fragte Sörensen.

«Schon viel besser.»

Er nickte. «Dann fahr zurück nach Frankfurt und flieg wieder.»

Sollte das eine Provokation sein? «Entschuldige mal, du hast mich zwei Wochen krankgeschrieben.»

«Daran soll's nicht scheitern, ich schreibe dich auch wieder gesund.»

«Nein, Tante Hille braucht mich bei den Büchern.»

«Ausrede.»

«Überhaupt nicht.»

«Wenn du dir vorstellst, dass die Flugzeugtüren von innen verriegelt werden, was fühlst du dabei?»

Allein bei der Vorstellung wurde ihr Brustkorb enger. «Ich bin eingesperrt», gestand sie.

«Und dann?»

Sie wurde etwas kurzatmig. «Es hört nicht auf.»

«Aber du kommst wieder raus, das weißt du! Du bist oft genug geflogen.»

«Und wenn oben in der Luft etwas mit meinem Herzen passiert?»

«Keine Ahnung, was macht die Besatzung dann? Da kennst du dich besser aus als ich.»

«Wenn es nicht anders geht, steuern sie den nächsten Flughafen an.»

«Ich bin erleichtert, es gibt also ein Happy End, und du wirst gerettet. Wo also liegt das Problem?»

«Es ist peinlich und geht auf Kosten der anderen Passagiere.»

«Ah, das ist also der entscheidende Punkt: Du hast Angst, dich zu blamieren.»

«Wie jeder Mensch.»

«Krankheit ist nicht peinlich.»

«Als Flugbegleiterin soll *ich* den Passagieren helfen, nicht umgekehrt.»

«Ob Passagier oder Flugbegleiterin, du bist in erster Linie ein Mensch.»

In der sonst offenen Marsch fuhren sie auf eine kurze schattige Allee zu. Das Geäst der Bäume war vom Westwind stark nach Osten gebeugt, ihr Schatten wirkte wie ein Tunnel. Dahinter kam wieder plattes Land, hell und sonnig. An einer Kreuzung ein paar Kilometer weiter stand mitten im Nichts eine prächtige alte Windmühle. Hier bog Sörensen ab ins Dünengebiet. Links lag das einzige zusammenhängende Waldstück der Insel, rechts leuchteten die Sanddünen. Der Wind knatterte fröhlich gegen die Scheiben und blies ein paar welke Blätter vom letzten Herbst vor sich her. Sie schwiegen, bis sie ein kleines Zweizimmerhaus mit spitzem Ziegeldach erreichten. Es lag unweit von Claas' Pension am Rand des Dünengebietes und war umgeben von Büschen und Bäumen, die fast bis zum Schornstein reichten. Davor gab es einen Garten mit bunten Blumen, der herrlich verwildert aussah. Nun waren es bis zum Meer nur noch ein paar Schritte. Greta stellte sich vor, hier mit Florian einen Winterspaziergang zu machen und komplett eingeschneit zu sein, während der Wind ums Haus heulte und sie dick eingepackt am Meer entlangschlenderten.

«Hier wohnt Antje», erklärte Dr. Sörensen und hielt neben einem uralten Geländewagen mit verblasstem grünem Lack. Ein grauhaariger Mann in Jeans und Poloshirt kam aus dem Haus. Er hielt sein Kreuz aufrecht, sah schlank und sportlich aus.

«Moin, ich bin Jasper», stellte er sich vor.

«Greta.» Sie schaute Antjes Verehrer neugierig an. Dieser gut aussehende Mann hatte sein ganzes Leben auf seine große Liebe gewartet und nie aufgegeben. Dabei strahlte er das pure Glück aus, das konnte man nicht anders sagen.

«Moin, Doktor.»

«Greta hat die Bücher mit», sagte Sörensen.

Sie betraten das kleine Haus durch die grüne Eingangstür. Im Flur war ein mannshoher Anlegepfahl aus dem Hafen aufgestellt, schwarz mit weißer Spitze, an dem Haken und Stöcke als Garderobe befestigt waren. An den Wänden hingen unzählige Ölbilder und Aquarelle, sie zeigten das Wattenmeer bei Ebbe, die Nordsee bei Sturm, Strandbilder und Abendstimmungen in der Marsch.

«Von wem sind die?», fragte Greta.

«Antje hat sie gemalt», erklärte Jasper mit fast ehrfürchtiger Bewunderung in der Stimme. Greta berührten die Gemälde, sie hatten etwas ganz Eigenes. Ihr Lieblingsbild wurde auf Anhieb das von drei Pollern, die auf einem Steg vor der ruhigen abendlichen Nordsee standen.

Jasper führte sie ins Schlafzimmer. Greta hatte weiße Bettwäsche erwartet und ein helles Nachthemd, wie im Krankenhaus. Stattdessen trug Antje einen eleganten grünen Seidenkimono, und ihr Bettbezug wirkte so bunt wie ihre Bilder. Es roch nach frischem Obst und Blumenblüten. Sie schlief.

Greta betrachtete ihre schulterlangen blond gefärbten Haare mit ein paar grauen Strähnen darin, die ziemlich verwuselt waren. An der Wand neben dem Bett hingen Fotos: Antje beim Tanzen, in einem Rennboot und als Sängerin in einer Band – Lebensfreude pur! Der Name der Band stand groß auf der Basstrommel: «Island Butterflies».

«Antje ist viel gereist», erklärte Jasper, der gemerkt haben musste, wie Greta das Bild anstarrte. «Wenn ein Insulaner mal in die Großstadt musste, hat sie ihn beraten, wie er sich am modernsten kleidete. Es wollte sich ja keiner blamieren. Mit Mode kannte Antje sich bestens aus, sie hat zum Beispiel als Allererste auf der Insel Levis-Jeans getragen.»

Sörensen setzte sich neben seine Patientin und weckte sie sanft. «Antje?»

Jasper streichelte ihre Wange, und Antje öffnete die Augen, die vom Fieber glänzten.

«Moin, wie geht es dir?», fragte Sörensen.

«Geht so.»

«Ich bin Greta, die Enkelin von Friedrich Wohlert und Tante Hilles Nichte», stellte sie sich vor.

Antje hatte kaum Kraft zu sprechen. «Die Tochter von Nane und Hauke?», flüsterte sie leise.

Stimmt, sie kannte natürlich auch ihren Vater und ihre Mutter, die ja auf der Insel aufgewachsen waren.

«Ja, genau.»

«Hauke war ein guter Freund von mir. Und dich kenne ich noch als ganz kleines Mädchen.»

«Ich würde dich jetzt gerne abhören.» Sörensen schob ihr Nachthemd am Rücken hoch und horchte an seinem Stethoskop. «Kannst du mal husten?»

Offenbar wollte er sie noch genauer untersuchen, daher beschloss Greta, sich zu verabschieden. «Ich lasse dir zwei Bücher da. Vielleicht kann Jasper sie dir vorlesen. Wenn sie dir nicht gefallen, bringe ich dir gerne andere vorbei.»

Greta schloss die Tür hinter sich und trat nach draußen. Die Sonne stand schon ziemlich tief, in einer guten Stunde wurde es dunkel. Das leichte Dünengras wurde vom Wind hin und her geweht. Sie fasste in ihre Tasche und holte noch einmal die Bücher für Claas' Bibliothek hervor, eine Mischung aus Krimis und Klassikern wie «Deutschstunde» von Siegfried Lenz.

Jetzt entdeckte sie auf der gegenüberliegenden Seite eine reetgedeckte Scheune mit einem Schild an der Eingangstür: «Inselmuseum». Sie ging rüber. Neugierig drückte sie die knarrende Klinke und betätigte einen schwergängigen, uralten Lichtschalter. Vor sich sah sie einen großen Raum voller alter Milchkannen und halb verrosteter Gerätschaften wie Pflüge und Harken. An den Wänden hingen Fischernetze. Es gab Schautafeln mit erstaunlichen Schwarzweißfotos. Zum Beispiel hatte Greta nicht gewusst, dass es in den zwanziger Jahren des letzten Jahrhunderts eine kleine Schmalspureisenbahn auf der Insel gegeben hatte, mit einer Dampflok vorweg und Haltestationen am Leuchtturm und im Dünengebiet. Nebenbei suchte sie jedes Foto nach Schmetterlingen ab und nach schönen Frauen, die eventuell zusammen mit ihrem Großvater zu sehen waren. Die Menschen von früher wirkten sehr sympathisch, wie sie lächelnd in geringelten Badeanzügen am Strand vor ihren Badekarren standen, um sich umzuziehen. Sie sahen alle so fröhlich und unternehmungslustig aus! Nun waren sie leider längst gestorben. Später, in den Sechzigern, hatte es auf der Insel echte Hippies gegeben, Männer mit Vollbart und langem Haar, Frauen in bunt gemusterten Kleidern. Auf VW-Busse waren Wale und Peace-Zeichen gemalt, und unten im Hafen hatte es sogar eine Demonstration gegen den Vietnamkrieg gegeben, inklusive Spruchbänder! Allerdings nur mit einem Dutzend Teilnehmer. Unter ihnen entdeckte Greta die junge Antje. Sie war kaum wiederzuerkennen, so jung wirkte sie – und sehr schön.

«Antje ist das Gedächtnis der Insel», hörte sie Sörensens Stimme hinter sich. Greta zuckte zusammen. «Sie sammelt alles, was sie nur kriegen kann, Fotos und Gegenstände. Damit wir nicht vergessen, woher wir kommen.»

«Es ist faszinierend.»

«Auf der Insel wird ihre Arbeit viel zu wenig geschätzt. Meiner Meinung nach sollte die Scheune ein offizielles Museum werden.»

«Allerdings», pflichtete Greta ihm bei.

«Ich bearbeite den Stadtrat, wo ich nur kann, aber es hängt wie immer am Geld.»

«Wird Antje je wieder gesund?»

«Aber ja. Allerdings ist ihre Lungenentzündung ganz schön hartnäckig, das dauert.» Sörensen schaute auf seine Uhr. «So, Feierabend.»

«Ich gehe zu Fuß zurück.»

«Ernsthaft? Das ist aber ein Stück.»

«Es wird mir guttun.»

«Und wirst du unterwegs über geschlossene Flugzeugtüren nachdenken?»

«An was sonst sollte ich an einem warmen Sommerabend am Strand denken?»

Er lächelte. «Dann ist ja gut.»

Sie fühlte sich plötzlich richtig beschwingt und wollte unbedingt noch bei Claas vorbeischauen. Und ihre erste Surfstunde nehmen.

11

Greta brauchte nicht einmal eine Viertelstunde, um von Antjes Haus durch die sanften Dünen hinüber zur Pension Dünenwind zu gelangen. Die Luft war erstaunlich warm. Hin und wieder kam eine kühle Brise vom Meer, kleine Wellen schwappten träge an den Strand.

Claas' Gäste saßen auf der Terrasse und sonnten sich im Abendlicht. Lena, die Kellnerin, nahm gerade Bestellungen auf, was etwas dauerte. Die Mittzwanzigerin mit den schwarzen Zöpfen bewegte sich wie eine Schnecke, offenbar konnte sie einfach nicht schneller. Es war ein Segen für sie, dass sie hier arbeiten durfte, sie hätte woanders nur schwer einen Job gefunden. Die Gäste schien ihr Tempo nicht weiter zu stören, sie wurde Teil der Entschleunigung, auf die man sich im Urlaub einlassen wollte.

«Wo ist der Chef?», fragte Greta sie jetzt.

«In der Nordsee.» Die Kellnerin zeigte Richtung Meer.

Greta ging die paar Meter über die Düne zum Strand, und richtig, Claas zischte fröhlich übers Wasser, sein Schirm hoch über ihm. Gerade erwischte er eine besonders große Welle, die er als Rampe nutzte, um in die Luft zu springen. Dort drehte er sich zweimal um die eigene Achse, landete wieder auf der Wasseroberfläche und raste weiter.

Greta wurde etwas fröstelig, also schnappte sie sich das Handtuch aus ihrem Rucksack und legte es sich um die Schultern. Er winkte ihr von ferne zu. In diesem Moment entdeckte sie am Strand ein weiteres Brett im Sand, ohne Schirm. Ohne zu zögern, schnappte sie es sich und zog Hose und T-Shirt aus. Ihren Bikini hatte sie drunter. Das Brett hielt sie beim Gehen lässig an den Hüften, wie sie es aus dem Fernsehen kannte, und sprang dann damit ins Wasser. Mit dem Brett vor sich schwamm sie ein paar Züge hinaus. Claas glitt auf einer mittelhohen Welle direkt auf sie zu.

«Moin», rief er lachend und sprang ab. Sein Schirm sank hinter ihm in Zeitlupe nieder.

«Moin, Claas, was muss ich tun?», rief sie unternehmungslustig.

«Es ist ganz einfach: Sobald eine Welle kommt, stellst du dich aufs Brett und gleitest Richtung Strand.»

«Das ist alles?», rief sie. «Kein Problem!»

«Für deinen ersten Take-off solltest du dir eine Welle rauspicken, die schon gebrochen ist, aber noch genug Power hat. Dein Brett muss Richtung Strand zeigen.»

«Take-off», wiederholte sie leicht spöttisch. «Das kenne ich vom Fliegen.» Sie legte sich auf das Brett.

«Sehr gut, nun paddel los. Sobald du spürst, dass eine Welle von hinten kommt, stellst du dich ganz langsam hin.»

«Okay.»

Sie wollte sich auf keinen Fall dumm anstellen und versuchte, sich schnell aufzurichten. Wie er. Vielleicht war sie ja ein Naturtalent, und es funktionierte auf Anhieb.

«Nicht so hektisch!», warnte er. «Erst legst du die Hände flach unterhalb der Brust aufs Board. Dann stemmst du dich hoch wie bei einem Liegestütz. Gleichzeitig ziehst du beide Füße langsam und leicht versetzt vom hinteren Teil des Bretts nach vorne unter deinen Körperschwerpunkt.»

Sie konzentrierte sich aufs Hochkommen wie ein Pilot bei einer schwierigen Landung, und siehe da, sie stand auf dem Brett! Alles kein Problem, wenn man nur etwas geschickt war. Vor sich sah sie, wenn auch etwas schwankend, den Strand und die Dünen.

«Jetzt die Hände vom Brett und ganz langsam ganz hoch!»

Sie spannte sämtliche Muskeln an, um die Balance zu halten, und stand! Es fühlte sich phantastisch an, bestimmt sah sie gerade genauso aus wie die gut aussehenden Surferinnen auf den Covern der Hochglanzmagazine: stylisch, sportlich und hip – wie sie!

«Spür die Welle, *sie* übernimmt die Regie, nicht du!»

Sie machte es perfekt.

Jedenfalls einen knappen halben Meter weit. Dann rauschte ein großer Brecher über sie hinweg und spülte sie in Sekundenbruchteilen unter Wasser. Sie hatte nicht einmal gemerkt, wie sie abgerutscht war.

«Das ist am Anfang normal», tröstete Claas sie, als sie prustend wieder auftauchte. «Mach's noch einmal.»

Sie schaute ihn frustriert an. Wie bekam er das bloß hin? Und dazu noch so, dass es ganz mühelos aussah? Und wie schaffte er es, dass seine blonden Haare auch dann noch toll saßen, wenn sie pitschenass waren?

«Ich muss dir was gestehen», erklärte sie. «Ich will eigentlich nur ein Foto auf dem Brett machen, um auf die

Titel der Surfmagazine zu kommen. Das würde mir voll und ganz genügen.»

«Sag das doch gleich», gab er zurück. «Dann setzen wir uns an den Rechner und basteln das am Bildschirm zusammen.»

«Und ich muss mich nicht weiter nass machen?»

Nach ein paar weiteren vergeblichen Versuchen setzten sie sich an den Strand. Er machte mit ihrem Handy ein Foto von ihr mit dem Surfbrett unterm Arm, das sie direkt Jana schickte. Dazu kam der Text: «Mache gerade Pause beim Foto-Shooting für's Surfmagazin.»

Jana beeindruckte das anscheinend wenig, zurück kam: «Midlife-Crisis, oder was?»

Das konnte sie natürlich nicht so stehenlassen. «Vergiss nicht: In zwanzig Jahren bist du in meinem Alter. Dann helfe ich dir, aufs Brett zu kommen.»

«In zwanzig Jahren bist du bereits sechzig, wenn ich richtig rechne.»

«Und trotzdem wird es so kommen ...»

Ihre Tochter war nie ein besonderer Sportfan gewesen. Sie verabschiedete sich mit einem Smiley.

Claas reichte Greta eine Flasche Mineralwasser, damit sie das Salz aus ihrem Mund spülen konnte. Außerdem hatte er ein paar Avocados dabei, die er mit einem Löffel aushöhlte. Er reichte ihr das Fruchtfleisch auf einem Teller, dazu gab es frische Krabben aus einer Tupperbox, was zusammen wunderbar schmeckte.

«Du hast Talent», lobte er.

«Mach mir nur Mut.»

«Im Ernst!»

Sie glaubte ihm kein Wort und wechselte schnell das

Thema: «Ich habe etwas für deine Bibliothek dabei.» Sie pulte die Bücher aus Tante Hilles Messenger Bag.

«‹Polski Blues› von Janosch», murmelte er. «Ist das derselbe Janosch wie der von ‹Oh, wie schön ist Panama›?»

«Ja.»

«Wusste gar nicht, dass der auch ein Erwachsenenbuch geschrieben hat.»

Sie hatte auch noch ein paar skandinavische Krimis für ihn rausgesucht.

«Inzwischen habe ich fast das Gefühl, dass jeder schwedische Einwohner einen Krimi geschrieben hat», frotzelte er.

«Und meistens sind sie auch noch gut.»

Er sah sie an. «Läuft der Flohmarkt?»

«Der nimmt gerade richtig Fahrt auf. Und kaum ein Kunde geht mit nur einem Buch wieder hinaus.»

«Sehr schön. – Und was treibst du sonst so?»

Sie lachte. «Och, so dit und dat. Zum Beispiel erkunde ich das geheime Liebesleben meines Opas.»

«Wie das? Er lebt doch gar nicht mehr.»

«Neben meiner Oma hatte er wohl eine Geliebte. Jedenfalls habe ich eine ziemlich eindeutige Widmung in einem Buch gefunden.»

Claas sah sie erstaunt an. «Der alte Fritz, wer hätte das gedacht?»

«Du hast ihn auch nicht mehr kennengelernt, oder?»

«Nein, aber alle reden bis heute von ihm. Er war ja mal Schulleiter meiner Schule. – Und der soll fremdgegangen sein?»

«Seine Geliebte nannte sich ‹Papillon›.»

«Wow, romantisch.»

«Sagt dir das was?»

«Nee.»

«Vielleicht ein Spitzname? Eine Französin auf der Insel? Der Name einer Kneipe, wo sie sich getroffen haben?»

«Die einzige Französin, an die ich mich hier erinnern kann, war Madame Longuet, geboren in Montpellier. Die war mit dem Chef der Fährreederei verheiratet. Mit der hatte er bestimmt nichts, die war unfreundlich wie ein Stein.»

«Aber irgendwer muss da gewesen sein!»

«Wieso bist du da so hinterher?»

«Ich bin einfach nur neugierig.»

«Und wann willst du zurück aufs Festland?»

Sie blickte aufs Meer, das sich bis zum Horizont hinzog. «Am liebsten nie. Aber Tante Hilles Bücher sind wie ein Berg, den ich langsam abbaue. Irgendwann ist der Laden leer.»

Claas sah ihr nun direkt ins Gesicht. «Aus dem Bücherflohmarkt ließe sich ein wunderbarer Buchladen machen.»

«Ich bin Flugbegleiterin und keine Buchhändlerin, Claas.»

«Wenn du zollfreies Parfüm in zehntausend Meter Höhe verkaufen kannst, kriegst du auch Bücher an die Leute. Klappt doch jetzt schon.»

«Das ist ein Riesenunterschied, Claas.»

«Im Ernst, der Einzige, der auf der Insel Bücher verkauft, ist Hinnerk in der Altstadt. Und der macht das nur nebenbei, überwiegend bekommt man bei ihm Zeitungen. Er ist schon über achtzig und will wahrscheinlich nach dieser Saison aufhören.»

«Meinst du im Ernst, eine Buchhandlung hier auf der Insel könnte sich rechnen?»

«Im Sommer machst du mit den Touristen bestimmt gute Umsätze. Und im Winter trinken wir beide zwischen den Regalen Grog.»

Er lächelte sie an. Ihr wurde ganz warm bei seinem Blick.

Vorsicht, Greta!

Als Claas zurückmusste, umarmten sie sich einen Tick länger als sonst, dann machte sich Greta auf den Heimweg. Sie lief direkt am Strand entlang, hatte die Strecke jedoch unterschätzt. Es wurde schneller dunkel, als sie gedacht hatte. Unter dem Himmel mit Millionen von Sternen und mit dem Meer an ihrer Seite fühlte sie sich jedoch gut. Wie ein Wesen, das mitten durchs All spazierte. Dazu schlugen die Wellen sanft an den Strand.

Als sie das Haus betrat, saßen Tante Hille und Karen noch am Küchentisch und hielten Klönschnack. Vor ihnen stand eine zur Hälfte geleerte Wasserflasche mit einer bräunlichen Flüssigkeit.

«Auch einen Manhattan?», fragte Karen.

«Überredet», sagte Greta sofort. Das Nationalgetränk der Insel konnte man niemandem abschlagen. Es bestand aus einer Hälfte Bourbon, dazu rotem und weißem Vermouth sowie einem Schuss Angosturabitter und einer Cocktailkirsche.

Es würde guttun, vorm Schlafengehen noch einen Absacker zu trinken. Tante Hille besorgte ihr ein großes Wasserglas.

«Das ist vielleicht etwas zu viel des Guten, Tante Hille.»

«Keine Widerrede.»

«Sünjhait», sagte Greta auf Friesisch und nippte an ihrem Glas. Diesen Cocktail trank sie nur auf der Insel, in Frankfurt schmeckte er ihr komischerweise überhaupt nicht.

Sie redeten noch ein bisschen über das Wetter und tauschten sich über den neusten Inseltratsch aus, aber Greta merkte schnell, dass sie ins Bett gehörte. Nach einer halben Stunde verabschiedete sie sich und ging hoch in ihr Zimmer.

Obwohl sie eben so müde gewesen war, konnte sie nicht einschlafen. Unruhig wälzte sie sich in der Lavendelbettwäsche hin und her. Ihr Körper schwankte immer noch auf dem Surfbrett. Es war ein angenehmer, leichter Schwindel, der sie erfasste, wie beim Tanzen. Plötzlich kam ihr Claas' Idee von der eigenen Buchhandlung wieder in den Sinn: Und was, wenn sie es wirklich versuchte? Wahrscheinlich war es eine Schnapsidee. Sie war keine Aussteigerin, war sie nie gewesen. Klar, manchmal bewunderte sie Menschen, die alles stehen- und liegenließen und am anderen Ende der Welt ein neues Leben begannen. Sie selbst zog es aber weder auf eine abgelegene Schafsfarm in Australien noch zu einem Kanuverleih in Kanada. Als Flugbegleiterin war sie von Traumort zu Traumort geflogen und hatte viel gesehen, sie konnte sich wirklich nicht beschweren.

Aber ganz auf die Insel ziehen?

Sie war immer nur in den Ferien hier gewesen. Hier kannst du nicht einfach abhauen, wenn dir danach ist, dachte sie. Du musst dann immer erst auf die Fähre, die streng nach Plan fährt – und bei Sturm nicht mal das. Außerdem war es höchst fraglich, ob man von einem Buchladen leben konnte. Im Sommer würde es wohl gehen, auch wenn Hinnerk in der Altstadt viel günstiger aufgestellt war: Die Touristen würden zu drei Vierteln bei ihm hängenbleiben, selbst wenn seine Auswahl an Büchern nicht besonders groß war. Bis zum Südstrand hingegen war es vom Zentrum aus ein Weg von fünfzehn Minuten, und es gab keine anderen Geschäfte um Tante Hilles Haus herum. Das hieß, es gab keine Laufkundschaft, die auf dem Weg zum Essen oder beim Boutiquenbummel mal kurz bei ihr hereinkam. Auf der anderen Seite war die Insel klein. Und der Südstrand war der schönste weit und breit, irgendwann kam dort jeder mal vorbei. Wenn man schon mal so weit gegangen war, kaufte man vielleicht auch ein Buch. Vielleicht, vielleicht, vielleicht.

Nein, sie war Flugbegleiterin und liebte ihren Beruf. Außerdem hatte Dr. Sörensen recht: Irgendwann musste sie wieder ein Flugzeug betreten und losfliegen, und das sollte ein Freudentag für sie werden!

Sie schaute auf die Wand mit den Postkarten ihres Vaters: Was hätte er wohl jetzt gesagt? Gedankenverloren pulte sie die Karte mit den Lavendelfeldern ab und drehte sie um. Wer hatte ihm eigentlich eine solche Karte geschickt? Das hatte sie sich noch nie gefragt.

Moin, Hauke!
Wie sehr ich die ganze Zeit an Dich denke!
Dein Papillon.

Die Karte war fast genau auf ein Jahr nach ihrer Geburt datiert. Es war dieselbe Schrift wie in den Büchern! Und die Verfasserin schrieb das «w» auch hier als Druckbuchstaben! Da die Zeilen quer über die Rückseite der Karte liefen, musste Papillon sie in einem Kuvert verschickt haben. Plötzlich fiel es Greta wie Schuppen von den Augen: Genau wie diese Karte waren die Liebesgrüße in den Büchern gar nicht an ihren Opa, sondern an ihren Vater gerichtet gewesen! Nicht Opa Friedrich hatte eine Affäre gehabt – sondern Papa!

Irgendwie war das unvorstellbar, ihr Vater war ihr Vater und kein erotisches Wesen. Auf der anderen Seite: Warum sollte er nach dem Tod seiner Frau nicht etwas mit einer anderen angefangen haben? Es wäre vollkommen in Ordnung gewesen – und fühlte sich trotzdem komisch an.

«Schade, Papa, dass du nicht mehr lebst. Ich würde dich so gerne nach ‹Papillon› fragen. Bestimmt warst du total verknallt in diese Frau. Ich möchte unbedingt wissen, wer sie gewesen ist.»

Wieso machte Tante Hille eigentlich so ein Geheimnis daraus?

12

Ein paar Tage später tauchten ein Mädchen mit strohblonden Haaren und ein Junge bei ihr auf. Beide waren höchstens vier Jahre alt und kamen aus der Nachbarschaft.

«Dürfen wir mal gucken?», fragte das Mädchen.

«Klar», sagte Greta.

Sie hießen Meira und Raik und konnten noch nicht lesen. Für sie waren Bücher Bauklötze aus Papier mit geheimen Zeichen darin, die nur Erwachsene entziffern konnten. Außerdem konnte man zwischen den Regalen hervorragend Verstecken spielen. Und das alte Klavier im Büchertempel war natürlich perfekt zum Rumklimpern geeignet. Nachdem sie zu Ende getobt hatten, überredeten die Kinder Greta, ihnen ihr Lieblingsbuch vorzulesen: «Die kleine Raupe Nimmersatt» von Eric Carle. Mit dem Buch in der Hand setzten sie sich einfach auf ihren Schoß. Sie liebten die Geschichte und die tollen Zeichnungen. Greta war gerührt und erinnerte sich an die Zeit, als ihre Tochter klein gewesen war.

Als Dankeschön fürs Vorlesen gab es am nächsten Tag eine Original-Buntstiftzeichnung von Tigern und Löwen zwischen Bücherregalen. Außerdem schleppten Meira und Raik noch mehr Kinder an, die wiederum ihre Mütter in den Bücherflohmarkt mitbrachten, allesamt Insulanerinnen. Es überraschte Greta nicht, dass die Frauen zuerst auftauchten. Männer lasen im Allgemeinen weniger. Privat kannte sie so einige vielbeschäftigte Kerle, die sich im gesamten Jahr nur einen einzigen Roman vornahmen, und zwar den, den ihre Frau ihnen im Urlaub mit dem Hinweis hinlegte: «Das musst du mal lesen.» Viele schafften auch dieses Buch nur bis zur Hälfte. Wenn Männer Bücher kauften, dann vor allem Sachbücher oder Krimis.

Eines Morgens blinkte erneut das Blaulicht von Ellens Polizeiwagen auf der Promenade.

«Moin, Ellen, schon alles ausgelesen?», rief Greta ihr zu.

«Ja, danke. Die Krimis waren superspannend!»

«Freut mich.»

«Und man lernt nebenbei, dass Manhattan letztlich auch nur 'ne Insel ist wie unsere. Und dass meine Kollegen da genau so viel zu tun haben wie wir.»

Greta verzog keine Miene. «Ist halt nur 'n büschen dichter bebaut.»

«Das kann hier auch noch kommen», orakelte Ellen.

Greta lächelte. Niemals würden die Reetdachhäuser hier durch Wolkenkratzer ersetzt werden, und das war auch gut so. «Und? Lust auf was Neues?»

Ellen nickte. «Wieder Krimi und möglichst grausam. Vielleicht mal was Historisches?»

Greta überlegte. «Kennst du ‹Das Parfum›?»

«Nee.»

«Ein Parfümeur im 18. Jahrhundert, der Frauen wegen ihres Geruchs sammelt. Da hast du beides.»

«Wie ekelhaft – klingt herrlich!»

Greta verkaufte ihr das Buch. Überglücklich stieg Ellen in ihren Polizeiwagen und fuhr mit quietschenden Reifen und Blaulicht davon. Ihr Blaulichtfimmel wirkte ein wenig albern, stand aber in wunderbarem Widerspruch zu der Ernsthaftigkeit, die sie sonst an den Tag legte.

Neben all den Frauen, die zum Flohmarkt kamen, war der Krabbenfischer in ölbefleckter Latzhose eine echte Ausnahme. Greta hatte ihn schon öfter auf seinem Kutter im Hafen gesehen. Er war vielleicht Mitte zwanzig, hatte breite Schultern und die sonnengebleichten Haare zu einem Zopf gebunden.

«Moin, was kann ich für dich tun?», fragte Greta, als er den Wintergarten betrat.

«Ich find schon was», grummelte er und verschwand im Lager.

Zurück kam er mit «Frühstück bei Tiffany» von Truman Capote, der Geschichte des Partygirls Holly Golightly, die vollkommen mittellos ist, sich aber mit unglaublichem Charme durchs New Yorker Leben der fünfziger Jahre schlägt. Ihre Verehrer lässt sie am ausgestreckten Arm verhungern, nimmt ihr Geld jedoch gerne an und ist für jeden Unsinn zu haben. Immer wenn sie das «rote Elend» überkommt, geht sie zum Juweliergeschäft in der Fifth Avenue, dem einzigen Ort auf der Welt, an dem sie sich immer wohlfühlt. Ob das etwas für einen Fischer war, der auf hoher See hart anpacken musste? Nun ja, das war seine Sache.

«Was kriegste dafür?», fragte er.

«’n paar Krabben im Büddel.» Sie liebte frische Nordseekrabben.

Überrascht schaute er sie an. «Hab ich gerade nicht dabei.»

«Machen wir später klar.»

«Bedankt», rief er fröhlich und verließ mit dem Buch unterm Arm den Laden.

Claas kam inzwischen fast täglich zum Teetrinken, unter dem Vorwand, etwas für seine Bibliothek zu suchen. Dann machten sie es sich am Tisch gemütlich und sprachen über ihre Vorlieben beim Lesen. Claas kannte sich hervorragend in der angelsächsischen Krimi-Literatur aus, während Greta eine Liebhaberin von französischen Familienromanen war.

Sie fand es reizvoll, alles in der Schwebe zu lassen, was zwischen ihnen beiden passierte. Sie flirtete mit ihm, ohne ihre Deckung aufzugeben. Denn Florian war noch längst nicht aus ihrem Kopf gelöscht. Auch wenn es total sinnlos war. Seit ihrem letzten Telefonat hatte er sich nicht mehr gemeldet. Warum nicht? Eine kleine Geste hätte sie toll gefunden. Aber gut, wenn er cool sein wollte – das konnte sie auch. Also hatte sie ebenfalls nicht angerufen oder gesimst. Der Bücherflohmarkt war ihr dabei eine gute Ablenkung.

Pastorin Carola tauchte ebenfalls regelmäßig auf. Die Gier, mit der sie erotische Romane verschlang, musste man wohl unersättlich nennen. Vermutlich vernachlässigte sie dafür sogar die Gemeindearbeit. Sie war wirklich ein Trüffelschwein für Erotika und fand jeden Band in den Regalen, und war er noch so abseitig versteckt.

«Das hier habe ich ganz hinten aufgestöbert», meinte sie eines Tages und drückte Greta einen Gedichtband in die Hand. «Da liegt aber ein Zettel drin, der sieht privat aus.»

Greta klappte das Buch neugierig auf und starrte auf den Zettel. Wieder die verschnörkelte Schrift von «Papillon» mit dem «W» als Druckbuchstaben! Diesmal hatte die

Unbekannte auf einer Leerseite ein kurzes Gedicht aufgeschrieben:

Der Wind klingt traurig und leer.
Ich gehe zu unseren Dünen und
weine um meine verlorene Welt.
Dein Papillon

Das klang sehr melancholisch: War das schon das Ende zwischen ihrem Vater und seiner Geliebten gewesen? Oder hatten sie gerade eine Krise? Waren sie erwischt worden? Ihre Phantasie lief auf Hochtouren, sämtliche Liebesgeschichten aus Büchern und Filmen jagten ihr durch den Kopf, von hochdramatisch bis seicht. Welche davon war wohl die ihres Vaters? Es ließ ihr keine Ruhe.

Nach Feierabend setzte Greta sich auf Tante Hilles Tandem und radelte in die Marsch Richtung Antjes Haus. Bestimmt sah es komisch aus, alleine auf einem Fahrrad für zwei zu fahren, aber es gab kein anderes. Im Korb auf dem Gepäckträger lag «Der Fänger im Roggen» von Salinger. Sie hoffte, dass Antje dieses meisterhaft geschriebene Buch in ein anderes Leben katapultierte, wenigstens zeitweise. Außerdem hatte Greta in eine Tasche eine Thermoskanne mit Tee und ihre Badesachen gepackt, vielleicht würde sie nachher noch bei Claas vorbeischauen.

Unablässig schob der Wind ihr Wolken entgegen, ein ständiger Wechsel von Sonne und Schatten. Der Radweg führte weitab von Straßen zwischen Weiden und Feldern hindurch, mitten durch die Marsch, und war glatt geteert. Sie musste kräftig in die Pedale treten, um gegen den Wind anzukommen. Irgendwann erreichte sie die kleine

Allee in der flachen Weite: einmal durch den Schattentunnel zischen, dann war sie wieder in der Sonne. Sie bog ab ins Dünengebiet. Der Wind kam nun von der Seite, was das Radeln viel leichter machte. Sie freute sich schon auf die Rückfahrt, mit Rückenwind würde sie auf dem Rad fliegen. Wieder musste sie an Florian denken. Er hatte sich immer noch nicht gemeldet. Wie schön wäre es jetzt, Tango mit ihm zu tanzen …

Kurz hinter der alten Windmühle tauchte Antjes kleines Haus auf. Jaspers Geländewagen war nicht zu sehen, ihr Verehrer schien nicht da zu sein. Greta stieg ab, nahm das Buch aus dem Korb und ging ins Haus. Im Flur schaute sie einen Moment versonnen auf ihr Lieblingsbild mit den drei Pollern vor der abendlichen Nordsee. In dieser einzigartigen Weite des Meeres steckte für sie so viel.

Vorsichtig klopfte sie an die Schlafzimmertür.

«Moin, Greta», schallte es ihr entgegen.

Sie trat ein, wieder roch es nach Blumen und frischem Obst. Antje ging es sichtbar besser, obwohl sie immer noch sehr blass war.

«Moin, Antje, hü gongt et?»

«Besser.»

«Ich hab dir was mitgebracht.»

Antje nahm ihre Brille vom Nachttisch. «Sehr schön, danke. Was ist es? Ah, ‹Der Fänger im Roggen›.»

Sie nahm den Band in die Hand und betrachtete ihn nachdenklich.

«Kennst du es?»

«Nee. Jeder hat ja so seine berühmten Bücher, die er noch nicht gelesen hat. Salinger ist eins von meinen. Ich wollte es mir immer mal vornehmen.»

«Ich finde es großartig. Es handelt vom Erwachsenwerden. Das ist doch für jeden eine spannende Zeit, oder? Fragen über Fragen: Wer bin ich, woher komme ich?»

«Und? Weißt du's jetzt?»

«Mal so, mal so.»

Antje stöhnte und legte das Buch beiseite. «Ich habe aktuell nur *eine* Frage», erklärte sie mit deprimiertem Gesichtsausdruck. «Wie sterbe ich optimal?»

«Vorerst gar nicht, sagt Dr. Sörensen.»

Antje zog skeptisch eine Augenbraue hoch. «Fragt sich nur, ob sich mein Körper an Sörensens Vorhersage halten wird.»

Greta beschloss, das zu ignorieren. «Erzähl mir hinterher, wie du das Buch fandest, das würde mich interessieren.» Dann blickte sie auf das Foto von Antje und ihrer Band namens «Butterfly», mit der sie damals den Saal im «Erdbeerparadies» gerockt hatte. So hieß die angesagte Disco der Insel, die seit über hundert Jahren existierte. Mehrere Generationen hatten hier getanzt. Antje sprühte auf dem Bild vor Energie.

Sie folgte ihrem Blick. «Ja, das waren wilde Zeiten.»

«Darf ich dir eine Frage dazu stellen?»

«Gerne.»

«Sagt dir der Name ‹Papillon› etwas?»

«Schmetterling?»

«Nannte sich jemand auf der Insel so?»

Antje überlegte kurz. «Nicht dass ich wüsste.»

«War es vielleicht ein Ort? Oder eine Kneipe?»

«Nein. Einer friesischen Kneipe einen französischen Namen zu geben wäre damals niemandem eingefallen.»

«Und eure Band?»

«Island Butterfly? Das stimmt, so hießen wir. Aber worum geht es dir überhaupt?»

Greta zögerte einen Moment, dann sagte sie: «Ich habe ein altes Buch von meinem Vater gefunden, mit einer handschriftlichen Notiz. Sie war unterschrieben mit dem Namen Papillon.»

«Ein Liebesbrief?», fragte Antje und riss erstaunt die Augen auf.

«Wahrscheinlich, er stand unter einem romantischen Gedicht.» Sie zeigte ihr den Zettel. Antje setzte sich ihre klobige Lesebrille auf und las Wort für Wort.

«Das ist eine junge Schrift», befand sie. «Wer so schreibt, ist nicht älter als dreißig.»

«Papa war laut Datum auf der Karte damals schon über vierzig», wandte Greta ein.

«Ältere Männer sollen sich ja gerne mal nach Jüngeren umsehen, habe ich gehört.» Sie lächelte. «Du meinst also, dass dein Vater auf der Insel eine Geliebte hatte?»

«Papillon hat ihm auch Karten geschrieben.» Greta zeigte ihr die Karte vom Lavendelfeld.

«Wann soll das gewesen sein?»

«Anfang der Achtziger, schätze ich.»

«Da war deine Mutter schon tot, oder?»

«Ja.»

Antje stutzte. «Irgendwie kommt mir die Schrift bekannt vor.»

Gretas Herz schlug höher. «Wirklich?»

«Ja, aber ich weiß nicht, woher.»

«Sicher nicht?»

«Tut mir leid.»

«Weißt du, Tante Hille wurde irgendwie komisch, als

ich davon angefangen habe. Versprich mir, dass du ihr nichts davon erzählst.»

«Klar. Wenn, dann muss es eine kurze Affäre gewesen sein, sonst hätten die Leute das mitbekommen.»

«Aber wie kommt das Buch ins Regal?»

Antje sah ihr tief in die Augen. «Ich kann dir nur raten, nicht allzu tief zu bohren.»

«Wieso? Wie meinst du das?»

«Ich meine das ganz allgemein. Auf einer Insel müssen alle zusammenhalten, das ist hier notwendig fürs Überleben. Dazu gehört auch, dass man mal fünfe gerade sein lässt.»

Es klang fast wie eine Warnung. Wusste Antje mehr, als sie zugab? Aber warum sollte sie etwas verschweigen? Auf der Insel gab es im Zusammenhang mit ihrem Vater anscheinend ein Geheimnis, das gut getarnt wurde. *Dass* da etwas gewesen war, hatte sie handschriftlich. Sie würde sich unauffällig weiter umschauen.

13

Am Abend hatte Greta keine Lust mehr, im Meer zu baden oder zu surfen. Also ging sie an den Strand im Dünengebiet und schaute Claas einfach nur dabei zu, wie er mit Brett und Kite-Schirm in der Luft seine atemberaubenden Pirouetten drehte. Darin war er wirklich ein Meister – und sie meilenweit davon entfernt. Aber immerhin fiel sie schon etwas seltener vom Brett, und ihr Gefühl für die Wellen wurde immer sicherer.

Als Claas sie entdeckte, kam er zu ihr an den Strand, die Lippen blau vor Kälte. Sie reichte ihm einen heißen Tee.

«Und wie macht sich deine Bibliothek bei den Gästen?», fragte sie.

Das Kaminzimmer im Dünenwind war inzwischen mit vier großen Bücherregalen bestückt.

«Die wird bestens angenommen, die Leute finden die Bücher spannend. Wie du prophezeit hast, Gedichte und Krimis gehen am besten. – Und was macht der schönste Bücherflohmarkt der Welt?»

«Läuft langsam zur Höchstform auf.»

«Dabei hat die Saison noch gar nicht richtig begonnen.»

«Meine Kunden kommen überwiegend aus der Kurklinik. Die Insulaner halten sich noch zurück.»

«Die brauchen immer ein bisschen. Aber wenn sie kommen, dann in Massen, du wirst es erleben. Und wer soll sie rumkriegen, wenn nicht du.»

Da musste sie lächeln. «Danke.»

Nach dem Tee zog sich Claas schnell um und ging mit ihr zu seinen Gästen zurück. Sie setzte sich auf die Terrasse, wo er ihr ein Glas Rhabarbersaft und einen liebevoll zubereiteten kleinen Salat servierte. Er war wirklich sehr charmant. Dennoch fühlte es sich so an, als trennte sie eine unsichtbare Wand, was eindeutig an ihr lag: Sie wollte ihm immer klar und ehrlich entgegentreten, das hatte er verdient. Wenn sie dann allerdings an Florian dachte, fühlte sie sich wie eine Flipperkugel, die in alle Richtungen geschleudert wurde.

Als sie am nächsten Tag den Flohmarkt aufschloss, kam als Allererster der Krabbenfischer Jan hereingestürmt. Er wirkte müde und aufgeregt zugleich, wahrscheinlich hatte er in der Nacht gearbeitet. Seine Augen flackerten, er redete ungewohnt schnell.

«Ich habe ‹Frühstück bei Tiffany› gestern Nacht in einem Zug durchgelesen», rief er und hielt das Buch hoch, das er in Zeitungspapier eingepackt hatte. «Es ist zwar nicht dick, aber ich bin ja Langsamleser. Ich habe in einer vollkommen anderen Welt gelebt und war wie im Rausch.»

«Tolles Gefühl, oder?»

«Ja. Ich habe mich total in die Hauptfigur verliebt», verkündete er.

Sie lächelte. «Was für eine Tragik.»

«Wieso?»

«Na ja, weil sie keine Handynummer und keinen Facebook-Account hat. Wie willst du an sie rankommen?»

«Ich kenne sie persönlich!», rief er.

«Das ist das Schönste, was einem beim Lesen passieren kann, stimmt's?»

«Nein, sie hat mich wirklich an jemanden erinnert.»

«Es gibt Holly wirklich? Sie lebt?»

Jan nickte. «Sogar auf der Insel.»

«Wow!»

Er schaute über ihre Schulter. «Ist gerade jemand hinten im Laden?»

«Nee.»

«Kann ich dir ein Geheimnis anvertrauen?», flüsterte er.

«Klar.» Greta fühlte sich geschmeichelt, sie kannte ihn ja kaum.

«Ich würde dieser Frau das Buch gerne zukommen lassen.»

«Nur zu!»

«Ich habe auch ein paar Kommentare für sie an den Rand geschrieben.»

«Nette Idee.»

«Kannst du mir dabei helfen?»

«Wobei?»

Er sah total hilflos aus. «Kannst *du* ihr das vielleicht geben?»

Das fand Greta zwar rührend, aber nicht zielführend. «Sie freut sich bestimmt viel mehr, wenn du es ihr persönlich überreichst.»

«Nein, so wäre es geheimnisvoller.»

«Wer ist es denn?»

Er blickte schweigend aus dem Wintergarten hinaus aufs Meer.

«Du musst es mir schon verraten, sonst kann ich es ihr nicht geben.»

«Du würdest es also machen?»

«Ja.»

«Ellen.»

«Polizistin Ellen?», fragte Greta erstaunt.

«Hmm. Ich muss jetzt, vielen Dank.»

Er legte das eingewickelte Buch auf den Verkaufstisch. Greta nahm etwas von dem alten Geschenkpapier, das Tante Hille noch aus ihrem Textilladen übrig behalten hatte, mit tiefblauem Himmel über der Nordsee, weißen Segeln und Leuchtturm als Motiv. Dann machte sie sich daran, das Buch noch mal neu einzupacken, sodass es nach dem aussah, was es sein sollte: ein liebevolles Geschenk.

In ihrer Mittagspause radelte Greta hinüber zur Polizeiwache, die in einem Reetdachhaus direkt am Hafen lag. Von hier sah man auf die Krabbenkutter, die Segelmacherei und die Sportboote. Wie würde Ellen wohl reagieren, wenn sie mit dem Buch als Liebesbotin auftauchte? Wie hätte *sie selbst* wohl darauf reagiert? Auf jeden Fall geschmeichelt – und neugierig auf den Absender! Es konnte also gar nicht schiefgehen. Und später wirst du dann die Patentante ihrer Kinder, dachte sie und grinste in sich hinein. Okay, da hatte sie vielleicht einige Zwischenschritte übersprungen …

Die Polizeistation befand sich oben auf dem Deich, gleich am Hafen. Greta stellte ihr Fahrrad vor der Tür ab und trat in einen großen Raum mit alten Holztischen, auf denen zwei Computer standen. Hinten gab es noch zwei weitere Büros und im Keller eine Gefängniszelle. Die hatte ein Freund von Tante Hille ihr mal gezeigt, als sie klein war. Sie war damals sehr beeindruckt gewesen.

Ellen kam mit einer Tasse Tee in den Raum. Sie trug ihre dunkelblaue Uniform ohne Jacke.

«Moin, Greta.»

«Moin, Ellen, hü gongt et?»

«Gud, und selber?»

«Auch.»

Ellen stellte die Tasse auf den Schreibtisch. «Dein Gesicht sieht so aus, als wenn du was Dienstliches von mir willst.»

«Ja, nee.»

«Wat denn nu: ja oder nee?»

Greta wurde verlegen. Wahrscheinlich war es kompletter Unsinn, was sie hier gerade für Jan veranstaltete. Aber nun war es zu spät, sie hatte es ihm versprochen.

«Ich soll dir was geben.»

«Ein Beweisstück?»

«In gewisser Hinsicht schon.»

«Nun mach es nicht so spannend.»

Greta fischte das Buch aus dem Rucksack. «Also Folgendes: Diese Geschichte hat ein Kunde von mir gelesen, und die Hauptperson hat ihn stark an dich erinnert. Er musste die ganze Zeit an dich denken.»

Ellen starrte Greta an, als hätte sie ihr gerade die Rückkehr Jesu Christi auf die Erde verkündet. «Was ist diese Hauptfigur denn für eine?», fragte sie nach einer Weile.

«Ein Partygirl, Ende der Fünfziger in New York.»

Ellen lief puterrot an. «Ein Partygirl? Und das ich? Wer behauptet so was? Den verhafte ich wegen Verleumdung und Beleidigung!»

Greta ließ sich nicht beirren, sie gab alles für Jan. «Das ist als Kompliment gemeint.»

«Und wieso sagt derjenige mir das nicht selber?»

Eine naheliegende Frage. «Keine Ahnung. Er hat mich gefragt, ob ich das für ihn tun kann.»

«Greta, raus damit, wer ist diese Pflaume? Wenn du es nicht sagen willst, ermittle ich das! Ich überprüfe die Fingerabdrücke am Umschlag und lasse einen DNA-Test machen.»

Das klang gar nicht gut. «Als Buchhändlerin unterliege ich der Schweigepflicht.»

«Red keinen Quatsch.»

«Wenn ich's doch sage!»

«Das Gesetz sagt etwas anderes.»

«Aber nicht mein Gesetz.»

Beide schwiegen einen Moment.

«Mannomann», stöhnte Ellen.

«Lies doch erst mal», ermunterte sie Greta.

Kurze Zeit später radelte Greta frustriert über die Promenade zurück. Das war leider schiefgegangen. Zu allem Überfluss wartete Jan schon vor dem Wintergarten auf sie.

«Was hat sie gesagt?», fragte er aufgeregt.

«Sie war skeptisch.» Was harmlos ausgedrückt war.

«Aber warum?»

«Weil sie nicht wusste, von wem es kam.» Wurde es besser, wenn sie es wüsste?

«Hmm.»

Greta legte ihre Hand auf seinen Unterarm. «Irgendwann musst du dich stellen, sonst kommst du nicht weiter.»

Jan kratzte sich am Kinn. «Ich weiß. Bloß mit Schnacken habe ich es nicht so.»

«Wie stellst du dir das vor? Dass ich mitkomme und für dich rede?»

«Am liebsten ja.»

«Um zu sagen, was du fühlst, hast du genug Worte.»

Jans Blick ging an ihr vorbei aufs offene Meer. «Andere können das viel besser.»

«Na und? Es ist für niemanden leicht, aber da musst du durch.»

«Is wohl so.»

«Sie wird sich bei mir melden und nachfragen.»

«Und weiter?»

«Dann gebe ich ihr deine Handynummer, okay? Oder besser deine E-Mail-Adresse?»

«Vorname genügt. Mein Kutter liegt direkt vor ihrer Haustür im Hafen.»

«Dann ist ja alles geklärt.»

«Schön wär's.»

Am nächsten Morgen stand Ellens Polizeiwagen bereits mit eingeschaltetem Blaulicht vor Tante Hilles Haus, als Greta die Tür zum Wintergarten aufschloss. Ellen stieg mit hochrotem Kopf aus. Aus irgendeinem Grund setzte sie sich ihre Dienstmütze auf, vermutlich um offiziell zu wirken. Mit energischen Schritten stiefelte sie direkt zur Kasse.

«Was habe ich mit dieser Holly Golightly zu tun?», schnaubte sie ohne Begrüßung.

«Du hast es gelesen?»

«Letzte Nacht.»

«Ganz?»

«Jo.»

«Holly Golightly ist eine lebenslustige Superfrau, findest du nicht?»

Dem konnte Ellen offenbar überhaupt nicht zustimmen. «Die hat einen Verschleiß an Männern, das ist nicht normal.»

«Und trotzdem hat sie was.»

Ellen wollte sich nicht beruhigen. «Steht dein Kunde auf Nymphomaninnen, oder was?»

«Das musst du nicht eins zu eins sehen. Er mag die positiven Seiten an Holly, ihre Ausstrahlung, ihr Charisma. Du lebst ja auch nicht im New York der Fünfziger, sondern heute auf der Insel.»

Ellen war immer noch aufgebracht, aber Greta meinte dahinter – ganz versteckt – auch etwas anderes zu entdecken. Fühlte sie sich vielleicht doch geschmeichelt?

«Und er findet mich so sexy wie diese Holly Golightly?», fragte Ellen etwas leiser.

«Ich denke schon, frag ihn selber.»

«Das werde ich, darauf kannst du dich verlassen! Falls du mir endlich verrätst, wer es ist.»

Ihr Tonfall klang wieder gereizt, aber es musste jetzt trotzdem raus. «Jan Rostrup.»

Einen Moment herrschte Stille. Als müsste der Name erst einmal in der letzten Ecke des Büchertempels verhallen.

Ellen sah sie überrascht an. «Der Krabbenfischer?», murmelte sie. Und wurde erneut rot.

«Ja.»

«Jan Rostrup?»

Greta gab ihr Bestes, und das aus voller Überzeugung: «Er ist ein feiner Kerl und eine Seele von Mensch.»

«Den habe ich noch nie reden gehört.»

Was Greta gut nachvollziehen konnte, Jan war wirklich kein Mann des Wortes, das bewies diese ganze Aktion ja. «*Wenn* ihn jemand zum Reden bekommt, dann du.»

Greta konnte nur hoffen, dass es richtig gewesen war, Jans Namen preiszugeben. Wenn es schiefging, würde Jan sie dafür verantwortlich machen. Weder er noch Ellen würden den Bücherflohmarkt je wieder betreten. Greta schwor sich, so etwas würde sie nie wieder machen!

14

Die Insulaner hielten sich mit Buchkäufen immer noch zurück, bis auf wenige Ausnahmen wie Ellen oder die Pastorin. Dafür konnte Greta mit den Feriengästen und Patienten der Kurklinik mehr als zufrieden sein. Claas' Idee von der eigenen Buchhandlung war ja in der Theorie sehr schön, aber im Winter, ohne Touristen, würde Greta ziemlich schlecht dastehen. Trotzdem wollte sie sich heute erst einmal für die bescheidenen Erfolge der letzten zehn Tage belohnen. Da fiel ihr ein, Dr. Sörensen musste ihre Krankschreibung verlängern, darum musste sie sich in den nächsten Tagen dringend kümmern. Nach Feierabend klemmte sie die prallvolle Muschelbüchse auf den Gepäckträger des Tandems und machte sich auf den Weg.

Wiebkes Modestübchen hatte etwas länger auf als der Bücherflohmarkt, sodass sie noch schnell nach einer Kleinigkeit stöbern konnte, einem T-Shirt vielleicht oder einer Sommerhose. Die helle Glocke klingelte verlässlich, als Greta eintrat, und Wiebke begrüßte sie mit einem freundlichen «Moin». Pauline, die großgewachsene Frau von Ratsherr Ede Carstens, war gerade im Laden. Mit ihren eins neunzig brauchte sie mit Sicherheit seltene Sondergrößen, aber selbst die hatte Wiebke vorrätig.

«Und? Hü gongt et?», fragte Wiebke.

«Muss ja», antwortete Greta.

«Bei mir ist gerade ruhig», sagte Wiebke.

«Denkt dran, wir Mädels müssen stets zu allem bereit sein», mischte sich Pauline ein und lächelte vielsagend. «Die große Liebe kann einem immer und überall begegnen.»

«Ist bei dir irgendwas passiert?», fragte Wiebke erstaunt.

«Bei mir ist alles beim Alten, aber bei Ellen und Jan …», flüsterte sie, während sie sich eine knallblaue Bluse genauer anschaute.

Greta spitzte die Ohren.

«Die beiden hatten ein Date, ich schwör's euch.»

«Wo das denn?»

«Zwischen Südstrand und Dünenwind.»

Das musste die Düne sein, auf der Greta «Momo» gelesen hatte! Der Strand dort war normalerweise menschenleer. Aber es genügte natürlich ein einziger Insulaner, der die beiden dort gesehen hatte, und schon war es rum. Wie Tante Hille schon gesagt hatte, Geheimnisse gab es auf der Insel nicht.

«Und was ist deine Meinung als Expertin für so was?», fragte Wiebke.

Pauline fühlte sich sichtlich geschmeichelt. «Ich sage, da geht was!»

Gretas Herz machte einen Sprung. Falls das wirklich stimmte, dann wäre das eine kleine Sensation. Zugegeben, die toughe Ellen war so ziemlich das Gegenteil des zurückhaltenden Jan. Jan war ein echter Kerl und bestimmt ein Schatz, aber doch eher jemand für den zweiten Blick. Hätte er ihr gefallen, als sie in Ellens Alter war? Ellen mochte zehn, fünfzehn Jahre jünger sein als sie. Fast eine

Generation, dachte sie und seufzte. Aber wenn mein Liebesleben schon ungeklärt ist, sollen es wenigstens andere gut haben.

Eine Stunde später verließ sie mit vier T-Shirts, drei Röcken und zwei Hosen den Laden, nicht ohne vorher mit Wiebke und Pauline ein Glas Feierabend-Prosecco getrunken zu haben. Als sie etwas beschwipst den Weg zurück antrat, fragte sie sich, ob sich ihr Liebesleben überhaupt jemals klären würde.

Zwei Tage später entdeckte Wiebke Ellen und Jan dann in der Marsch und wurde damit zur zweiten Zeugin. «Aber nur durchs Fernglas», berichtete sie Greta am Telefon. «Sie haben sich die ganze Zeit angelächelt, aber nicht angefasst.»

«Sind sie nun zusammen oder nicht?», wollte Greta wissen.

«Den Gesichtern nach zu urteilen, sind sie kurz davor. Die hatten dieses irre Liebesgrinsen, du verstehst.»

Weitere zwei Tage später meldete Tine, die Frau von Bürgermeister Godbersen, im Bücherflohmarkt einen Kuss. Mit Zunge, am Strand. Was noch passiert war, wollte sie nicht einmal nach drei großen Manhattan preisgeben, sie sei schließlich keine Spannerin. Erst der vierte Manhattan lockerte ihre Zunge: «Um es mal abstrakt zu sagen: Ellen und Jan sind eindeutig ein Paar.»

«Abstrakt oder konkret?», fragte die zufällig anwesende Carola.

Mehr Details wollte Greta gar nicht wissen, sie freute sich riesig für die beiden. Wenn es nicht Privatsache gewesen wäre, hätte sie mit der Geschichte am liebsten für ihren Flohmarkt geworben: «Seht her, meine Bücher bringen Menschen zusammen!»

In den nächsten Tagen regnete es fast ununterbrochen, was zur Folge hatte, dass es im Bücherflohmarkt voller wurde. Wintergarten und Büchertempel waren bei Schietwetter ein paradiesischer Rückzugsort. Die Leute machten es sich mit einer Tasse Tee oder einem Glas Manhattan in den Ledersesseln unter den Bullaugenfenstern bequem. Vorne wurde gequatscht, hinten gelesen. Und das bis weit nach Feierabend, denn wenn es so lief, war Greta mit den Öffnungszeiten locker. Am dritten Tag besserte sich das Wetter wieder, es war bedeckt mit sonnigen Abschnitten. Aber es änderte sich nichts: Die Räume blieben genauso voll wie an den Tagen zuvor.

Irgendwann standen gerade einige Insulaner im Bücherflohmarkt zusammen: die große Pauline, Schmuck-Dieter und ein paar andere. Auch Tante Hille hatte sich unter sie gemischt, sie wollte mal schauen, wie alles so lief. Plötzlich tauchten Ellen und Jan auf, sie in einem dünnen Kleid, er mit Fischerhemd und Jeans, Hand in Hand – beide unübersehbar schwerstens verliebt. Damit war es offiziell!

«Moin», grüßte Jan.

«Moin, Moin», grüßten alle im Chor zurück.

Während Ellen und Jan an den Regalen vorbeischlenderten, wurde weitergequatscht, als wäre nichts passiert. Aber insgeheim fragten alle sich neugierig, was die beiden wohl für Bücher suchten. Wenn man so verliebt war, hatte man da nicht Besseres zu tun, als zu lesen? «Es sei denn, man liest sich gegenseitig vor», fand ausgerechnet Schmuck-Dieter. Einen tollen Roman aus dem Mund des Liebsten zu hören war natürlich Romantik pur.

«Wetter soll wieder besser werden», verkündete Pauline.

«Geht ja immer schnell bei uns an der Küste», pflichtete Tante Hille ihr bei.

«Ja, der Westwind pustet alle Wolken sofort wieder weg.»

«Fischpreise haben übrigens wieder angezogen», stellte Hafenmeister Rudi fest.

«Gut für Fische-Godbersen.»

«Ich esse ja mehr Fisch als Fleisch», sagte Schmuck-Dieter. «Für mich wird das teuer.»

«Dr. Sörensen meint, ich soll mehr Gemüse essen», meldete sich Pauline.

Keiner interessierte sich auch nur ansatzweise für die Plattitüden, die sie alle von sich gaben. Ihre Antennen waren ausschließlich auf Ellen und Jan gerichtet, jede Kleinigkeit wurde genau registriert. Als das Paar irgendwann auf Greta zuschlenderte, wurde es sofort mucksmäuschenstill.

«Kann ich euch helfen?», fragte Greta.

«Nee, wir wollten nur mal gucken.»

«Alles klar.»

«Bis bald.»

«Tschüs.»

Kaum waren sie draußen, ging das Gerede los, in ungebremster Lautstärke. Niemandem war auch nur eine Kleinigkeit entgangen.

«Habt ihr gesehen? Sie hat seine linke Hand sogar gehalten, als er mit der rechten ein Buch aus dem Regal gezogen hat.»

«Wie er sie angehimmelt hat, Wahnsinn!»

«Mensch, verliebt sein ist das Schönste im Leben», seufzte Pauline.

Sie schwiegen einen Moment und hingen ihren eigenen Gedanken nach.

«Nutzt sich bloß so schnell ab», meinte Schmuck-Dieter nach einer Weile.

«Na, du bist ja ein echter Romantiker.»

«Ist es nicht so?»

«Wenn ich Ellen und Jan so sehe, möchte ich mich auch mal wieder verlieben», fügte Pauline hinzu.

«Und was sagt dein Mann dazu?», fragte Tante Hille.

Pauline machte ein schuldbewusstes Gesicht. «Ich meinte das ja nur so allgemein.»

«Keiner verliebt sich allgemein, sondern immer speziell.»

«Die beiden bekommen bestimmt schöne Kinder», seufzte die Frau von Hafenmeister Rudi.

«Vielleicht werden es ja Zwillinge.»

«Na, warte erst mal ab, so weit sind die noch lange nicht!»

«Weißt du's?»

«Was die wohl zusammengeführt hat? Ich mein, so unterschiedlich, wie die sind …»

Greta stand daneben und kam aus dem Grinsen gar nicht mehr raus.

Der Wind trug die Geschichte von Jan und Ellen aus der Hauptstadt in die Inseldörfer, auf die Sandbänke, selbst auf hoher See wurde darüber getratscht. Irgendwann kam nämlich heraus, was die beiden zusammengeführt hatte:

ein ganz spezielles Buch, das anscheinend eine magische Wirkung besaß. Und so wurden immer mehr Insulaner neugierig auf «Frühstück bei Tiffany», es gab einen regelrechten Ansturm auf Gretas Bücherflohmarkt.

«Sag mal, Ellen hat mir von einem Roman erzählt, den sie gerade so toll findet, ich habe den Titel vergessen, weißt du den zufällig?»

«Frühstück bei Tiffany».

«Ist das tatsächlich so dolle?»

«Musst du selber rausbekommen.»

«Bei Ellen und Jan hat es ja wohl gewirkt.»

Tante Hille stellte einen Kontakt zum Buchgroßhandel her, der sie mit einem riesigen Paket des Titels belieferte. Nach nur wenigen Tagen waren sie erneut ausverkauft. Denn aus irgendeinem Grund vermuteten Gretas Kundinnen und Kunden, dass der Roman wie ein Aphrodisiakum wirkte. Die große Pauline Carstens glaubte das ebenso wie ihre Mutter, und die war schon über neunzig. Was sie sich wohl davon versprachen? Greta befürchtete, dass sie enttäuscht sein würden. Das «Frühstück», wie es von allen nur noch genannt wurde, war ein tolles Buch, unterhaltsam und packend geschrieben. Aber es war nicht die Bibel oder gar ein tiefgründiger Ratgeber in Liebesdingen. Zum Glück hatte das Buch keine körperlichen Nebenwirkungen – sollten sie es also verschlingen und darin sehen, was sie wollten. Greta kam jedenfalls mit dem Nachbestellen kaum hinterher. Wenn du die Geschichte nicht kanntest, warst du außen vor, alle redeten darüber. Den meisten Insulanern gefiel der Roman sehr. Den Wenigleserinnen und -lesern unter ihnen, und das waren die meisten, kam zudem entgegen, dass es kein dickes Buch war. Insofern war das «Frühstück» die perfekte Einstiegsdroge. Und das Tollste war: Nachdem die Leute es ausgelesen hatten, kamen sie wieder und wollten mehr.

Die Vorlieben der Insulaner waren teilweise sehr eigen. Zum Beispiel gab es Buchrücken-Fetischisten, die auf geriffelte Muster standen, andere waren, was das Setting einer Geschichte betraf, ausschließlich auf den Polarkreis oder den Regenwald fixiert, wieder andere kauften Bücher nach Geruch. Jeder bekam von Greta etwas Passendes. Nebenbei schenkte sie für ihre Kundschaft Manhattan, Orangensaft und Kaffee aus. Ihren Erfolg hatte Greta vor allem drei Menschen zu verdanken: Truman Capote, Ellen und Jan.

Eines Abends saßen T-Shirt-mäßig Spider-Woman (Tante Hille), Miss Piggy (die dünne Karen, ausgerechnet) und Daisy Duck (Greta) auf der Terrasse im ersten Stock. Es war schon dunkel, sie wollten noch einen Manhattan trinken, den Tante Hille eigenhändig gemixt hatte. Um diese Uhrzeit war es noch so warm, dass man keine Jacke anziehen musste, das war auf der Insel nicht selbstverständlich. Im Dunkeln hörten sie unzählige Seevögel von der Insel gegenüber schnattern. Zu sehen war dort nur ein kleines Licht in der Schutzstation, wo ein Vogelwart lebte. Niemand sonst durfte das Eiland betreten.

«Alle reden über dich, weißt du das?», sagte Tante Hille, während sie die Gläser bis zum Rand vollschenkte.

«Ich hoffe, nur Gutes.»

«Aber ja! Sie sagen, dass du magische Kräfte besitzt.»

Greta lachte. «Die sind bei mir nun mal angeboren. – Äh, was meinen die speziell?»

«Du kannst Menschen zusammenbringen», erklärte Karen.

«Also, wenn sie Ellen und Jan meinen, kann ich nur sagen, das haben die schon selber hinbekommen.»

«Nein, das konnte nur mit deiner magischen Kraft funktionieren», widersprach Tante Hille. «Insulaner glauben seit Jahrhunderten an Übersinnliches. Und wenn Leute davon überzeugt sind, dass du eine Spökenkiekerin bist, dann stimmt das auch.»

«Was ist noch mal eine Spökenkiekerin?» Greta hatte den Begriff seit Ewigkeiten nicht mehr gehört.

«Spökenkieker können Dinge sehen, die normale Menschen nicht sehen können.»

Greta verdrehte die Augen. «Du meinst, demnächst kommen Leute in den Bücherflohmarkt, um mich zu berühren, damit sie etwas von meiner Energie abbekommen?»

«So ist es! Sie glauben, dass du wichtige Botschaften für sie hast. Und die sind in den Büchern versteckt, die du ihnen empfiehlst.»

«Stimmt ja auch.»

«Einige behaupten, dass du Kranke geheilt hast», meldete sich Karen zu Wort.

«Nun mal halblang, ich bin nicht Jesus.»

«Und was ist mit Antje?»

«Die hat allein Dr. Sörensen geheilt, mit Hilfe von einigen Pharmafirmen.»

«Sicher?»

«Die Firmen haben die Antibiotika hergestellt, die Antje gerettet haben. Ich habe ihr nur ein paar Bücher vorbeigebracht.»

«Und weiß man, was die bewirkt haben?», fragte Tante Hille und nahm einen kräftigen Schluck aus ihrem Glas.

«Auf jeden Fall läuft der Flohmarkt grandios, und darüber bin ich sehr froh.»

«Und ich bin sehr froh, dass ich mit meiner skeptischen Prognose danebenlag», bekannte Tante Hille mit breitem Lächeln. «Aber konnte ich ahnen, dass meine Nichte eine Spökenkiekerin ist?»

Greta lachte. «Nicht mal ich selbst wusste es.»

Sie stießen erneut an. «Sünjhait!»

Dann legten sie sich nebeneinander auf drei Liegen und schauten auf die Sterne über dem Watt. Ein heller Halbmond ging gerade auf, und Karen redete über Sterne, die schon längst erloschen, aber immer noch klar am Himmel zu sehen waren. Plötzlich erschien Greta die Idee mit der Inselbuchhandlung gar nicht mehr so abwegig, sie wollte Tante Hille jedoch vorerst nichts davon erzählen. Sie ging davon aus, dass Dr. Sörensen sie übermorgen ein weiteres Mal krankschreiben würde. Damit bekam sie weitere Zeit geschenkt, um in Ruhe nachzudenken.

15

Am nächsten Abend radelte Greta zur Pension Dünenwind, um bei Claas die nächste Surfstunde zu nehmen. Sie genoss den traumhaften Weg durch die Marsch jedes Mal aufs Neue. Als sie die Dünen erreichte, lächelte sie vor Begeisterung. Die weichen Farben des Sandes, das Gras, das sich im Wind hin- und herwiegte: Alles hier wurde seit Jahrmillionen durch Wind und Wasser geformt und veränderte sich ständig. Das alte Reetdachhaus von Claas' Pension, inmitten der Hagebuttenbüsche, schien organisch hier hineingewachsen zu sein. Es strahlte dieselbe Ruhe aus wie die Landschaft drum herum.

Auf der Terrasse saß einsam und alleine Kellnerin Katja, die niemanden zu bedienen hatte, weil sämtliche Gäste ausgeflogen waren. Sie blätterte in einer Zeitschrift.

«Moin, Katja», rief Greta. «Ist Claas da?»

«Nee, der kommt später.»

«Meinst du, ich kann mir ein Surfbrett nehmen und ein bisschen ohne ihn üben?»

«Bestimmt.»

Greta nahm ihre Tasche mit den Badesachen vom Gepäckträger und schlenderte mit dem Surfbrett an den Strand. Die leichte Brandung empfing sie mit freundlichem Rauschen, der Wind strich ihr sanft durch Gesicht und Haare. An dieses Gefühl würde sie sich nie gewöhnen – es war jedes Mal großartig.

Sie schaute aufs Wasser.

Katja hatte sich geirrt. Dort war der pinkfarbene Kite-Schirm von Claas deutlich zu erkennen, weit draußen vor der Inselküste. Hastig zog sie sich ihren Bikini an und stürzte sich mit dem Brett voran in die Fluten. Es waren gerade keine besonders hohen Wellen, was ihr nur recht war. Bei stürmischer Brandung wäre es ihr noch schwerer gefallen, das Gleichgewicht zu halten, als ohnehin schon.

Wie war das noch? Langsam hochklettern, aufrichten und – reinfallen.

Also noch einmal: hochklettern, vorsichtig, Greta!

Dann langsam – reinfallen.

Würde sie es jemals lernen?

Schon drehte Claas' Kite-Schirm auf sie zu. Wie peinlich, sie hätte ihm so gerne bewiesen, dass sie es ohne Hilfe zu ihm schaffen würde. Aber Moment mal, der Surfer auf dem Brett war nicht blond, sondern dunkelhaarig! Hatte Claas seine Ausrüstung an jemand anderen verliehen? Wenn sie es nicht besser gewusst hätte, hätte sie gemeint, es sei Florian, der da auf sie zufuhr.

Je näher er kam, desto stärker sah es danach aus. War sie jetzt völlig durcheinander? Wieso sollte er hier sein? Und wieso sollte er überhaupt Kite-Surfen können? Er hatte immer behauptet, außer Joggen lehne er jeden Sport ab.

Jetzt war er nur noch wenige Meter entfernt.

Es war tatsächlich Florian – wie war das möglich? Meistens hatte sie ihn mit weißem Hemd und schwarzer Hose gesehen, im Flugzeug wie beim Tango. Nun stand er bis zum Bauch im Wasser vor ihr. Sie musste zugeben, er sah gut aus: schlanke Figur, breite Schultern.

«Hallo Greta.» Er lächelte.

«Du?»

Ihr wurde plötzlich warm, ihr Kopf vibrierte. Hoffentlich sah er ihr das nicht an.

«Bekomme ich keine Umarmung?», fragte er.

Halbnackt? Sie umarmte ihn kurz, ihre Haut berührte sich. Dann wateten sie gemeinsam mit ihren Brettern aus dem Wasser, er zog seinen Schirm an Land, und sie half ihm, ihn am Strand zusammenzulegen.

«Hast du Urlaub?», fragte sie erstaunt.

«Ja.»

«Und wie bist du ausgerechnet auf die Insel gekommen?» Was für eine bescheuerte Frage, die Antwort konnte sie sich selber geben.

«Ich dachte, ich schaue mir mal an, wohin du geflüchtet bist», sagte er.

«Seit wann bist du denn hier?»

«Seit gestern.»

«Und wieso hast du dich nicht bei mir gemeldet?»

«Ich wusste nicht, ob es dir recht war. Morgen hätte ich in deinem Laden vorbeigeschaut.»

Ihr Herz pochte. «‹Laden› ist vielleicht etwas übertrieben. Ich helfe meiner Tante, ihre Bücher loszuwerden.»

«Geht es dir wieder besser?» Er blickte sie prüfend an.

«Siehst du ja.»

«Und wann willst du wieder zurück?»

Sie mied seinen Blick. «Bald.»

Ihr war nicht wohl, als sie das sagte. Es war keine Lüge, sondern etwas noch Schlimmeres: eine Halbwahrheit.

Denn ehrlicherweise konnte sie sich momentan gar nicht mehr vorstellen zurückzugehen. Der Gedanke an eine geschlossene Flugzeugkabine versetzte sie immer noch in Angst und Schrecken, daran hatte sich nichts geändert. Aber das musste er nicht wissen. Immerhin arbeitete er bei derselben Airline, da war so etwas schnell rum, auch wenn sie ihm keine böse Absicht unterstellen wollte.

Sie breiteten ihre Handtücher im Sand aus und setzten sich nebeneinander. Innerlich befand sich Greta immer noch im freien Fall. Dass Florian neben ihr saß, war eine Art Schock, den sie erst einmal verarbeiten musste. Florian hatte in seinem Rucksack eine Thermoskanne mit Tee dabei. Sie teilten sich eine Tasse.

«Wo wohnst du?», erkundigte sich Greta.

«Ich habe ein Zimmer im Dünenwind gemietet. Aber wenn das Wetter einigermaßen trocken ist, werde ich draußen auf der Terrasse schlafen.»

«Ist das Zimmer so schlimm?»

«Nein, es ist wunderschön. Aber unter Sternen zu schlafen ist das Größte, findest du nicht?»

Der nüchterne Technikfreak, wie sie geglaubt hatte, war er schon mal nicht.

«Na ja, kommt drauf an. Mindestens genauso gerne mag ich Räume, in denen einen die Moskitos nicht als Hauptmahlzeit ansehen.»

«Aber dann entgeht dir der Nachthimmel.»

«Och, den lasse ich von meinem Smartphone aufzeichnen und schau ihn mir im Schnelldurchlauf beim Frühstück an.»

«Wirklich?»

«Nein.»

Sie hätte sich nur allzu gut vorstellen können, neben ihm zu liegen und in die Sterne zu schauen. Aber das behielt sie für sich.

Da es ihnen bald kalt wurde, gingen sie mit ihren Brettern zurück zum Dünenwind. Es war ungewohnt, Florian neben sich zu wissen – aber gut! Als sie an der Terrasse ankamen, war diese inzwischen gut gefüllt, die Gäste warteten aufs Abendessen. Katja hatte mit einem Mal alle Hände voll zu tun.

Claas kam mit einem Tablett aus dem Haus und staunte nicht schlecht: «Ihr kennt euch?»

«Ja, wir arbeiten zusammen bei der Lufthansa.»

«Bist du auch Flugbegleiter?», fragte Claas Florian.

«Nee, Kapitän.»

Sie setzten sich an einen leeren Tisch. Nachdem Claas einem älteren Paar seine Bestellung gebracht und ein wenig mit den Gästen gescherzt hatte, kam er zu Greta und Florian zurück.

«Wir waren zusammen in Buenos Aires und haben dort Tango getanzt», erklärte Florian, als wollte er damit eine Duftmarke gegen Claas setzen.

«Na ja, es war nur eine Auffrischungsstunde», relativierte sie.

«Greta und ich kennen uns seit frühester Kindheit», hielt Claas dagegen. «Außerdem bin ich ihr Surflehrer.»

Beim Tennis würde man das als Ausgleich bezeichnen. Beide schauten sie fragend an, als erwarteten sie dazu einen Kommentar von ihr. Sie schwieg.

«Greta richtet mir übrigens in der Pension eine Bibliothek ein», sagte Claas. «Kennst du ihren Bücherflohmarkt am Südstrand?»

«Noch nicht.»

«Für Bücherfans wie mich ist das ein Paradies.» Damit brachte sich Claas wieder ein, zwei Meter nach vorne.

«Als Greta mir sagte, dass sie hier ist, bin ich so schnell wie möglich gekommen», eröffnete Florian die nächste Runde.

«Hat *sie* dir meine Pension empfohlen?», fragte Claas.

Hätte sie das getan? Wohl eher nicht. Jetzt war es sowieso zu spät, das Schicksal hatte die beiden Männer nun mal an denselben Ort verfrachtet. Sie fühlte sich wie eine Schiedsrichterin beim Tennis, die entscheiden sollte, ob ein Ball im Aus war oder ob es einen Punkt gab. Immerhin lief alles höflich ab, nach außen hin waren die Männer locker und freundlich zueinander. Greta hoffte, dass Claas Florian und sie nicht zum Essen einladen würde, aber da hoffte sie vergeblich. Katja stand bereits an ihrem Tisch, um die Bestellungen aufzunehmen.

«Einen Salat bitte», murmelte Greta.

Katja schrieb ihren Wunsch langsam auf und wandte sich dann an Florian.

«Ich auch, aber mit Fisch bitte», sagte der.

«Gute Idee. Ich nehme meinen auch mit Fisch», fügte Greta hinzu.

«Für mich nichts zu essen», erklärte Claas. «Ach, bitte bring für uns doch eine Flasche von dem neuseeländischen Weißwein.»

Es dauerte ewig, bis Katja alles auf ihrem Zettel notiert hatte. Als sie fertig war, lächelte sie über ihre vollbrachte Leistung in die Runde und schlich Richtung Küche.

«Gretas Familie kommt von hier», erklärte Claas, als Katja abgezogen war. «Genauso wie meine Mutter. Deswegen haben Greta und ich immer den Sommer zusammen verbracht.»

«Und dann habt ihr euch für Jahrzehnte aus den Augen verloren?», fragte Florian.

«Weil zwischendurch kein Interesse da war», lautete die einzig ehrliche Antwort, die aber weder Claas noch ihr über die Lippen kam.

«Manchmal ist das so», sagte Claas und nahm mutig ihre Hand. «Umso schöner, dass wir uns wiedergefunden haben.»

Florian sah sich das äußerlich vollkommen ruhig an. Sie hätte gerne gewusst, was gerade in ihm vorging. Wieder einmal wurde sie nicht ganz schlau aus ihm. Auf der einen Seite war er jemand, der seine Gewohnheiten und Rituale pflegte. Jedenfalls vermutete sie das: Sein Vater war ebenfalls Flugkapitän gewesen, außerdem wohnte er seit Ewigkeiten in derselben Wohnung, wie er ihr mal verraten hatte. Nach der Scheidung hatte er sie selbstverständlich behalten. Das hatte etwas Beständiges. Auf der anderen Seite hatte er ihr beim Tango ganz andere Facetten von sich gezeigt. Und dass er auf der Terrasse schlafen wollte, hätte sie auch nicht erwartet.

Bei Claas war die Sache hingegen klar. Er warf sich vor Florian mächtig ins Zeug, aber das war nur ein Reflex. Spätestens in einem Jahr war er wieder weg von der Insel, in seiner Surfschule auf Hawaii oder sonst wo. Eine feste Beziehung schien ihn nicht zu interessieren. Trotzdem fand sie ihn attraktiv und fühlte sich sehr von seiner Zuwendung geschmeichelt, selbst wenn sie mit Florian noch nicht fertig war – wie ihr in den vergangenen Tagen immer wieder klargeworden war.

Sie wollte die beiden auf keinen Fall gegeneinander ausspielen. Außerdem hatte sie gerade mit sich selbst genug zu tun: Dr. Sörensen musste ihren Aufenthalt verlängern, indem er sie weiter krankschrieb. Das war gerade ihre oberste Priorität, denn sie konnte sich überhaupt nicht vorstellen, die Insel jetzt zu verlassen.

Kurzerhand beschloss sie, den Salat wieder abzubestellen, sich von den beiden Kerlen zu verabschieden und sich zurück in Tante Hilles Burg zu begeben. Etwas Abstand würde ihr guttun, um wieder einen freien Kopf zu bekommen.

16

Greta trat aus dem Haus und blickte misstrauisch in den bedeckten Himmel. Es war kurz vor neun Uhr morgens, normalerweise hätte sie jetzt die Tür zum Wintergarten aufgeschlossen. Aber heute hängte sie ein Schild mit der Aufschrift «Leider geschlossen» auf. Das Tandem ließ sie am Haus stehen und ging stattdessen zu Fuß über die Südpromenade Richtung Altstadt. Obwohl Ebbe war und man im feuchten Schlick nicht schwimmen konnte, lagen bereits eine Menge Feriengäste am Strand. Auf den Volleyballfeldern wurden schon die ersten Bälle gewechselt. Die Mädels und Jungs vom DLRG-Turm winkten Greta lächelnd zu, sie grüßte zurück. An der Schachecke spielte ein älterer Mann gegen einen Jungen, vermutlich seinen Enkel.

Alles war wie immer, nur sie nicht.

Sie fragte sich, wie es Jana wohl ging. An der Uni verlangten sie ihr anscheinend einiges ab, und ihr Finnisch war bestimmt noch nicht so perfekt, dass sie alles bis ins Letzte verstehen konnte. Doch Jana würde sich durchbeißen, da war Greta sich sicher. Erst zu Weihnachten würden sie sich wiedersehen, das dauerte noch viel zu lange.

Sie ging langsam weiter. Sie setzte darauf, dass Dr. Sörensen sie weiter krankschrieb, danach konnte sie in Ruhe weiterschauen. Die Insel hatte ihr gutgetan und würde ihr weiter guttun, das musste er einsehen.

In der Altstadt ging sie an Ritas Kneipe und dem schmalen Rathaus vorbei, bis sie an Sörensens Praxis im kleinen Fischerhaus ankam. Die blonde Sprechstundenhilfe erkannte sie sofort wieder.

«Moin, Greta, setz dich doch bitte noch einen Moment ins Wartezimmer. Sag mal, ist dein Bücherflohmarkt nachher noch auf? Ich wollte nach Feierabend vorbeischauen.»

Greta schaltete instinktiv von Melancholie auf Freundlichkeit um. Das konnte sie in jeder Lage, genau das machte eine gute Flugbegleiterin aus.

«Tut mir leid, heute habe ich geschlossen, aber morgen kannst du gerne kommen. Was liest du denn so? Dann kann ich schon mal was raussuchen»

«Am liebsten Fantasy und Horror.»

«Fantasy könnte was werden, Horror sieht schlecht aus.» Obwohl man bei Tante Hille nie wissen konnte, hatte diese ihrer Erinnerung nach nie auf Horror gestanden.

Greta setzte sich zu drei älteren Damen ins Wartezimmer. Als sie die vergilbten Fotos an den Wänden des altmodischen Raums sah, musste sie wieder an ihren Vater und seinen Partykeller denken. Dort hatte er begeistert den Hobby-DJ gegeben und dabei mit einem Mikrophon Ansagen über die Stereoanlage gemacht. Einige davon hatte sie bis heute wörtlich im Ohr: «Und nun kommt ein Titel, der gerade ganz oben in der Hitparade steht – ein Sänger, dessen Stimme so rau ist wie das walisische Land, aus dem er kommt: Tom Jones!» Für heutige Ohren klang das bestimmt albern, aber damals war es angesagt, so zu quatschen. Was würde ihr Vater wohl denken, wenn er sie in diesem Wartezimmer sitzen sah, unentschlossen, ob sie auf seiner Heimatinsel bleiben oder zurück nach Frankfurt gehen sollte? Als Vernunftmensch hätte er ihr wohl die Lufthansa empfohlen, als geborener Insulaner wäre er begeistert gewesen, sie für länger hier zu wissen.

«Greta? Hallo? Hörst du mich? Greta?» Die Sprechstundenhilfe hatte sie offenbar mehrmals aufgerufen.

«Ja.»

Sie ging ins Sprechzimmer. Als er sie sah, stand Sörensen von seinem Schreibtisch auf und gab ihr die Hand.

«Moin.» Seine Augen lächelten. Er trug keinen Arztkittel, sondern ein dunkelrotes T-Shirt zur weißen Hose.

«Wie geht es Antje?», erkundigte sich Greta.

«Viel besser. Das Buch, das du ihr gegeben hast, begeistert sie.»

«‹Fänger im Roggen› ist ja auch ein echtes Meisterwerk.»

«Das hätte ich Antje als Letztes empfohlen», meinte Dr. Sörensen und drückte eine Taste auf seinem Computer. «Was haben die Probleme eines amerikanischen College-Boys mit einer betagten Inselgärtnerin zu tun?»

«An den Übergang zum Erwachsenenalter erinnern wir uns doch alle ein Leben lang, oder?»

«Stimmt», seufzte Sörensen. «Aber nun zu dir ...» Er schaute sie ernst an, blickte kurz auf seinen Bildschirm und dann wieder zu ihr. «Organisch bist du gesund. Ich kann dich nicht weiter krankschreiben.»

Sie spürte einen Kloß im Hals. «Aber die Insel tut mir doch so gut ...», entgegnete sie schwach.

«Darum geht es nicht. Du musst erst mal wieder fliegen, um deine Angstzustände zu überwinden. Danach kannst du immer noch sehen, was du machen willst.»

«Und wenn ich wieder einen Airbus zum Stoppen bringe?»

«Flieg doch erst einmal privat.»

«Das ändert nichts.»

«Doch. Du kannst ja durchaus lernen, wie du klarkommst, wenn du wieder in eine Notsituation gerätst. Und diese Hilfe solltest du auch annehmen: Ich überweise dich an einen Neurologen.»

Sie fuhr sich durch die Haare. «Und was mache ich, wenn das auch nicht funktioniert?»

«Greta, selbstverständlich wirst du wieder fliegen können. Nur brauchst du dazu professionelle Unterstützung.»

«Gibt's die auch auf der Insel?»

«Nein, dafür musst du aufs Festland. Der Neurologe kann dich eventuell weiter krankschreiben.»

Sie würde nicht aufs Festland gehen, das stand für sie fest.

«Da lässt sich wohl nichts machen. Aber danke», sagte sie.

Womöglich würde sie nicht einmal die Fährfahrt zum Festland unbeschadet überstehen. Bedrückt erhob sie sich von ihrem Stuhl, gab Sörensen die Hand und schlich aus der Praxis. Draußen setzte sie sich erst einmal ans Hafenbecken und ließ den Blick über die Segelmacherei und die Krabbenkutter kreisen. Am großen Anleger lief gerade die Fähre vom Festland ein. Sie schaute den Möwen dabei zu, wie sie über den Fischerbooten kreisten. Möwe müsste man sein, dachte sie, oder gab es unter denen auch welche, die Angst vorm Fliegen hatten? Plötzlich wurde sie richtig sauer. Sonst wusch doch auf der Insel eine Hand die andere, aber nicht bei Dr. Sörensen! Hätte er sie noch mal krankgeschrieben, wäre ihr mehr Zeit geblieben, um über ihre Zukunft nachzudenken. Sie hatte gerade angefangen, sich besser zu fühlen, und das hatte sie dieser Insel zu verdanken. Nun würde die Lufthansa sie in drei Tagen in Frankfurt sehen wollen. Wenn sie hier bleiben wollte, musste sie ihren Job kündigen, eine andere Möglichkeit gab es nicht. Das war ein radikaler Schnitt. Sollte sie das wirklich tun?

Eines stand fest: Sie durfte sich nicht in finanzielle Abenteuer stürzen. Jana brauchte das Geld ihrer Mutter zum Studieren. Die Hälfte ihres Unterhalts übernahm zwar der Vater, aber für den Rest blieb sie verantwortlich, und Jana zählte auf sie.

«Frische Krabben?» Fischer Jan kam mit seinem Kutter kurz längsseits und warf ihr einen verschnürten Beutel zu, den sie im letzten Moment auffing. «Die schulde ich dir noch für die Bücher.» Dann tuckerte er aus dem Hafen heraus.

«Danke!», rief sie ihm hinterher.

«Da nich' für.»

«Und sonst?»

Er lächelte breit. «Alles im Lot.» Frisch verliebt war er natürlich geschützt vor den Untiefen des Alltags – beneidenswert.

Mit dem Krabbenbeutel in der Hand schlenderte sie zurück in die Altstadt, vorbei an Schmuck-Dieter und am Bonbonladen. Ellen fuhr mit ihrem Streifenwagen an ihr vorbei und schaltete als Gruß kurz das Blaulicht ein. Als Greta an der Fischerkneipe vorbeikam, stellte Rita gerade Stühle und Tische heraus. Claas' Mutter war früher eine echte Schönheit gewesen und war es jetzt, mit über sechzig, immer noch: schlank, ein sinnlicher Schmollmund, um den sich jetzt ein paar kleine Fältchen gruppierten. Ihre knallblauen Augen waren klar und groß, die Haare schwarz gefärbt. Ihre Kneipe bestand aus schlichten Holztischen und -stühlen, hinter dem Tresen hingen zwei Rettungsringe an der Wand. So hatten früher alle Fischerbars auf der Insel ausgesehen. Da Rita als Einzige nie umgebaut und modernisiert hatte, war ihre Kneipe mit der echten Patina jetzt schon wieder Kult. Greta setzte sich im Außenbereich auf einen Stuhl.

«Moin, Rita», grüßte sie. «Hast du einen schwarzen Kaffee für mich?»

«Moin, Greta. Geht klar.» Sie verschwand nach drinnen.

Greta ließ die Leute vor sich auf der Straße vorbeiziehen. Das Tempo auf der Insel war viel langsamer als auf dem Festland. Alte Menschen, junge Menschen, Familien mit kleinen Kindern schlenderten an ihr vorbei. Insulaner hetzten nie, ob hier etwas einen Tag früher oder später passierte, machte keinen Unterschied. Im Urlaub war das sehr entspannend. Aber machte einen das auf Dauer nicht verrückt? Als Flugbegleiterin war sie es gewohnt, auf kleinstem Raum und in kürzester Zeit zig Essen zuzubereiten und zu servieren, während sämtliche Sonderwünsche und Befindlichkeiten berücksichtigt werden mussten. Bei großer Hektik um sie herum blieb sie ruhig wie ein Baum und behielt stets die Übersicht. Würde ihr diese Geschäftigkeit auf der Insel nicht fehlen?

Rita brachte ihr den Americano. «Wann geht's denn bei dir wieder nach Hause? Claas meinte, du bist bald wieder weg?»

«Mal sehen. Im Moment weiß ich es gar nicht so genau.»

«Heißt das etwa, du willst bleiben?»

Statt eine Antwort abzuwarten, verschwand Rita hinterm Tresen. Greta konnte sich ihr schroffes Verhalten nicht erklären. Rita und sie hatten nie viel miteinander zu tun gehabt, man hatte sich freundlich gegrüßt, ein paar unverbindliche Worte gewechselt, das war es schon gewesen. Aber es hatte nie ein falsches Wort zwischen ihnen gegeben.

«Moin, Greta.» Claas stand plötzlich bei ihr. Er wirkte fröhlich wie immer.

«Moin, Claas.»

Sie umarmten sich.

«Ich wollte eben noch ein paar Bücher bei dir aussuchen, aber du hattest zu.»

«Ja, ich war bei Dr. Sörensen.»

«Oh, bist du krank?», fragte er besorgt.

«Nee, nur eine Routineuntersuchung. Es ist aber alles okay.»

Kein Mensch ging während eines Kurzurlaubs zu einer Routineuntersuchung, aber er fragte zum Glück nicht weiter nach.

Rita kam aus der Kneipe. «Moin, mien Sohn.»

«Moin, Ma.»

«Hast du schon gehört, dass Greta eventuell auf der Insel bleiben will?», platzte Rita heraus.

«Echt?» Claas strahlte sie an.

«Das ist noch lange nicht spruchreif», wiegelte Greta ab.

«Denk nur dran, hier ist nicht immer Hauptsaison», mahnte Rita. «Der Inselwinter ist lang und öde, wenn man es nicht gewohnt ist.»

«Ich muss los», sagte Greta. Und an Rita gewandt: «Was macht das?»

«Geht aufs Haus», murmelte sie. Es klang immer noch nicht freundlich.

«Wollen wir uns noch zum Surfen verabreden?», fragte Claas.

«Gerne.»

«Und wann?»

«Ich rufe dich an, okay?», versprach sie. Es war eine vage Ansage, das wusste sie, aber sie brauchte jetzt erst einmal Zeit für sich.

Auf dem Rückweg ging sie im Spielzeugladen von Tine Butenschön vorbei, wo man auch Campingsachen kaufen konnte, und besorgte sich einen Schlafsack mit orange Bezug. Er fühlte sich wattig und weich an. Dann schlenderte sie über die Südpromenade zurück zu Tante Hilles Haus. Die Flut lief auf, und die ersten Feriengäste planschten im Wasser. Die Gezeiten gingen und kamen wie immer, das beruhigte sie.

Abends kam eine SMS von Florian. Er schrieb, dass er sich mit ihr verabreden wollte. Warum kam er nicht einfach beim Bücherflohmarkt vorbei? Sie war doch ohnehin den ganzen Tag da. Andererseits war es ihr nicht unrecht. Denn obwohl sie es aufregend fand, dass er auf der Insel war, wollte sie ihn jetzt noch nicht treffen. Sie hatte jetzt erst mal mit sich zu tun. Sie packte etwas Brot, Wasser und den Beutel mit den Krabben von Fischer Jan in einen Rucksack. Dann befestigte sie den Schlafsack an ein paar Riemen und machte sich zu Fuß auf zu ihrer Lieblingsdüne.

Wieder ging sie am Strand an der Wasserkante entlang, die Ausläufer der Wellen umspülten ihre Füße. Wenn sie ehrlich war, spürte sie überdeutlich, dass sie nicht zurück nach Frankfurt wollte. Ihr ideales Leben konnte sie sich momentan nur auf der Insel vorstellen. Aber das bedeutete auf jeden Fall, Florian zu verlieren. Selbst wenn er gewollt hätte, von hier aus konnte er seinen Job nicht ausüben, zum nächsten internationalen Airport war es viel zu weit. *Was* er überhaupt von ihr wollte, war ohnehin keinesfalls klar. Warum machte sie sich also Gedanken über Florian? Und Claas? Wieso kam er ihr jetzt in den Sinn? Nun hör auf, dir über Männer Gedanken zu machen, befahl sie sich. Hier geht es um *deine* Zukunft.

Auf der Düne fand sie ihre «Momo-Kuhle» wieder, in der sie am ersten Tag gelegen hatte, und schaute von dort aus aufs Meer. Ein feiner Nebel zog auf, obwohl es immer noch sonnig war. Die weißen Schwaden sahen aus wie ein heller Vorhang vor dem Horizont. Sie öffnete den Beutel mit den Krabben und bekam sofort Gesellschaft von zwei Möwen, die neben ihr landeten und sie mit bettelnden Blicken beäugten. Genüsslich pulte sie die frischen Krabben, die unglaublich schmeckten. Die leeren Schalen warf sie ihren gefiederten Freunden hin, die sie begierig aufpickten.

Nachdem sie aufgegessen hatte, zog sie sich aus und sprang in die Nordsee, die ihr heute besonders kühl vorkam. Eine Welle nach der anderen schwappte auf sie zu, um sie sanft zu massieren. Als sie das Wasser verließ, fühlte sie sich wie ein neuer Mensch. Bei Anbruch der Dunkelheit kroch sie dann in ihren Schlafsack. Sonst war sie eher ängstlich und würde nie alleine draußen schlafen. Aber in ihrer Kuhle fühlte sie sich sicher. Niemand konnte sie sehen. Bald tauchte der erste Stern über ihr auf, es folgten mehr, schließlich war der ganze Himmel gesprenkelt.

Wenn sie wirklich auf der Insel bleiben sollte, musste sie den Schritt mit der eigenen Buchhandlung wagen. Dafür musste sie als Erstes herausbekommen, ob sie überhaupt davon leben konnte. Der Flohmarkt lief zwar mittlerweile hervorragend, aber wenn Bücher ihr Haupteinkommen werden sollten, musste sie viel mehr bedenken. Würde Tante Hille ihr die Ladenräume weiterhin zur Verfügung stellen? Wie funktionierte eine ordentliche Buchhaltung? Mit ihrer Muschelbüchse als Kasse würde sie keine Buchhandlung führen können. Die Bücher würden ihr die Verlage vermutlich in Kommission geben und später abrechnen. Da mussten trotzdem finanzielle Engpässe überbrückt werden. Sie hatte zwar ein paar bescheidene Ersparnisse, aber die waren eigentlich als Puffer für Janas Ausbildung gedacht gewesen. Durfte sie das aufs Spiel setzen? Außerdem wollte sie auf keinen Fall die Existenz von Hinnerk im Hafenkiosk bedrohen. Und Bürgermeister Godbersen musste sowieso sein Okay geben. Ohne ihn wäre ihr Plan gestorben. Auf der Insel waren alle aufeinander angewiesen, es lief gar nichts, wenn man sich nicht mit jedem gutstellte.

Sie kuschelte sich tiefer in ihren weichen Schlafsack. Zwei Tage hatte sie noch, und die würde sie auch voll nutzen.

17

Am nächsten Morgen blinzelte Greta verschlafen ins Morgenlicht. Die Sonne leuchtete die Hügel und Täler um sie herum gelb aus. Sie sah zu, wie der Feuerball langsam höher stieg und im feinkörnigen Sand immer neue Schattenmuster schuf, die Minuten später schon wieder verschwunden waren. Ganz langsam pulte sie sich aus dem Schlafsack und rannte nackt die Dünen hinunter an den menschenleeren Strand. Ein kühler Wind strich um ihren Körper. Sie hielt die Füße vorsichtig ins Wasser, es war frischer als erwartet. Es kostete sie einige Überwindung, sie zählte laut bis drei, dann rannte sie hinein. Erst durchfuhr sie ein schmerzhafter Kälteschock, als sie unter Wasser tauchte. Doch dann gewöhnte sie sich erstaunlich schnell an die Temperatur und schwamm eine halbe Stunde im Meer.

Nach dem Morgenbad rannte sie zurück zu ihrer Kuhle und legte sich zum Aufwärmen noch einmal in den Schlafsack. Die Sonne stieg höher und höher, sodass es ihr bald zu warm wurde. Sie packte ihre Sachen zusammen und machte sich auf den Heimweg. Die Nacht auf der Düne hatte ihr gutgetan, sie würde nun entschlossen auf die Veränderungen in ihrem Leben zugehen.

Als sie mit ihrem Rucksack in die Küche kam, bereitete Tante Hille gerade das Frühstück vor. Greta gab ihr einen Kuss auf die Wange. Karen war auf dem Markt und kaufte fürs Mittagessen ein.

«Du siehst für diese Tageszeit erschreckend frisch aus, mien Deern», stellte Spätaufsteherin Tante Hille fest, während sie die Teller auf dem Tisch verteilte.

«Kann gut sein!» Greta gähnte herzhaft. «Ich war heute schon im Meer.»

«Respekt.»

«Und heute Nacht habe ich in den Dünen geschlafen.»

«Sorgen?» Tante Hille legte Messer neben die Teller.

«Wieso das?»

«Man schläft nicht ohne Grund in den Dünen, oder?»

Greta seufzte. «Dr. Sörensen hat mich gesundgeschrieben.»

«Du kannst also wieder fliegen?»

«Das habe ich mich auf der Düne auch gefragt.»

«Und beantwortet?»

«Noch nicht.»

Ihre Tante lächelte. «Zum Glück weiß ich ja immer alles besser als alle anderen. Hast du irgendeine Frage?»

Jetzt kam es drauf an. «Hast du etwas mit dem Laden geplant, wenn alle Bücher draußen sind?»

«Im Prinzip ist alles vorstellbar. Nur keine Gastronomie, das ist mir zu rummelig.»

«Und wenn *ich* den Laden miete?»

«Um was zu verkaufen?»

«Was würdest du dazu sagen, wenn ich eine Buchhandlung aufmache?»

«Und Frankfurt?»

«Wird deswegen nicht untergehen.»

«Du wohnst immerhin dein ganzes Leben dort.»

«Genau deswegen wäre es Zeit für einen Wechsel, oder?»

Tante Hille sah sie nachdenklich an. «Das ist ein großer Schritt, überleg dir das gut, mien Deern!»

«Ich habe das Gefühl, die Fliegerei ist vorbei.» Mal abgesehen davon, dass sie derzeit gar kein Flugzeug betreten konnte.

«Hier würdest du immer auf demselben Platz hocken und von morgens bis abends den gleichen Ausschnitt von der Welt sehen, im Sommer wie im Winter.»

«Ich weiß.»

«Als Stewardess warst du heute in Tokio, morgen in San Francisco und übermorgen am Nordpol. Darum habe ich dich immer beneidet.»

«Irgendwann ist jeder exotische Ort auch nur wieder einer von diesen exotischen Orten. Sogar das wird zur Gewohnheit», sagte Greta. «Ich sehne mich danach, einfach hier zu sein und mitzuerleben, wie das Wasser kommt und wieder geht, jeden Tag aufs Neue. Das gibt mir eine Ruhe, die ich in Frankfurt nicht gekannt habe. Genau das brauche ich jetzt.»

Doch Tante Hille blieb skeptisch. «Das habe ich in meinem Textilladen ein Leben lang gemacht. Und ich schwöre dir, mein größtes Problem war das Fernweh.»

«Die Reiserei habe ich hinter mir.»

«Greta, du bist nicht siebzig, sondern vierzig. Ist das nicht zu früh für einen Rückzug auf eine Nordseeinsel am Ende der Welt?»

Greta lächelte. «Es ist ja nicht *irgendeine* Insel, oder?»

Tante Hille kam etwas näher an sie heran. «Könnte es vielleicht an Claas liegen?», fragte sie leise.

«Was? Wie kommst du darauf?»

«Hast du ihn nicht gestern Morgen zusammen mit seiner Mutter getroffen?»

«Woher weißt du das?»

«Carola hat dich gesehen.»

«Die Pastorin? Ach ja?»

«Auf der Insel gibt es keine Geheimnisse, jedenfalls kaum welche. Also, was ist nun mit Claas?»

«Nichts.»

«Ich rate dir nur, lass die Finger von ihm.»

Warum sah sie jetzt so streng aus? «Ist das nicht meine Sache?»

«Der Junge tut dir nicht gut.»

«Und wieso nicht?»

«Ich sage nur, Vorsicht!»

Ihr Gesichtsausdruck war derselbe wie beim Blick auf den Gedichtband mit der Widmung. Oder täuschte Greta sich da? Die Sache mit «Papillon» war ihr in der ganzen Hektik etwas außer Sicht geraten. Bald sollte sie sich noch einmal gezielt darum kümmern. Irgendetwas war da, davon war sie immer noch überzeugt.

«Verschweigst du mir was?»

Tante Hille schüttelte den Kopf. «Nein, überhaupt nicht.»

«Was wäre denn nun mit dem Laden?»

Jetzt war Tante Hille wieder entspannt. «Du und Jana, ihr erbt ja sowieso alles, zusammen mit Karen. Natürlich kannst du ihn haben, es ist praktisch jetzt schon deiner!»

Kurze Zeit später saßen sie gemeinsam beim Frühstück, und Greta ließ sich von ihrer Tante die Ausgangslage auf der Insel erklären. Um den achtzigjährigen Hinnerk musste Greta sich wohl keine Sorgen machen. Der wollte seinen Hafenkiosk sowieso bald aufgeben und hätte bestimmt nichts gegen ihr Vorhaben, es sei denn, er hatte bereits einen Nachfolger gefunden. Bürgermeister Godbersen könnte das größere Problem werden, denn er war sehr eigen. Er gehörte keiner Partei an und führte die Amtsgeschäfte ehrenamtlich – falls er nicht gerade Fische in der Nordsee fing. Godbersen träumte davon, die Insel zu einem eigenständigen Fürstentum zu machen. Was sich lustig anhörte, aber Tante Hille fürchtete, dass er es ernster meinte, als es viele ahnten. Neben der Fischerei betrieb er eine Fahrradvermietung und sorgte als Bürgermeister für den Ausbau der Radwege. Das wurde ihm von seinen Gegnern als Eigennutz ausgelegt, um noch mehr Fahrräder vermieten zu können. Die Opposition unter der Führung von Amtsrat Ede Carstens forderte die Ansiedlung von ganzjährigen Arbeitsplätzen, zum Beispiel eine Fischfabrik, was Godbersen strikt ablehnte: Der Gestank würde die Touristen vertreiben. Carstens hingegen behauptete steif und fest, in der modernen Fischverarbeitung stinke es gar nicht. Wie auch immer, auf das Gespräch mit Godbersen musste Greta sich gut vorbereiten.

«Mach ihm die Buchhandlung richtig schmackhaft», ermunterte sie Tante Hille.

«Und wie geht das bei ihm?»

«Die neuen Bücher wirst du vorne im Wintergarten präsentieren. Die Kunden sind dann beim Herumstöbern direkt am Meer, und das auch bei schlechtem Wetter. So einen Laden gibt es nur einmal in diesem Land: hier, bei dir, auf unserer Insel.»

«Das Antiquariat hinten will ich so lassen.»

«Das sind wunderbare Ruheräume, in die man sich zum Lesen zurückziehen kann. Im Grunde willst du keine Buchhandlung eröffnen, sondern einen magischen Ort für Insulaner und Gäste schaffen. Das wird ihm gefallen.»

Greta grinste. «Außerdem bin ich ein Medium, das Krankheiten heilen und Menschen zusammenbringen kann.»

Tante Hille lachte. «So ist es.»

Als sie ihren Tee ausgetrunken hatte, erhob Greta sich vom Tisch. Sie hatte heute viel vor.

«Ich danke dir von Herzen für deine Unterstützung!», sagte sie, umarmte ihre Tante kurz und stieg dann aufs Tandem.

«Ich weiß nicht, was ich dir wünschen soll», rief Tante Hille ihr nach.

Greta wusste es selbst nicht. Sie hoffte, dass die Beteiligten auf der Insel ihr die Entscheidung erleichtern würden – so oder so.

Als Erstes radelte sie über die Strandpromenade zu Hinnerks Kiosk. Bei ihm versorgten sich Insulaner und Touristen mit Zeitschriften und Tageszeitungen, Bücher verkaufte er nebenbei.

Als sie den Kiosk betrat, thronte Hinnerk mit seinen vollen weißen Haaren hinter der Kasse. Unter seiner schwarzen Lederweste trug er ein Fischerhemd mit weißblauen Streifen. Sie kannte ihn noch von früher, als sie als kleines Mädchen ihre Bonbons und später die «Bravo» bei ihm gekauft hatte. Er war immer besonders nett zu den Kindern gewesen.

«Moin, Greta, welch Glanz in meinem bescheidenen Hause!», rief er.

Sie lachte. «Nu übertreib mal nicht. Moin, Hinnerk.»

Sein kleiner Laden war vollgerammelt mit Zeitungen und Zeitschriften. Die Bücherecke war denkbar klein, wie Greta mit einem Blick feststellte, sie bestand aus drei Drehständern und einem kleinen Regal dahinter, das war es auch schon.

«Na, wo geiht?», fragte er.

«Gut, und selber?»

Er winkte ab. «Na ja, die nächste Olympiade lasse ich wohl aus ... Das letzte Mal warst du Ostern bei mir, richtig?»

«Stimmt.»

Hinnerk wusste längst, weswegen sie gekommen war: «Du willst weitermachen mit deinen Büchern?»

«Vielleicht. Aber du warst zuerst hier, gegen dich trete ich nicht an.»

Er blickte melancholisch zu Boden. «Irgendwann musste es ja so kommen.»

Greta knickte sofort ein. «Es steht noch nichts fest, Hinnerk, ich wollte nur schnacken.»

«Ich bin einfach traurig, dass es vorbei ist. Das wird für mich ein schwerer Abschied.»

In diesem Moment beschloss Greta, lieber zurück nach Frankfurt zu gehen. Vielleicht bekam sie dort einen schlechter bezahlten Job beim Bodenpersonal. Oder sie half bei ihrer Freundin Mona in der Buchhandlung aus.

Aber auf keinen Fall würde sie in Konkurrenz zu Hinnerk treten.

«Vergiss es, ich gehe besser zurück.»

Hinnerk riss die Augen auf. «So war das nicht gemeint! Du würdest mir eine Last abnehmen, Greta. Die Bücher werden für mich jeden Tag schwerer, und das in mehrfacher Hinsicht. Sie wiegen zu viel, außerdem habe ich keine Lust mehr, mich in Romane einzulesen, die mich nicht interessieren, nur damit ich sie meinen Kunden empfehlen kann. Meine Augen machen das auch nicht mehr mit.»

Sie horchte auf. «Du hättest also nichts dagegen, wenn ich einen Buchladen eröffne?»

«Im Gegenteil, nur zu!»

«Und was wird aus deinem Kiosk?»

Er grinste. «Das Haus gehört mir und ist abbezahlt. Bonbon-Jensen und Schmuck-Dieter streiten sich schon lange darum, wer hier einziehen darf. Direkt am Hafen ist das eine 1-a-Lage.»

Jetzt grinste sie auch. «Du meinst, eine von diesen sauteuren 1-a-Lagen wie in Hamburg oder München?»

«Die Miete wird meine Rente.» Er blinzelte ihr zu und lächelte dabei.

Zum Abschied umarmte sie ihn.

Der erste Teil ihrer Tour war erstaunlich unkompliziert gelaufen. Wenn Hinnerk seinen Kiosk schloss, würde sie mit ihrem Buchladen die Lücke füllen, das passte also. Aber was würde Bürgermeister Godbersen sagen? Immerhin war sie eine Fremde, die nicht von der Insel kam.

Sie schob ihr Fahrrad am Hafenkai entlang und blickte zum großen Anleger. Eine Fähre war gerade vom Festland angekommen, die eine große Gruppe Tagesgäste mitbrachte. Die Leute strömten wie die Ameisen in die Altstadt und an den Strand.

Sie fand Godbersen auf seinem Holzkutter, der für den Krabbenfang lange Ausleger mit Netzen hatte. Der Bürgermeister war ein kräftiger Mann um die fünfzig mit einem runden Bauch, der sich deutlich unter seiner Gummischürze abzeichnete. Er trug einen kurzgeschnittenen grau melierten Bart, der irgendwie gar nicht zu ihm passte.

«Moin, Godbersen», rief sie.

Sie wusste, dass sie ihn «insulanerisch» anreden musste – wie Claas. Nur dass es hier keine Parodie war.

«Moin, Greta», murmelte er. «Heilbutt?» Er hielt ihr einen großen Fisch hin.

«Heut nich'.»

«Sonst was?»

«Ich bräuchte mal 'ne Auskunft.»

Er kratzte sich am Kinn. Dann kam er ohne langes Gerede zur Sache. Wie Tante Hille richtig festgestellt hatte, gab es auf der Insel keine Geheimnisse.

«Du willst 'nen Buchladen aufmachen», stellte er fest.

«Vielleicht.»

«Lesen denn hier genug?»

Sie grinste. «Das wird.»

Er fuhr sich durch die Haare. «Da hast dir ja was vorgenommen.»

«Jo.»

«Aber nur die Touristen in der Saison rauspicken läuft nicht. Du musst im Winter für die Insulaner aufmachen, das ist Bedingung.»

«Klar.»

«Warst du schon bei Hinnerk?»

«Ja.»

«Und was schnackt der so?»

«Er will sowieso dichtmachen.»

«Passt ja.»

«Also einverstanden?»

«Auf der Insel brauchen wir einen Buchladen. Schon wegen der Schulbücher und überhaupt.»

«Die Buchhandlung wäre außerdem ja direkt am Strand, wo gibt's das sonst?»

«Optimaler geht's nich'.»

Das klang gut. «Also einverstanden?»

«Ich kann das nur vorläufig genehmigen, der Inselrat muss noch zustimmen. Offiziell ist der Südstrand nämlich kein Gewerbegebiet, seit Hille ihren Textilladen dichtgemacht hat.»

«Will sagen?»

«Vergiss es, das ist reine Formsache. Was sollen die schon dagegen haben?»

«Super!»

«Viel Glück denn.»

«Danke.»

Godbersen wandte sich wieder seinen Netzen zu.

Langsam radelte Greta auf der Promenade zurück. Zu Hause angekommen, atmete sie erst mal auf. Es war besser gelaufen als erwartet. Aber auch wenn alle Ampeln auf Grün standen, war ihre Entscheidung noch nicht endgültig gefallen. Die Kündigung bei der Lufthansa fiel ihr nicht leicht, immerhin war das ein sicherer Job. Wer wusste, ob es wirklich klappte mit der Inselbuchhandlung?

Die Sonne brannte um diese Uhrzeit vom Himmel herab. Der Strand war jetzt, kurz vor der Saison, deutlich voller geworden. Sie öffnete die Tür zum Wintergarten und setzte sich auf ihren Klappstuhl. Der würde in den nächsten Jahren dann ihr Stammplatz werden. Sie blickte aufs Meer und die Vogelinsel, die mitten im Wasser lag. Irgendwann sah sie, wie sich Florian auf einem Leihfahrrad auf der Promenade näherte. Endlich hatte er also den Weg zu ihr gefunden. Heute passte ihr das wunderbar.

«Na, Greta, alles klar?», rief er fröhlich, als er direkt vor ihrem Stuhl zum Stehen kam. «Ich habe dich überall gesucht.»

Seit dem legendären Essen zu dritt hatten sie sich nicht mehr gesehen. Ihr fiel auf, wie braun er in den paar Tagen geworden war. Er sah toll aus, mit seinen braunen Augen und den dunklen Haaren, die er ziemlich lang trug. Unter Flugkapitänen war er damit schon fast ein Freak.

«Ja, alles klar, und bei dir?»

«Auch.»

«Hat schon was, den ganzen Tag in der Sonne zu sitzen und dabei auch noch Geld zu verdienen», stellte er grinsend fest.

«Finde ich auch», antwortete sie. «Willst du meinen Büchertempel mal von innen sehen?»

«Na klar, was denkst du denn?»

Sie führte ihn durch den Wintergarten hinein in den hinteren Teil. Es tat gut, ihn an ihrer Seite zu spüren.

Neugierig blickte er auf die unzähligen Bücherregale.

«Wie ein Kloster», murmelte er sichtlich beeindruckt.

«So ist es, und ich bin die Äbtissin.»

«Schade.»

«Wieso?»

«Was ist mit dem Keuschheitsgelübde?»

«Das würde ich nie brechen, ich habe es geschworen.»

«Und wenn ich noch mal mit dem Papst rede?»

«Wenn überhaupt, könntest du dich höchstens an den Chef vom Papst wenden …»

Als Florian direkt vor ihr stand, wurde sie plötzlich unsicher. War es die richtige Entscheidung hierzubleiben? Er war jemand, auf den sie sich verlassen konnte, das spürte sie. Um so einen Mann musste man vielleicht kämpfen. Aber wenn sie ihm jetzt von ihren Insel-Plänen erzählte, würde sie alles zerstören.

«Wollen wir uns heute Abend zum Picknick am Waldsee treffen?», fragte er.

Es klang ziemlich feierlich.

«Oh, Überraschung?»

«Ist sechs okay?»

«Sechs schaffe ich nicht ganz, geht auch halb sieben?»

«Klar.»

«Dann bis nachher.»

Er radelte bald wieder los. Sie wunderte sich, warum er nicht auf einen Tee blieb, aber das war nebensächlich. Viel wichtiger war die Antwort auf die Frage: Was wollte sie eigentlich?

18

Durch die Marsch fuhr sie auf einer der sogenannten «Rad-Autobahnen», die von Bürgermeister «Fische-Godbersen» angelegt worden waren. Tante Hilles Tandem rollte auf dem glatt geteerten Bodenbelag fast wie von selbst, der Weg führte zwischen Feldern und Weiden hindurch. Nur der Seewind, der ihr von Westen stetig entgegenblies, blieb ein ernstzunehmender Widersacher. Aber er gehörte nun mal zur Insel wie ein Anstieg im Gebirge. Sie freute sich schon auf die Rückfahrt, dann hätte sie denselben Wind im Rücken und würde quasi fliegen.

Je näher sie dem dichten Waldstück hinter dem Dünengebiet kam, desto mulmiger wurde ihr. Was würde sie gleich erwarten? Immerhin, der Tangokurs in Buenos Aires hatte sie nicht getäuscht: Auf der Insel wirkte Florian überhaupt nicht mehr wie der kühle Pilot, der darauf achtete, immer alles im Griff zu haben, sondern eher neugierig, entspannt und locker.

Florians schwarzer VW-Käfer mit Frankfurter Kennzeichen stand bereits auf dem Parkplatz vor dem Waldstück. Im Gegensatz zur offenen, weiten Marsch war das Wäldchen eine schattige Gegenwelt, die optimalen Schutz vor dem Wind bot, was sich auf dem Rad sofort angenehm bemerkbar machte. Als sie die ersten Bäume passierte, roch es nach frisch geschlagenem Holz und Fichtennadeln. Darüber legte sich die salzige Seeluft, was eine ganz eigene Mischung ergab.

Sie bog ab auf den schmalen Waldweg, der zum kleinen See führte. Sie wusste, dass es dort einen kleinen Strand und eine Picknickwiese mit einem Badesteg gab, was beides selten genutzt wurde: Wieso sollte man auch herkommen, wenn hundert Meter weiter der mächtige, offene Ozean auf einen wartete? Sie war ewig nicht hier gewesen. Das ganze Gebiet wirkte auf sie wie die Außenstelle einer anderen Welt: Wald und Süßwasser fand man in dieser Form normalerweise eher auf dem Festland.

Sie horchte auf. Durch die Bäume hindurch hörte sie Tangomusik. So, wie sie knackte und knisterte, musste sie von einer Schallplatte kommen. Sie fuhr den Weg auf die Picknickwiese zu. Der windgeschützte See war spiegelglatt. Vor dem Steg war eine große weiße Decke ausgebreitet, auf der ein batteriebetriebener Plattenspieler stand. Drum herum hatte Florian ein kleines Büffet mit Antipasti aufgebaut, eine Flasche Champagner stand in einem Kühler. Es sah aus wie im Bilderbuch.

Mitten in dem Arrangement stand Florian, barfuß, mit weißem Hemd und schwarzer Hose. Sie stellte ihr Rad ab und suchte seinen Blick, dann ging sie direkt auf ihn zu. Er streckte ihr die Arme entgegen und forderte sie mit einem stummen Kopfnicken zum Tanzen auf.

Sie bewegten sich eng beieinander, immer auf Form bedacht und doch voller Temperament. Er war ein genialer Tänzer. Souverän führte er sie einmal über die Wiese und wieder zurück. Dann ging es auf den Steg, was die Spannung noch einmal erhöhte, denn links und rechts lauerte das Wasser des Sees. Er führte sie zielsicher bis ans Ende des Stegs.

Gleich würde er wenden, sie verließ sich auf ihn. Doch er wollte gar nicht umdrehen, sondern lieber zu weit gehen, und dies im wörtlichen Sinne: Mit dem nächsten Schritt stürzten sie schlicht und einfach über die Kante ins Süßwasser, das zum Glück viel wärmer als die Nordsee war. Prustend kamen sie wieder an die Oberfläche, während die Tangomusik auf dem Plattenspieler weiterlief. Sie schwammen an Land und setzten sich, nass, wie sie waren, auf die Picknickdecke.

Dieser Tango würde ihr unvergesslich bleiben, dazu kamen das rotgoldene Abendlicht, das auf die kleine Lichtung schien, der Holzduft und die Brise vom Meer. Es war alles zu schön.

Florian goss Champagner in zwei Gläser. Dann zogen sie sich ihre nasse Kleidung aus und legten sich nackt auf die weiche Decke. Wie von selbst küssten sie sich vorsichtig auf den Mund. Er streichelte ihren Hals und ihre Brüste, sie legte ihre Hände auf seinen Rücken. Normalerweise brauchte sie jetzt Schutz, eine Wohnung, zumindest ein abgeschlossenes Zimmer. Aber solche Bedürfnisse waren gerade außer Kraft gesetzt. Er roch so gut! Sie vergaß alles, was sie jemals über Florian und ihr weiteres Leben gedacht hatte, wollte ihm einfach so lange wie möglich nahe sein. Sie schliefen miteinander, erst ganz zärtlich und langsam, dann wild, laut und ungehemmt.

Schließlich fielen sie erschöpft auf die Decke zurück. Er zog sie fest an sich. Sie fühlte sich leicht und ganz weit weg. Es war fremd und schön zugleich, seine Haare zu spüren, seine Augen, seine Brust. Keiner sagte etwas, sie lagen einfach nur beieinander. Dann merkte sie, wie ganz leise und langsam eine tiefe Traurigkeit in ihr hochstieg. Anfangs konnte sie sie noch gar nicht orten. Sie stellte sich vor, wie es weitergehen könnte mit ihr und Florian. Es ist in diesem Moment vollkommen egal, hämmerte sie sich ein. Aber die Sorge ließ sich nicht zurückdrängen, sie wurde stärker und stärker. Sie konnte nicht mit Florian zurück nach Frankfurt gehen, und er konnte nicht auf der Insel bleiben. Belügen wollte sie ihn auf keinen Fall.

Behutsam drehte sie sich von ihm weg.

«Was ist?», fragte er.

«Kann sein, dass ich hier auf der Insel bleibe», murmelte sie.

«So? Wie lange denn?»

Ihr wurde in diesem Moment klar, dass ihr erstes Mal mit Florian zugleich ein Abschied sein würde. «Ich weiß nicht, ob ich überhaupt zurückkomme», sagte sie leise und richtete sich auf.

Er lächelte. «Das denkt man immer in den letzten Urlaubstagen, oder?»

Sie wollte ihm nicht sagen, dass sie Angst vorm Fliegen hatte und auch deswegen nicht in ihr altes Leben zurückwollte. «Ich will aus dem Flohmarkt einen richtigen Buchladen machen.»

Damit war es raus.

Florian wandte sein Gesicht von ihr ab, als hätte ihn ein Schwertschlag getroffen. «Bitte, Greta, ich möchte, dass wir beide eine Chance bekommen – natürlich nur, falls du es auch willst.»

Ihre Nähe war dahin.

«Es war sehr schön eben», sagte sie leise. Das meinte sie ganz ehrlich. Aber es war der falsche Zeitpunkt, es zu sagen, das merkte sie selbst.

Florian richtete sich auf. «Ich habe dir nie etwas vorgemacht. Ich wollte dir immer nur versprechen, was ich auch halten kann.»

«Das reicht aber nicht für ein glückliches Leben in Frankfurt. Ich muss hierbleiben.» Hatte sie das wirklich gerade gesagt? Es kam ihr viel zu hart vor, und doch war es die Wahrheit.

«Gib mir etwas Zeit.»

«Das ist es nicht.»

«Es wird alles anders, wenn wir zurück sind. Wir könnten zusammenziehen.»

«Zu spät.»

Während sie das sagte, merkte sie, wie sehr sie sich nach ihm sehnte. Trotzdem, sie sah keine andere Möglichkeit.

«Dass ich mich blöde verhalten habe, weiß ich», sagte Florian. «Ich war so unentschieden. Aber die Welt verändert sich jeden Tag, ich auch. Komm zurück nach Frankfurt, und wir schauen, wie sich alles entwickelt.»

Falls deine Flugpläne es zulassen und wir uns zwischendurch überhaupt mal sehen, ergänzte sie in Gedanken. Außerdem würde sie nicht mehr als Flugbegleiterin arbeiten können. Und zum Bodenpersonal wechseln wollte sie auch nicht. Mit einer unzufriedenen Greta durch Frankfurt zu laufen konnte weder er noch sie wollen. Nein, ihr Leben würde mit der kleinen Inselbuchhandlung weitergehen, auch wenn es ein Riesenwagnis war. Damit verlor sie Florian, und das tat weh. Aber eine «mission impossible» in der Liebe würde sie zurzeit nicht verkraften. Es war richtig so. Es gab im Leben anscheinend nichts ohne Opfer.

Sie zog ihre nassen Klamotten an und verabschiedete sich mit einer kurzen Umarmung. Dann radelte sie zurück. Mit Rückenwind, wie erwartet, aber tränenüberströmt.

19

Eigentlich war es jeden Morgen ein kleines Fest, in der Lavendelbettwäsche aufzuwachen. Meist blieb sie noch eine Weile liegen und hörte dem Meer und dem Wind hinter der Gardine zu. Heute jedoch wachte sie lange vor dem Wecker auf und musste sofort an Florian denken.

Ihr Smartphone piepste kurz auf, müde fischte sie es vom Nachttisch und schaute aufs Display. Es war eine SMS von Jana: «Deine Inselbuchhandlung klingt extrem cool, Mama!» Sie hatte zwanzig Daumen nach oben hinzugefügt. Das nahm Greta als endgültiges Zeichen. Sie stand auf, zog sich schnell etwas über und kochte sich eine Tasse Kaffee. Dann setzte sie sich an den PC in Tante Hilles Zimmer und schrieb endlich die fristlose Kündigung bei der Lufthansa. Es war ein großer Schritt, bei dem sie nun doch schlucken musste. Bevor sie die Mail abschickte, wartete sie einen Moment. Aber was sollte sie jetzt noch aufhalten? Eine Stimme aus dem Himmel vielleicht? Stattdessen kam Tante Hille herein.

«Na, mien Deern, was starrst du vor dich hin?»

«Ich habe mich entschieden, dass ich es machen möchte – glaube ich jedenfalls.»

Tante Hille zog eine Augenbraue hoch. «Und den Flugkapitän lässt du sausen?»

Sie hatte ihr von Florian erst erzählt, nachdem Wiebke aus dem «Modestübchen» sie zufällig zusammen am Strand mit den Surfbrettern gesehen hatte.

«Es ist komplizierter, als es aussieht.»

«Und Claas?»

«Was hast du bloß immer mit Claas? – Er ist nett.»

Tante Hille nickte. «Nett ist ein anderes Wort für ‹harmlos›. Und das wiederum bedeutet ‹uninteressant› – ist er das wirklich?»

«So nun auch wieder nicht. Er hat auf jeden Fall nichts mit der Buchhandlung zu tun.» Greta wollte nicht mit ihrer Tante über Claas reden.

«Ich bin immer noch skeptisch, ob sich ein Buchladen auf unserer kleinen Insel lohnt. Aber probier es aus.»

«Zurück will ich auf keinen Fall.»

«Irgendwann musst du aber wieder fliegen.»

«Es wirkt fast so, als wenn du mich abhalten willst.»

Tante Hille spielte verlegen mit dem Zuckerstreuer in ihrer Hand. «Bei mir waren es keine Flugzeuge, sondern Schiffe», sagte sie leise. «Ist zum Glück lange her.»

Hatte sie das richtig verstanden? Die starke Tante Hille hatte Angstzustände gehabt? Das konnte sie sich nicht vorstellen.

«Heißt das, du konntest nicht mit der Fähre ans Festland fahren?»

«Tatsächlich habe ich die Insel zwei Jahre lang nicht ein einziges Mal verlassen. Es ging einfach nicht. Ich hatte ein Auto auf dem Festland stehen, das ist mir komplett weggerottet.»

«Und wie bist du da wieder rausgekommen?»

«Karen hat dafür gesorgt, dass ich die Ariadne 2 behalte, die wollte ich nämlich verkaufen. Erst haben wir hin und wieder an Bord Abendbrot gegessen. Dann sind wir im Hafenbecken herumgeschippert, später ist sie mit mir bei Ebbe kurz raus zur großen Sandbank gefahren, die ist ja nicht weit weg. Irgendwann wollte ich unbedingt den «König der Löwen» in Hamburg sehen, da haben wir dann mit der Fähre übergesetzt. Ab da ging es wieder.»

«Klingt nach harten Zeiten.»

«Ich musste andauernd Ausreden erfinden, um nicht mit anderen zum Kegeln oder zu Tanzwettbewerben aufs Festland zu müssen.»

«Du meinst also, ich soll die Finger von der Buchhandlung lassen?»

«Unsinn, nein! Probier es aus.»

«Wie hoch ist die Miete?»

«Hoch. Das ist beste Insellage, direkt am Strand mit Wasserblick. Teurer geht's nicht. «

«Was heißt das konkret?»

«Wenn sich deine Inselbuchhandlung zum internationalen Medienkonzern entwickelt, möchte ich Anteile haben. Bis dahin zahlst du nichts.»

Greta atmete auf. «Danke! Ich habe wirklich noch keine Ahnung, wie das konkret ablaufen soll, ich bin ja keine gelernte Buchhändlerin. Ein paarmal habe ich in Frankfurt bei einer Freundin in der Buchhandlung ausgeholfen. Aber da habe ich nur Bücher in die Kasse gescannt und kassiert, und Verlagsbestellungen kann ich auch. Das war es dann aber auch schon.»

Tante Hille richtete sich auf. «Wichtig ist, dass du deine Kunden gut berätst. Und das wirst du, da bin ich sicher.

Um den Rest kümmere ich mich am Anfang mit, das kann man lernen.»

«Echt? Du bist ein Schatz.» Sie umarmte ihre Tante. «Tausend Dank!»

«Ob man Unterbüxen oder Bücher verkauft, ist für die Buchführung unwichtig. Wir brauchen auf jeden Fall neue Computer und Scanner fürs Warenwirtschaftssystem. Mein Zeugs von früher ist dafür nicht zu gebrauchen.»

«Ob ich das alles schnalle?»

«Ich bringe dir jede Woche ein Stückchen bei. Aber erst mal muss im Laden klar Schiff gemacht werden. Die Bücher in den Regalen sind total verstaubt.»

«Gut, dann schließe ich morgen und mache mich ans Putzen.»

«Nix da, morgen lernen wir zusammen Buchhaltung. Du musst ein paar Papiere fürs Gewerbe- und Finanzamt ausfüllen, außerdem brauchst du ein Geschäftskonto bei der Inselbank. Das Großreinemachen übernimmt Sandra.»

«Wer ist das?»

«Ich habe ihr einen Job als Putzfrau auf der Fähre besorgt. Sie nervt mich seit Monaten, dass sie deswegen etwas für mich tun will.»

«Ich kann das auch selber machen.»

«Das weiß ich, aber es ist besser so, glaub mir. Sandra ist die gründlichste Putzfrau der Welt, sie ist bloß etwas eigen. Sie arbeitet nur in der Nacht, wie auf der Fähre. Und dabei möchte sie komplett in Ruhe gelassen werden.»

«Kein Problem.»

In diesem Moment fiel Greta auf, dass sie die Mail an die Lufthansa immer noch nicht abgeschickt hatte. Hatte sie wirklich an alles gedacht? «Gibt es noch irgendetwas, was gegen die Buchhandlung spricht?», fragte sie Tante Hille.

«Im Sommer wird sie auf jeden Fall gut laufen, im Winter musst du sehen. Die Insulaner sind nicht gerade fanatische Buchleser, um es mal so auszudrücken.»

«Dann werden sie jetzt welche.»

Tante Hille zog die rechte Augenbraue hoch. «Deinetwegen?»

«Aber ja! Denk nur an ‹Frühstück bei Tiffany›. Ich bin eine Spökenkiekerin, hast du selber gesagt.»

Tante Hille lachte. «Und darauf fußt dein ganzer Geschäftsplan?»

«Ich kann es nur ausprobieren, wenn du zustimmst, Tante Hille.»

«Mein Okay hast du längst. Ich möchte nicht über dein Schicksal entscheiden – obwohl ich es gerne würde.»

«Wie meinst du das?»

«Ganz allgemein. Wenn ich das Sagen hätte, würde in der Welt einiges anders laufen.»

«Fernsehwerbung für die kleine Inselbuchhandlung zur besten Sendezeit, Anzeigen in allen wichtigen Zeitschriften?»

«Mindestens. Auch ansonsten würde ich richtig aufräumen auf diesem Planeten.»

«Hille for president!», rief Greta.

Tante Hille grinste. «Wer sonst?»

«Ich wähle dich auf jeden Fall.»

«Das ist ja wohl das Mindeste, was ich von meiner Nichte verlangen kann.»

Greta klickte mit der Maus auf «Senden», damit war die Kündigung raus. Wie im Rausch saß sie bis tief in die

Nacht hinein am Bildschirm und schrieb an alle großen Verlage, dass sie direkt am Strand einen Buchladen eröffne und um die aktuellen Buchprogramme bitte. Das war mit Sicherheit eine gerngehörte Nachricht in Zeiten unsicherer Konjunktur.

An diesem Abend hatte ihr neues Leben begonnen. Nun musste sie sich noch von ihrem alten verabschieden, und das fiel ihr unendlich schwer. Kurz nachdem sie am nächsten Tag die «kleine Inselbuchhandlung» aufgeschlossen hatte, fuhr Florian mit seinem VW-Käfer auf die Promenade und hielt direkt vor dem Wintergarten. Er stieg aus und setzte sich neben sie auf den zweiten Stuhl.

«Willst du nicht doch mit?», fragte er. «Ich nehme die Vierzehn-Uhr-Fähre.»

Er musste wissen, dass sie das nicht tun würde, sonst hätte sie sich ja längst bei ihm gemeldet.

«Ich muss bleiben», entgegnete sie.

«Okay», sagte er leise.

«Es ist besser so, glaube mir.»

Florian erhob sich. «Kann ich dich mal besuchen?»

Obwohl sie nicht sicher war, ob sie das wirklich wollte, sagte sie: «Klar.» Wenn er käme, würde sie das immer wieder aufs Neue reinreißen.

Er blickte über den Strand hinweg zur Vogelinsel. «Ich kann dich ja verstehen. Die Insel versetzt einen in eine Art Rausch, geht mir genauso.»

«Ich bin gespannt, wie ich den Winter überlebe.» Als wenn das in diesem Moment wichtig war.

«Ach, das ist nur eine Frage der Kleidung. Claas hat mir erzählt, dass er sogar im Winter surft.»

Sie umarmten sich ein letztes Mal.

«Alles Gute für dich.»

«Für dich auch alles Gute.»

Dann stieg er in seinen Wagen, in dem sie in Frankfurt schon mal zu einem schicken Italiener gefahren waren. Im niedrigen Gang schlich er Richtung Hafen. Greta schaute ihm nach, bis er außer Sichtweite war. Sie hatte ihm gegenüber so getan, als sei sie ganz klar, aber innerlich war sie am Schwimmen: Hatte sie gerade einen schweren Fehler begangen?

20

Zum Glück gab es jetzt mehr als genug zu tun, sodass ihr zum Grübeln keine Zeit blieb. Wenn es mit der Inselbuchhandlung etwas werden sollte, musste sie jetzt die Ärmel hochkrempeln.

Als Allererstes brauchte Greta ein sichtbares Zeichen, das ihre Idee zur Tatsache machte. Sie zog ein ausgeblichenes Mini-Mouse-T-Shirt von Tante Hille und eine ihrer neuen Shorts an. Dann schleppte sie ein zwei Meter langes Holzbrett aus dem Lager auf die Promenade. Sie hatte sich von Fische-Godbersen wetterfeste Schiffsfarbe und einen feinen Pinsel besorgt. Etwas ratlos schaute sie auf ihren Notizblock, auf den sie mit einem Kugelschreiber verschiedene Entwürfe gezeichnet hatte: Welche Schrifttype war die beste?

«Was soll das werden?», fragte sie ein älterer Mann, der gerade barfuß und in Badehose vom Strand kam.

«‹Die kleine Inselbuchhandlung›», antwortete Greta.

«Soll ich das eben machen?»

Greta sah ihn skeptisch an. «Können Sie das denn?»

Er lächelte. «Ich war Chefdekorateur im KaDeWe am Tauentzien, falls Sie das kennen.»

«Bitte.»

Der Mann nahm erst einmal einen Zettel von ihrem

Notizblock und schrieb darauf zehnmal «Die kleine Inselbuchhandlung» in verschiedenen Schrifttypen.

«Die sehen alle ziemlich gut aus. Welche soll ich bloß nehmen?», sagte Greta.

«Wenn Sie meine Meinung hören wollen: Ihre kleine Inselbuchhandlung ist nicht das KaDeWe, sondern ein gemütlicher und romantischer Ort zum Wohlfühlen. Außerdem müssen Sie sich an der Promenade nicht mit irgendwelchen Gimmicks gegen zigfache Konkurrenz behaupten. Ich würde eine rundliche Schrift nehmen, vielleicht eine Schreibschrift?»

«Ja, die sieht gut aus.» Sie zeigte auf einen Entwurf, der ihr fast vorkam wie die Schrift in den Gedichten an ihren Vater.

Schon hatte der Mann sich den Pinsel geschnappt und erstaunlich schnell und routiniert ihr Firmenschild gemalt.

«Das ist großartig! Was kann ich Ihnen dafür geben?»

Er winkte ab. «Ach was, es war mir eine Freude zu sehen, dass ich es noch kann.»

«Suchen Sie sich bitte wenigstens ein paar schöne Bücher dafür aus.»

«Nein, schon gut.»

«Doch, ich bitte darum!»

Am liebsten hätte sie ihn umarmt, so dankbar war sie. Aber da der Mann nur eine Badehose trug, kam ihr das unangemessen vor.

Als Nächstes setzte sie sich an Tante Hilles Laptop, um ihre E-Mails zu checken. Die Verlage waren schnell, schon jetzt waren die ersten Antworten da. Einige Verlagsvertreter meldeten sich an, um ihre Buchprogramme persönlich zu erläutern, einer wollte sie sogar zum Essen einladen und fragte, ob Ritas Fischerkneipe gut sei, er habe über einen Freund davon gehört. Greta telefonierte mit einer Josefine Allenstein und einer Lara Manske, die eine war Vertreterin eines Münchener Verlags, die andere kam aus Hamburg. Sie konnten sie kurzfristig in ihre Rundreise einbauen. Danach rief sie ihre Freundin und Leib-und-Magen-Buchhändlerin Mona aus dem Frankfurter Nordend an. Mona erwies sich als große Hilfe. Sie schlenderte mit ihrem Handy durch ihren Laden und diktierte ihr bis Mitternacht eine Liste von Büchern, die sie auf jeden Fall bestellen musste. Dazu kamen natürlich noch mindestens genauso viele, die Greta persönlich gut fand und die sie unbedingt vorrätig haben wollte.

«Ich bin dir so dankbar», sagte Greta abschließend zu Mona.

«Dafür möchte ich aber auch zur Eröffnung eingeladen werden.»

«Na klar, was denkst du denn? Aber nur unter einer Bedingung …»

«Und die wäre?»

«Du musst auch wirklich kommen!»

Mona lachte. «Sowieso.»

Sie legte auf und kehrte zum Computer zurück. Es gab noch unendlich viel zu tun, aber sie spürte, dass ihr die Sache mehr und mehr Freude machte. Und am Ende dieses langen Tages stellte sie fest, dass sie kaum Zeit gehabt hatte, an Florian zu denken. Das konnte sie sich jetzt auch nicht erlauben.

Kurz nach 23 Uhr trat eine junge Frau mit Nasenpiercing in den Wintergarten. Sie war vielleicht Mitte dreißig und hatte einen altmodischen bunten Haushaltkittel an, dazu trug sie rote Sneakers.

Die Frau lächelte herzlich. «Moin, Greta, ich bin Sandra, die Putze.»

Das war original Inselsprache, direkt und ohne Schnörkel. Ein Begriff wie «Raumpflegerin» wäre hier niemandem über die Lippen gekommen.

«Ich bin sehr froh, dass du da bist», sagte Greta. «Putzsachen stehen im Wintergarten, da gibt es auch ein Waschbecken.»

«Dann leg ich mal los.» Sandra verschwand im Lager.

«Tante Hille hat dir gesagt, was wir brauchen?»

«Einmal von Grund auf klar Schiff machen.»

«So ist es.»

Irgendwann kam Tante Hille dazu. «Nicht stören», flüsterte sie Greta ins Ohr.

«Habe ich nicht vergessen.»

Wie versprochen setzte sich Tante Hille mit Greta an den Laptop und brachte ihr die Grundzüge des Warenwirtschaftssystems bei. Tante Hille würde am Anfang das Wichtigste übernehmen, aber die Ware musste schon beim Verkauf richtig verbucht werden, das konnte Greta niemand abnehmen. Außerdem musste ihr Laden an das Bestellsystem des Buchgroßhandels angeschlossen werden. Noch in der Nacht legte Greta eine provisorische Website an, auch das musste sein. Vielleicht konnte Claas ihr später noch ein paar Tipps geben, was bei einem Internetauftritt alles zu beachten war, damit er die Kunden direkt ansprach.

Gegen zwei Uhr nachts fiel sie todmüde, aber erfüllt in ihre Lavendelbettwäsche und schlief sofort ein.

Am nächsten Morgen schien wieder die Sonne. Greta setzte sich mit Tante Hille und Karen zum Frühstück auf die Terrasse.

«Wie sieht es aus? Ist Sandra fertig?», fragte Greta.

«Ich habe noch nichts gesehen», antwortete Tante Hille und reichte ihr ein Brötchen.

In diesem Moment erschien Sandra strahlend am Frühstückstisch. «Ich bin mit allem durch», erklärte sie stolz. Obwohl sie die ganze Nacht geputzt hatte, sah sie erstaunlich frisch aus.

«Super!», rief Greta.

«Frühstück?», fragte Tante Hille. Sie hatte natürlich auch für Sandra gedeckt.

«Gerne.» Sie setzte sich.

«Und das musste wirklich in der Nacht sein?», fragte Greta.

«Ich bin das von der Fähre so gewohnt. Da ist Ruhe, und keiner stört einen. Wenn ich Tagschicht habe und zwischen den Passagieren wischen muss, werde ich halb verrückt.»

Sie saßen eine halbe Stunde gemütlich beisammen und quatschten über dies und jenes, dann gingen sie alle in den Laden, um Sandras Werk zu würdigen. Es war ein Schock.

Als sie den Büchertempel betraten, hätte sich Greta am liebsten die Augen zugehalten. Was sie sah, war eine Katastrophe. Alles war blitzeblank geputzt, die Regale, der Boden, es gab keine Spinnweben mehr an der Decke. So, wie es im besten Fall auch sein sollte. Aber Sandra hatte anscheinend alle Bücher ausgeräumt und nach dem Putzen komplett neu sortiert, und zwar nicht nach

Titeln, Erscheinungsjahr oder Autoren. Nein, sämtliche Bücher in den Regalen hatte sie nach Farben geordnet! Es gab ein Regal mit gelben Buchrücken, daneben eins in Rottönen, wenige grüne, weiter vorne kamen die weißen und daneben die schwarzen. Vorher war Opa Friedrichs Bibliothek grob nach Jahreszahlen sortiert gewesen, das hatte Tante Hille beim Umsortieren ins Bücherlager auch beachtet. Diese Ordnung war nun komplett dahin. Wie sollte Greta hier je etwas wiederfinden?

«Was ist das?», fragte Greta mit belegter Stimme.

«Ich habe alle Bücher rausgenommen und nebenan gestapelt, damit ich freie Bahn hatte», erklärte Sandra. «Hier ist ewig nicht geputzt worden, die Regale mussten gründlich abgeschrubbt und dann trocken gerubbelt werden. Anschließend habe ich die Bücher wieder einsortiert.»

«Und warum hast du sie nicht wieder dahin gestellt, wo sie vorher waren?»

«Ich fand es so schöner.»

«Aber die Titel? Die Reihenfolge?», stammelte Greta. Es würde Tage dauern, bis sie die Masse an Büchern wieder sortiert bekam. So viel Zeit hatte sie nicht.

«Ist dir nicht aufgefallen, dass jetzt alles durcheinandersteht?», fragte Tante Hille. «Wie soll Greta jetzt etwas wiederfinden?»

Sandra senkte den Blick. «Ich wollte es nur gut machen», flüsterte sie.

«Aber doch nicht so!»

«Tut mir leid, es ist … also …» Sandra kamen die Tränen. «Ich kann nicht lesen. Aber bitte nicht weitersagen, sonst verliere ich meinen Job.»

Kurze Zeit schwiegen alle. Dann trat Tante Hille auf

Sandra zu und nahm sie in den Arm. «Das hättest du uns ruhig sagen können, mien Deern. Das wäre doch kein Problem gewesen.»

«Ich schäme mich so.»

Sie tat Greta unendlich leid, aber das änderte nichts. Sie zog ein gelbes Buch aus dem Regal und zeigte es Tante Hille. «Neben der Familien-Saga steht nun …», sie zeigte auf ein anderes gelbes Buch, «etwas über Bienenaufzucht.»

«Passt doch», sagte Tante Hille und musste plötzlich laut loslachen. Greta brauchte zwei Sekunden, dann brach es auch aus ihr heraus. Sie konnten sich gar nicht wieder einkriegen, sie wieherten, bis ihnen die Tränen kamen.

Tante Hille gab Sandra ein Extratrinkgeld und bedankte sich noch einmal bei ihr. Danach schlenderte Greta an den Regalen entlang und versuchte so zu tun, als sei es nie anders gewesen. Die Buchrücken in den Regalen wirkten wie eine Installation, die ein Künstler genau so angeordnet hatte. Sandra besaß ein ausgezeichnetes Gespür für Farbnuancen, das musste man ihr lassen. Die Bücher waren von hell bis dunkel präzise sortiert. Auf einmal entdeckte Greta ganz neue Themenkombinationen: unterschiedliche Welten und Epochen, die sonst weit auseinanderlagen, waren nun unmittelbare Nachbarn. Es war ungefähr so, als ob man durch eine Großstadt schlenderte, in der es grüne Parks und hohe Türme gab – und eine Straßenecke weiter stand man in der ockerfarbenen Savanne vis a vis mit einer Giraffe, während im Hintergrund Eisschollen auf dem offenen Meer dümpelten. Alles war möglich. Durch die Intuition einer Analphabetin würden ihre Kunden ganz neue Wege beschreiten, die es vorher nie gegeben hatte. Und Greta würde auf diesen Phantasiereisen die Flugbegleiterin sein. Da schloss sich dann wieder der Kreis.

21

Noch am selben Tag schwang Greta sich auf Tante Hilles Tandem und zischte über die Insel. Auf ihrem kleinen Anhänger lagen Hunderte Plakate, die sie in der Nacht zuvor am Computer entworfen hatte. Die Aufschrift lautete schlicht und einfach:

Die kleine Inselbuchhandlung –
Geschichten für jedes Wetter.
Eröffnung am 12. Juni um 10 Uhr.
Inhaberin: Greta Wohlert

Diese Nachricht klebte sie an die Eingangstüren von Bäckern, Boutiquen sowie Carolas Friesendom, sie wurde beim Schlachter und in der Schule angebracht und natürlich in Claas' Dünenwind. Greta heftete sie an Bäume, Bänke, Schwarze Bretter. Vor der Inselschule, die am Rand der Altstadt lag, sprachen sie zwei Mädchen an, ob sie auf der Eröffnung Poetry-Slam aufführen dürften, sie besuchten in der Schule eine Lyrik-AG, hätten ihre Texte aber noch nie öffentlich vorgetragen. Greta sagte begeistert zu.

Binnen weniger Stunden war die Eröffnung der Buchhandlung Tagesgespräch auf der Insel. Vor allem der Zusatz «für jedes Wetter» löste lebhafte Diskussionen aus.

Greta hörte in der Altstadt mit, wie Schneiderin Atta Paulsen zu ihrer Freundin Keike Feddersen sagte: «Da hat die Deern recht, ich les bei Regen immer ganz was anderes als in der Sonne.»

«Unsinn, ich lege doch kein Buch aus der Hand, nur weil sich das Wetter ändert. Da müsstest du ja fünfzehn Bücher gleichzeitig für jedes Wetter haben, so oft, wie sich das hier ändert.»

«Trotzdem, manche Bücher wirken bei Regen einfach besser.»

«Ja, Krimis vielleicht.»

Das fand Atta nun gar nicht. «Nee, eher Liebesgeschichten. Die lese ich lieber bei richtigem Schietwetter.»

«Wieso das?»

«Es ist bei Regen so gemütlich, wenn man von drinnen aufs Meer schaut und mit den Figuren mitfiebert, findest du nicht?»

Greta schmunzelte. Hatte sie mit ihrem Slogan vielleicht einen Nerv bei den Insulanern getroffen? Nachdem sie alle Plakate losgeworden war, radelte sie zurück zu ihrer zukünftigen Buchhandlung. Dort riss sie vor Staunen die Augen auf: Vor dem Wintergarten standen zwei nagelneue, weiß-blau gestreifte Strandkörbe!

Tante Hille kam aus dem Haus. «Na, was sagst du dazu? Die habe ich Pauli Paulsen von der Strandkorbvermietung zum Sonderpreis abgeschnackt. Hier können es sich deine Kunden bequem machen und mal in das eine oder andere Buch reinlesen.» Zusätzlich hatte Tante Hille den roten Sonnenschirm von der Terrasse aufgestellt.

«Genial!» Greta umarmte sie. «Du ahnst gar nicht, wie dankbar ich dir bin.»

Tante Hille winkte ab.

Anschließend gingen sie in die Ladenräume, die aktuell wohl der lauteste Platz der Insel waren: Ein halbes Dutzend Handwerker sägte, hämmerte und bohrte gleichzeitig. Im Wintergarten bauten zwei Tischler gerade ein paar niedrige Regale für den Vorderbereich, weiter hinten installierte ein Elektriker Lampen an der Decke. So schön das Zwielicht im Büchertempel war, sollten die Titel für die Kunden doch gut lesbar sein – gerade weil sie nicht im klassischen Sinne sortiert waren. Trotzdem durfte die Beleuchtung nicht so grell wie in einer städtischen Buchhandlung ausfallen, der Raum mit den verzierten Regalen und den Orientteppichen auf dem Fischgrätparkett sollte auf jeden Fall seine besondere Ausstrahlung behalten. Nicht ganz einfach für den Inselelektriker, der sonst vielleicht mal gerade eine Wohnzimmerlampe austauschte.

So, wie Tante Hille die Handwerker antrieb, ging es hektischer zu als an der Börse nach einem Kurseinbruch: «Diese Leitung braucht nicht unter Putz verlegt werden, die kannst du hinter dem Regal langführen. Macht zu, wir wollen eröffnen!» Dann deutete sie augenzwinkernd auf Greta und brüllte gegen den Lärm: «Achtung, Chefin vor Ort!»

Greta musste laut lachen, denn im Augenblick sah es eher so aus, als wenn Tante Hille alles leitete.

In diesem Moment kamen zwei Frauen herein, die mit Sicherheit keine Handwerkerinnen waren: eine schlanke, kühle Hanseatin wie aus dem Bilderbuch, die angesagte Sommerklamotten und eine moderne Brille trug. Sie war ungefähr so alt wie Greta. Und eine rundlich-barocke

Frau mit knallrotem Lippenstift und hochhackigen Schuhen, dazu eine Hose im Tigermuster.

«Wir haben geschlossen!», rief Tante Hille.

«Wissen wir», sagte die mit dem grellen Lippenstift. Sie gingen auf Greta zu und stellten sich vor: «Josefine Allenstein aus München.»

«Laura Gercke aus Hamburg», sagte die andere.

Das waren die Vertreterinnen von zwei verschiedenen Verlagen, die ihr das Buchprogramm der nächsten Saison vorstellen würden. Sie hatten sich zwar angemeldet, aber Greta hatte sie in der ganzen Hektik vergessen. Durch eine Fähre, die ausgefallen war, waren sie jetzt auch noch zur gleichen Zeit angekommen.

«Moin, ich bin Greta.»

Sie gaben ihnen lächelnd die Hand.

Laura Gercke ließ den Blick durch den Laden kreisen. «Den Strand vor der Tür», rief sie begeistert. «Eine Traumlage!»

Josefine Allenstein blickte neugierig in den Büchertempel, aus dem ein Höllenlärm kam. «Und das ist das Antiquariat?», brüllte sie.

«Ja.»

«Aber die Bücher sind …»

«… nach Farben geordnet», unterbrach Greta sie. «Hat euch das keiner gesagt? Ich verkaufe Bücher nach Farben, nicht nach Inhalten.»

Die beiden Frauen warfen sich fragende Blicke zu.

«Kommt, setzen wir uns raus.» Als sie sich in den Strandkörben niedergelassen hatten, fragte Greta: «Was bieten eure Verlage denn für Farben an? Weiß haben wir momentan genug, ich warte noch auf mehr Rot und Gelb.»

Der Gesichtsausdruck der beiden schwankte zwischen Irritation und Verzweiflung.

«Ihr nehmt doch auch einen?» Greta fischte die Flasche mit Tante Hilles sehr spezieller Manhattan-Mischung hervor.

«Um diese Uhrzeit trinke ich noch keinen Alkohol», sagte die Hanseatin.

«Ich auch nicht», ergänzte die andere.

«Das ist unmöglich», protestierte Greta. «Auf der Insel gibt es keine Geschäftsabschlüsse ohne Manhattan – jedenfalls keine lukrativen.»

Greta schenkte beiden eine ordentliche Menge in ein großes Wasserglas. Sich selbst gönnte sie einen kalten Tee in der gleichen Farbe, ohne dass die beiden den Unterschied bemerkten.

«Für mich nicht so viel, bitte», sagte Laura.

«Der hat nicht viel Umdrehungen», behauptete Greta. «Ich mixe immer die Ladys-Version.»

In Wirklichkeit stellte Tante Hille die Mischung in der stärksten Dosis her, die man sich vorstellen konnte. Den Alkohol schmeckte man allerdings kaum heraus, weil der Cocktail so süß war.

Sie reichte den beiden die Gläser. «Sünjhaid.»

«Prost.»

«Auf gute Zusammenarbeit!»

«Wir haben ein paar vielversprechende neue Autoren im Programm», begann Laura Gercke. «Jean-Jacques Müller kennen Sie mit Sicherheit aus dem Fernsehen …»

Greta hatte den Namen nie gehört. «Wollen wir uns nicht duzen?», fragte sie.

«Gerne!» Die beiden lächelten.

«Du suchst bestimmt auch etwas Regionales», sagte Laura. «Wir haben alles da: Inselkrimis, Inselromantik, Inselhistorisches und Inseldrama und …»

«Wir bieten das alles natürlich auch», unterbrach sie Josefine.» Zum Beispiel …»

In diesem Moment kam Tante Hille schreiend aus dem Haus gelaufen. «Ich kann nicht mehr!» Hinter ihr erschien den Elektriker in einer grauen Latzhose, der genervt die Augen verdrehte.

«Ich gebe den Auftrag zurück!», sagte er.

«Was ist denn los?», fragte Greta.

Mit Laura und Josefine im Schlepptau ging sie in den Büchertempel.

«Mal ist es der Dame zu hell, mal zu dunkel», maulte der Handwerker.

«Lass mich mal», mischte sich Laura ein, stieg auf eine Leiter und schaute sich den Raum von oben an. «Diese Lampe muss weiter nach hinten, die daneben weiter nach rechts.»

«Woher willst *du* das denn wissen?», erkundigte sich ihre Kollegin mit spitzem Unterton.

Laura stemmte die Arme in die Hüften und grinste. «Vor dir steht die Tochter des Oberbeleuchters vom Hamburger Thalia Theater. Ich habe meinen Daddy oft begleitet. – Also, worum geht es hier? Die Atmosphäre des Raums soll erhalten bleiben, aber man muss die Buchtitel trotzdem gut lesen können, richtig?»

«Genau.» Greta schaltete den Strom aus, und Laura hängte ein paar Lampen um, die an langen Schnüren hingen. Sie befestigte sie provisorisch mit Gaffertape an der Decke.

«Es werde Licht!», rief Laura, nachdem sie ihr Werk vollendet hatte.

Greta schaltete den Strom wieder an, und es sah phantastisch aus. Hier und da hängte Laura noch eine Lampe um, dann war es perfekt. Mit Tante Hille und dem Elektriker schritt Greta die Gänge ab. Man konnte tatsächlich alles lesen, und trotzdem wirkte es diskret und geheimnisvoll.

«Wie die Bühne für ein spannendes Theaterstück», fand Tante Hille.

«Super», rief Greta. «Tausend Dank!»

«Bitte machen Sie es genau *so*», sagte Tante Hille zu dem Elektriker.

Der war leicht beleidigt, weil eine Frau sich eingemischt hatte. «Ist ja klar, die Hamburger können natürlich alles besser», meinte er.

Zurück im Strandkorb, blätterte Greta die Kataloge der beiden Verlage durch. Sie waren schon beim zweiten Glas Manhattan. Bald wurden bei Laura die Wortenden undeutlich, auch Josefine nuschelte bereits verdächtig. Greta klappte den roten Sonnenschirm vor ihrem Strandkorb auf. «Am besten legt ihr euch kurz in die Sonne, und ich schaue in Ruhe alles durch.»

«Isch könnte noch einen vertragen», merkte Josefine kichernd an.

«Isch auch», meinte Laura.

«Kommt sofort.»

Greta brachte ihnen zwei weitere Gläser und nahm Kataloge und Leseexemplare an sich. Beide Verlage hatten höchst interessante Autoren im Programm, sie war begeistert. Außerdem war es spannend, in die Zukunft zu schauen: Was würde nächstes Weihnachten erscheinen, was im neuen Jahr? Sie kreuzte die Titel an, die sie haben wollte, und das war eine Menge. Die beiden Vertreterinnen waren währenddessen glücklich unterm Sonnenschirm eingenickt.

Später verzichteten sie auf die letzte Fähre und quartierten sich im Hotel Duusmann am Hafen ein.

Vor dem Zubettgehen schritt Greta mit Tante Hille noch mal den neu beleuchteten Buchtempel ab. Hatte sie an alles gedacht? Vielleicht nicht, aber sie hatte Tante Hille an ihrer Seite, und mit ihrer Hilfe würde sie es schaffen. Wie schön wäre es, Florian ihr neues Bücherparadies zu zeigen … Schnell wischte sie den Gedanken weg. Sie wusste selbst, wie utopisch und vollkommen aus der Luft gegriffen dieser Wunsch war.

Von nun an wurden täglich große Bücherpakte in die Inselbuchhandlung geliefert, die Greta in die neuen rollbaren Regale im Wintergarten einsortierte. Bei gutem Wetter konnte man sie vor die Tür schieben. Nebenbei las sich Greta wenigstens oberflächlich in die aktuellen Neuerscheinungen ein, als Buchhändlerin sollte sie die draufhaben. Die Eröffnung des Ladens rückte näher und näher. Wiebke vom Modestübchen kam vorbei und versprach, ihr ein geeignetes Kleid für den großen Tag auszusuchen: «Da wirst du ja wohl nich in Jeans und Schmuddelshirt auflaufen. Ich finde was für dich!»

Aus Frankfurt hatten sich gute Freunde zur Eröffnung angemeldet: Mona, die Buchhändlerin, John, der schwule Banker, und Ricky, der Äppelwoi-Wirt aus Sachsenhausen, der mit Flugbegleiterin-Kollegin Isabella aus Turin liiert war. Greta freute sich sehr auf sie. Sie würden sie noch häufiger auf der Insel besuchen, das hatten sie bereits angekündigt. Hoffentlich machten sie das auch wirklich! Tante Hille hatte sie beruhigt: «Wer am Strand wohnt, bekommt immer viel Besuch.»

Zwischendurch kamen weitere Vertreter von großen und kleinen Verlagen, denen Greta allerdings nicht so viel Zeit schenken konnte wie Josefine und Laura. All diese Menschen waren für sie kundige Lotsen durch die Bücherwelt, die sich bestens auskannten und ihr viele Anregungen gaben, auf die sie alleine nicht gekommen wäre.

Als es nur noch zwei Tage bis zur Eröffnung waren, wurde sie immer aufgeregter. Nachts lag sie wach im Bett, sie lauschte nach draußen, aber es war totenstill, kein Wind wehte. Sie hatte das unbestimmte Gefühl, etwas Wichtiges vergessen zu haben. Aber was?

Greta starrte auf die Vorhänge vor dem Fenster. Plötzlich hörte sie einen lauten Krach und splitterndes Glas. Sie schreckte hoch. Was war das? Ein Vogel, der in die Scheibe des Wintergartens geflogen war? Sie rannte nach unten. Tante Hille stand bereits im Nachthemd in der Küche.

«Hast du das auch gehört?», rief sie.

«Klar.» Greta rannte in den Wintergarten und entdeckte es sofort: Tatsächlich, eine Scheibe war zersplittert. Sie schaltete das Licht an. Auf dem Boden vor der neu angeschafften Kasse lag ein faustgroßer Stein.

Was hatte das zu bedeuten?

22

Greta versuchte ruhig zu bleiben, aber sie zitterte doch ein bisschen. «Wer war das?», fragte sie. «Konkurrenz?»

Tante Hille schüttelte den Kopf. «Glaubst du, der alte Hinnerk wirft Steine? Ihr wart euch doch einig.»

«Wer dann?»

«Ich weiß es nicht.»

«Wir müssen Ellen anrufen.» Für Greta war das ein Fall für die Inselpolizei. Der Täter sollte nicht davonkommen!

«Ach was, wegen so was müssen wir die Deern nicht wecken, das waren dumme Jungs.»

«Mitten in der Nacht?»

«Mach dir keine Gedanken.»

Greta holte Handkehrer und Schaufel, um die Scherben zusammenzufegen. «Stell dir vor, wir hätten gerade im Wintergarten gestanden. Dann wären wir jetzt verletzt! Nee, ich ruf Ellen an.»

«Wie du meinst.»

Greta zückte ihr Handy und erreichte Ellen direkt, weil sie Nachtdienst hatte. «Hallo, hier ist Greta. Es hat einen Anschlag auf meine Buchhandlung gegeben.»

Ellen machte keine überflüssigen Worte. «Nichts anrühren, wir sind sofort da.»

Greta schaute Tante Hille an. Sie sah immer noch

nicht so aus, als würde sie den Polizeieinsatz gutheißen. Natürlich konnte es irgendein Besoffener gewesen sein, der einfach nur randaliert hatte. Ein tiefes Gefühl in ihr aber sagte etwas anderes. Wollte sie jemand von der Insel ekeln? Oder galt der Stein etwa Tante Hille? Die wirkte auf seltsame Weise in sich gekehrt und war innerlich weit weg. Plötzlich ging die Sirene in der Inselhauptstadt los und alarmierte die Mitglieder der freiwilligen Feuerwehr. Kurze Zeit später hörten sie ein Martinshorn und sahen hinterm Deich flackerndes Blaulicht heranrasen. Das war vielleicht doch etwas viel für einen faustgroßen Stein. Die Reifen von Ellens Polizeiwagen quietschten laut auf, als sie auf der Promenade vor dem Wintergarten bremste. Sie sprang mit drei jungen Polizisten raus, wahrscheinlich Auszubildende.

«Moin, ihr zwei», sagte Ellen und suchte den Tatort mit einer riesigen Taschenlampe ab. «Absperrband!», rief sie den Polizeischülern zu. Der Kofferraum des Polizeiwagens wurde geöffnet, einer der Jungen brachte ihr die Rolle mit dem Absperrband im Laufschritt. Von ferne hörte Greta das Martinshorn der Feuerwehr näher kommen.

«Habt ihr etwas gesehen?», wandte Ellen sich nun an sie.

Greta schüttelte den Kopf. «Wir haben nur einen Knall gehört und später den Stein gefunden.»

«Hat den jemand angefasst?»

«Nein.»

«Sehr gut.»

Ellen zog sich dünne Einweghandschuhe über und legte den Stein vorsichtig in eine durchsichtige Plastiktüte. In diesem Moment kam ein riesiger Feuerwehrwagen auf der Promenade zum Stehen, überall flackerte Blaulicht. Die

Mädels und Jungs von der freiwilligen Feuerwehr waren ebenfalls sehr schnell gewesen. Das war auf der Insel überlebensnotwendig: Wenn es brannte, würde es ohne sie fast einen Tag dauern, bis Hilfe vom Festland kam. Bürgermeister Godbersen in Helm und Uniform war der Wehrführer.

«Moin, was gibt's?»

Ellen erklärte ihm knapp die Lage. «Ich brauche Scheinwerfer ums gesamte Haus!»

Ellen nahm das Absperrband und befestigte es an dem Pfahl, der die Fluten der letzten Jahrhunderte und Jahrzehnte anzeigte. Dann zog sie es bis zum Wintergarten.

«Hast du 'ne Ahnung, wer das gewesen sein könnte?», fragte Greta Godbersen.

Der schüttelte den Kopf. «Wer sollte etwas gegen dich haben? Kann ich mir nicht vorstellen.»

«Irgendjemand muss es aber getan haben.»

Die riesigen Scheinwerfer leuchteten die direkte Umgebung von Tante Hilles Haus so grell aus, dass es aussah wie am Tag. Sämtliche Polizisten suchten mit zusätzlichen Taschenlampen nach Spuren. Greta verzog sich nach hinten in den Buchtempel, sie wollte nicht im Weg stehen. Irgendwie kroch das unbestimmte Gefühl in ihr hoch, dass der Stein mit dem Liebesgedicht an ihren Vater zusammenhing. Das war natürlich reine Spekulation und logisch nicht zu erklären. Sie ging die Regale durch und fasste hier und da in die zweite Reihe: Steckte dort vielleicht die Lösung?

Tante Hille kam zu ihr. Sie hielt eine Thermoskanne mit heißem Tee für die Feuerwehrleute und die Polizisten in der Hand. «Du darfst dich nicht kleinkriegen lassen, mien Deern», sagte sie.

In diesem Moment hörten sie lautes Geprassel auf den Scheiben im Wintergarten. Ein heftiger Regenschauer ging über der Insel nieder, der sämtliche Spuren vernichtete. Durch das Loch im Wintergarten schüttete es herein. Tante Hille besorgte aus der Küche eine Folie, mit der Greta und Ellen die zerstörte Scheibe provisorisch abklebten.

«Zwei Polizeischüler bleiben hier und passen auf euch auf», erklärte Ellen.

«Muss nicht», sagte Greta.

Ellen ließ sich nicht beirren. «Doch.»

Schlafen konnte Greta auch mit der Polizei vor der Tür in dieser Nacht nicht mehr.

Der Stein blieb auch am nächsten Tag ein Rätsel. Bei Tageslicht suchte Ellen noch einmal alles hinter der Absperrung ab, fand aber keinen Hinweis auf den Täter. «Vielleicht war es wirklich nur ein Dumme-Jungen-Streich», sagte sie irgendwann zu Greta. «Ich meine, wenn der Stein tatsächlich gegen dich gerichtet gewesen wäre, hätten wir doch eine Nachricht gefunden, oder?»

«Wahrscheinlich. Ich bin dir jedenfalls sehr dankbar für deine Mühe.»

Ellen lächelte durch ihre Müdigkeit hindurch. «Da nicht für. Kümmere du dich am besten weiter um deine Eröffnungsfeier.»

Greta sah sie zweifelnd an. «Ob das jetzt noch eine gute Idee ist?»

«Nur wegen einem blöden Stein von irgendwelchen Besoffenen zweifelst du? So weit kommt es noch!»

So wie Ellen es sagte, wollte sie es glauben: Es waren

irgendwelche Besoffenen gewesen. Das kam vor, es war ärgerlich, aber keine Katastrophe.

Ausgerechnet heute stand der Termin im Modestübchen an, Wiebke hatte schon dreimal deswegen angerufen. Etwas zögerlich setzte Greta sich also auf Tante Hilles Tandem und radelte los. Falls gar nicht ging, was Wiebke ihr vorschlug, würde sie ihre Freunde in Frankfurt anrufen, die mussten ihr sowieso Sachen aus ihrem Kleiderschrank mitbringen, auch schon für den Winter. Vorher würde sie es kaum schaffen, selbst nach Frankfurt zu fahren, um ihre Wohnung aufzulösen.

Sie bog ab in das Wohnviertel mit den friesischen Straßennamen, in dem Wiebkes Laden lag. Die Einfamilienhäuser dösten friedlich in der Sonne. Sie blickte auf ihr Plakat in der Eingangstür des Modestübchens, das auf ihre Eröffnung hinwies. Das munterte sie auf.

Als Wiebke auf sie zukam, staunte Greta. Sie sah vollkommen anders aus. Ihre Haare trug sie jetzt nur noch schulterlang. Ob es wirklich zwei Farben sein mussten, dunkelrot und weizenblond, da war sich Greta nicht sicher, aber das sah ja jeder anders.

«Oh, du warst beim Friseur. Schön.»

«Und eine neue Brille.» Wiebke setzte sich ein monströses, knallrotes Gestell auf die Nase.

«Super», rief Greta. Was sollte sie auch sonst sagen?

«Alles extra für deine Eröffnung!»

«Nicht im Ernst.»

Wiebke grinste stolz. «Ich habe es zum Anlass genommen, mal was Neues zu riskieren. Immerhin wird es das größte gesellschaftliche Ereignis der Saison.»

Damit waren sie beim Thema.

«An was hattest du denn so gedacht?», erkundigte sich Greta vorsichtig.

«Hängt davon ab, was *dir* so vorschwebt.»

«Es sollte schlicht und elegant sein, aber nicht überkandidelt.» Vielleicht schützte sie diese Ansage ja vor glitzernden Flamingo-Pailletten. Aber ihre Sorge erwies sich als unbegründet.

«Ich finde, da bietet sich der klassische dunkelblaue Hosenanzug an. Ist aber Geschmackssache.»

«Nee, darin sehe ich aus wie eine Flugbegleiterin. Ich brauche auch etwas Neues, genau wie du.»

«Habe ich mir fast gedacht.» Wiebke lächelte geheimnisvoll.

Was kam nun?

Hinter der Kasse holte sie ein wunderschönes schlichtes Sommerkleid in Türkis hervor, dazu war die Silberkette, die Greta trug, wie gemacht.

Greta riss die Augen auf. «Es ist perfekt!»

Sie war begeistert.

Nachdem die beiden Frauen noch einen Kaffee getrunken hatten, verabschiedete Greta sich und fuhr durch die Altstadt zum Hafen. Bei Schmuck-Dieter, dem Bonbonladen und den Bäckereien vorbeizuradeln, war ein ganz neues Gefühl, denn sie gehörte nun derselben Einzelhandelsgemeinschaft an wie sie. In einem Monat war die erste offizielle Sitzung in Ritas Kneipe, da musste sie zum Einstand einen ausgeben, das hatte man ihr schon zu verstehen gegeben.

Im Hafen ging ihr Blick einmal über die Fischkutter, gegenüber war Tante Hilles Ariadne 2 vertäut. Die Fähre lief mal wieder ein und brachte einen Haufen Touristen vom Festland. Es waren sogar mehr als sonst an Bord, das freute sie. Sie alle würden der kleinen Inselbuchhandlung zugutekommen.

Die Sache mit dem Stein rückte wieder in die Ferne, sie hatte zum Glück keine weiteren Folgen gehabt. Der Glaser würde eine neue Scheibe einsetzen, das war es dann. An der Fähre holte Greta ein paar Bücherpakete von einem Gepäckwagen ab, die sie sich hinten auf ihr Fahrrad klemmte. Dann ging sie hinüber zum Fischladen. Godbersen stand breitbeinig hinter dem gekachelten Verkaufstresen und schaute aus dem Schaufenster. Dabei bewegte er lautlos die Lippen, seine Stirn lag in Falten.

«Ich übe gerade meine Rede an dich», grummelte er statt einer Begrüßung.

«Muss nicht.»

«Doch.» Er zog einen zerknitterten Zettel aus seiner Latzhose und las laut vor: «Die kleine Inselbuchhandlung ist ein kleiner Schritt für Greta Wohlert, aber ein großer Schritt für unsere Insel.»

«Echt, so dicke? Haben das nicht die Astronauten bei der ersten Mondlandung gesagt?»

«Habe ich aus dem Internet.»

Zum Glück wusste Greta, dass er nicht lange sprechen würde, da war er gar nicht der Typ für. Sie orderte ein paar kalte Platten für die Eröffnung. Wobei sie ihn noch einmal eindringlich instruierte, dass auch Vegetarisches dabei sein sollte. Das wurde von ihm mit Unverständnis quittiert:

«Nur Grünzeugs? Dat is' doch weder Fisch noch Fleisch.»

Von Vegetariern oder Veganern hatte er mit Sicherheit höchstens mal in der Zeitung gelesen, sein Fischladen war nun mal kein Hotspot für solche Formen der Ernährung.

Zurück im Wintergarten, sortierte Greta die neu gelieferten Bücher in die Regale ein, und zwar im Gegensatz zum Antiquariat nach Titeln, nicht nach Farben. Ihr kamen Zweifel: Hatte sie die richtige Auswahl geordert? Kamen Unterhaltungssuchende ebenso auf ihre Kosten wie Intellektuelle? Waren Intellektuelle überhaupt bedeutsam für eine Buchhandlung am Meer? Wer wollte im Strandkorb schon Hochphilosophisches lesen? Aber es gab immer auch welche, die wenigstens so tun wollten, als ob. Und auch die waren gut für die Kasse …

Ihr Telefon klingelte. Es war Jana.

«Schön, dass ich dich erreiche, Mama.»

Greta strahlte. «Ich freue mich riesig, dass wir uns morgen sehen.» Jana würde beim großen Event ihrer Mutter der wichtigste Gast sein.

«Du, Mama, es tut mir echt leid, bei mir steht eine hammerharte Prüfung an. Ich werde im Uni-Labor bleiben müssen.»

«Ach, wie schade.»

«Ich wäre so gerne gekommen, aber es geht einfach nicht.»

Plötzlich fühlte Greta sich ganz alleine. «Ich bin so schrecklich aufgeregt! Es hätte mir geholfen, dich an meiner Seite zu haben.»

«Mensch, Mama, wenn ich Pech habe, vergeige ich die Prüfung. Und du willst doch dein Geld für mein Studium nicht zum Fenster rauswerfen.»

Greta war hin- und hergerissen. Einerseits freute sie sich, eine derartig strebsame Tochter zu haben – wer hätte das gedacht? In der Schule hatte sich Jana mit Hausaufgaben und Vokabellernen eher zurückgehalten, um es mal diplomatisch auszudrücken. Andererseits hätte sie sie jetzt ganz besonders gebraucht.

«Das sehe ich ein», sagte sie.

«Nach der Prüfung komme ich auf jeden Fall für ein verlängertes Wochenende vorbei und schaue mir deinen Mega-Store an, ja?»

«Jederzeit.»

«Spätestens Weihnachten.» Immerhin war Greta beruhigt, dass Jana hinter der Idee mit der Buchhandlung stand.

«Du, ich muss jetzt auflegen, mein Schatz. Es hat gerade an der Tür geklopft. Wir hören uns!»

«Bis bald, Mama. Hab dich lieb.»

Greta drehte sich um und sah, wie ein junger Mann mit einem kleinen Rollwagen voller Blumen und Grünpflanzen auf sie zukam.

«Super!», rief sie.

Der Wintergarten und die hinteren Räume sollten etwas Lebendiges bekommen, überall sollte es blühen. Der Mann stellte die Pflanzen dorthin ab, wo sie es ihm zeigte. Als er fertig war, blieb einer der größten Blumensträuße übrig, den sie je gesehen hatte.

«Den habe ich nicht bestellt», erklärte sie. Er kostete mit Sicherheit ein kleines Vermögen.

«Der ist in Frankfurt für Sie bestellt worden», erklärte der Mann. Er legte den Strauß auf den Verkaufstresen und verabschiedete sich.

Vorsichtig entfernte Greta das Papier. Es war ein üppiger bunter Sommerstrauß mit Margeriten und Rosen, wunderschön. Sie öffnete den beiliegenden Brief.

«Alles Gute für die Eröffnung, ich wünsche Dir viel Glück! Liebe Grüße, Florian».

Sie spürte ein Ziehen im Bauch, dann fing ihr Herz an zu klopfen. Dass er an sie dachte, nach allem, was passiert war! Sie freute sich riesig, und gleichzeitig versetzte es ihr einen Stich. Natürlich hatte sie nicht gedacht, dass er sie aus seinem Gedächtnis gelöscht hatte, aber wenn er auf Abstand gegangen wäre, hätte sie es durchaus verstanden. Sie musste zugeben, dass Florian immer noch eine ungeklärte Baustelle in ihrem Leben war. Sie hatte ihre Gefühle für ihn verdrängt, mehr nicht. Besser, sie dachte erst mal nicht weiter über ihn nach – falls das irgendwie ging.

Tante Hille bestand darauf, dass Karen, sie und Greta am Vorabend der Eröffnung in die Kellersauna gingen. Eigentlich wäre Greta lieber für sich geblieben, um alles noch einmal in Ruhe durchzugehen und ein paar Neuerscheinungen durchzublättern, aber Tante Hille und Karen ließen nicht locker.

«Ich bin sicher, du hast an alles gedacht», sagte Karen. «Jetzt ist es Zeit für die heißen Quellen. Die sind ein uraltes Ritual, das Menschen seit Jahrtausenden Kraft gibt.»

«Ja, aber ich …»

«Kein Widerspruch!», rief Karen. So entschlossen kannte Greta Tante Hilles Freundin gar nicht. Schließlich gab sie nach und fügte sich in ihr Schicksal. Jetzt war sowieso nichts mehr zu ändern. Alles, was getan werden musste, war erledigt.

Im Keller wickelten sie sich in riesige Handtücher und stapften zu dritt in die kleine Sauna. Greta schoss der Schweiß in Strömen aus den Poren. Tat das gut! Danach spritzten sie sich in der Dusche gegenseitig mit eiskaltem Wasser aus Schläuchen ab, dann folgte der zweite Gang.

«Ihr habt mir großartig geholfen», sagte Greta zu den beiden Frauen. «Das werde ich nie wiedergutmachen können. Danke, danke, danke.»

«Da nich' für, mien Deern.»

Tante Hille goss eine volle Kelle Eukalyptusöl auf die glühenden Ofensteine. Es wurde unfassbar heiß im Raum, was Karen und Tante Hille nicht einmal zu bemerken schienen.

«Bücher sind zum Überleben genauso wichtig wie Brot», kam Gretas Stimme durch die dicke Luft.

«Wenn ihr für Jahre auf eine einsame Insel müsstet, welches Buch würdet ihr mitnehmen?», fragte Karen, während ihr der Schweiß von der Stirn lief.

«Die Bibel», antwortete Tante Hille.

Greta war überrascht, sie hatte Tante Hille nicht als besonders religiös in Erinnerung.

«Wieso gerade die Bibel?»

«Da steht so viel drin, was ich noch nicht verstehe, und das Alte Testament kenne ich kaum.»

«Ich würde Grimms Märchen mitnehmen», erklärte Karen. «Die hat meine Großmutter mir immer als Kind vorgelesen. Und du, Greta?»

Greta überlegte, soweit das in der Eukalyptus-Hölle überhaupt möglich war. «Schwierig. Vielleicht das Telefonbuch. Ich würde alle Namen durchgehen und mir zu jedem Menschen eine Geschichte ausdenken.»

«Mit dem Inseltelefonbuch wärst du zu schnell durch», überlegte Karen ernsthaft. «Ich würde das Frankfurter nehmen, da hättest du länger was von.»

Und so quatschten sie weiter über dies und das. Der morgige Tag rückte für einen Moment in die Ferne, und Greta konnte entspannen. Später im Bett war sie total müde und schlief hervorragend ein.

23

Das erste Mal wachte sie um vier Uhr auf und geriet sofort in eine Art Alarmzustand. Draußen regnete es Bindfäden. Das war überhaupt nicht das Wetter, das sie für ihren großen Tag gebrauchen konnte! Nach einer Weile dämmerte sie wieder weg, fuhr kurz danach erneut hoch. Um sechs Uhr war sie endgültig wach und verließ das Bett.

Sie ging runter in ihre kleine Inselbuchhandlung, um alles zu checken. Die Bücher standen an ihrem Platz, das Antiquariat war immer noch nach Farben geordnet – was sollte sich in der Zwischenzeit auch verändert haben? Die uralten Regale mit den schönen Schnitzereien waren von Sandra frisch geölt worden und sahen aus wie neu. Greta hatte überall Blumen und Grünpflanzen aufgestellt, die die Räume noch lebendiger wirken ließen. Auf dem alten Klavier in der Ecke standen Vasen mit Schnittblumen, was wegen der Umstürzgefahr vielleicht etwas riskant war. Auf dem Deckel über den Tasten hatte sie ein Schild angebracht: «Alles außer Flohwalzer gerne!» Sie war gespannt, was kommen würde.

Durch die frisch geputzten Scheiben des Wintergartens schaute sie nach draußen aufs Meer. Es regnete immer noch stark, durch den heftigen Wind fielen die Tropfen nun senkrecht und waagerecht zugleich. Wer sollte bei so einem Schietwetter freiwillig zu einer Ladeneröffnung kommen? Eigentlich hatte sie vorgehabt, die rollbaren Regale aus dem Wintergarten draußen auf die Promenade zu stellen, das konnte sie nun vergessen. Die Gäste würden sich in den Wintergarten quetschen müssen, vielleicht sollte sie hier alles ausräumen, damit sie mehr Platz hatten.

Gegen sieben Uhr rief Jana an. «Alles Gute für heute, Mama.»

«Danke! Wie geht es dir?»

«Viel Stress mit der Prüfung. Aber ich versprech dir, ich komme so bald wie möglich.»

«Falls ich die Eröffnung überlebe.»

«Wenn es jemand schafft, dann du! Du hast immer alles geschafft.»

Das war das größte Kompliment ihrer Tochter seit der Pubertät und machte ihr Mut.

Ab zehn Uhr standen Tante Hille und Karen am Buffet bereit. Keine fünf Minuten später stoppte der Regen, und die Sonne kam raus. Halleluja! Trotzdem kam niemand. Greta machte sich große Sorgen, dass sich die Leute wegen des Wetters am Morgen etwas anderes vorgenommen hatten. Dann kam auch noch eine Absage, die sie sehr frustrierte: Ihre Freunde aus Frankfurt waren auf der Autobahn mit dem Wagen liegengeblieben, sie hingen im Harz in einer Notwerkstatt fest und würden es nicht mehr schaffen. Wie gerne hätte sie Mona und den anderen ihr Paradies gezeigt!

«Heute geht wirklich alles schief», fluchte sie laut.

Tante Hille beruhigte sie, so gut sie konnte, und hielt ihre Hand.

Da ging vor dem Strand der Krabbenkutter von Jan vor Anker. An Bord wurde ein Banner entrollt, auf dem in großen Lettern stand: «Die kleine Inselbuchhandlung wird heute eröffnet! Glückwunsch!»

Greta war baff. «War das deine Idee?»

«Heute lassen wir es richtig knallen», antwortete Tante Hille mit verschmitztem Lächeln. «Es hat sich sogar eine echte V.I.P. angekündigt», fügte sie geheimnisvoll hinzu.

«Aus Hollywood, oder was?», scherzte Greta.

«Noch weit drüber!», meinte Tante Hille ernst. Greta überlegte, wer das sein könnte. Dann lachte Tante Hille: «Da kommt sie schon.»

Greta schaute auf die Promenade, die immer noch nass vom Regen war. Sie konnte es nicht fassen. Dort stand ein zwanzigjähriges blondes Mädchen in einem dunkelroten Kleid und strahlte sie aus ihren großen braunen Augen an: Jana war aus Finnland gekommen! Greta rannte auf sie zu und drückte sie fest an sich.

«Wie kommst du denn hierher?» Sie musste sich eine kleine Freudenträne wegdrücken.

«Hallo, Mama!»

«Jana! Wie kommst du …?»»

«Tante Hille hat mir den Flug bezahlt.»

Tante Hille umarmte ihre Großnichte herzlich.

«Danke, Tante Hille», jauchzte Jana.

«Da, nich' für, mien Deern.»

Es war eine geheime Intrige gewesen, von der Greta nicht das Geringste geahnt hatte. Wie schön! Sie wollte Jana gar nicht mehr loslassen.

«Nun zeig mir endlich deinen Laden, Mama», rief ihre Tochter. «Ich bin so gespannt.»

«Und deine Prüfung?», fragte Greta.

«Die ist morgen. Ich muss heute Abend wieder am Flughafen sein. Aber die Eröffnung wollte ich auf keinen Fall verpassen.»

Um halb elf kamen plötzlich alle auf einmal. Zwischen den bunten Büchern stand Wiebke mit ihrer neuen zweifarbigen Frisur und der monströsen Brille, neben ihr erschien Dr. Sörensen in mondänem weißem Anzug sowie seine Sprechstundenhilfe Andrea. Des Weiteren Claas mit der langsamen Kellnerin Katja, der angeregt mit Jana flirtete (hoffentlich wusste er, dass sie Gretas Tochter war!), Pastorin Carola mit gewagtem Dekolleté, ein paar Männer und Frauen von der freiwilligen Feuerwehr, die nach dem Steinwurf die Scheinwerfer aufgebaut hatten, und sogar die jungen Polizisten waren gekommen sowie zahlreiche andere Insulaner und Feriengäste. Bürgermeister Godbersen und seine Frau Tine brachten das Buffet aus ihrem Laden mit. Das ging natürlich nicht ohne Kommentare von Oppositionsführer Ede Carstens. Der war mit seiner hochgewachsenen Frau Pauline gekommen, die ihren Mann mit ihren eins neunzig um einen Kopf überragte. Sogar Hinnerk vom Kiosk erschien mit Blumen, was sie als große Ehre sah. Putzfrau Sandra sah mit ihrem kurzen ärmellosen Kleid so hübsch aus, dass man es kaum fassen konnte. Sie schenkte zusammen mit Tante Hille und Karen am kleinen Tresen vor dem Wintergarten Manhattan aus.

Greta hatte kaum Zeit, alle zu begrüßen. Die kleinen Gäste okkupierten sofort die Kinderbuchecke und spielten zwischen den Regalen Verstecken. Ein mittelalter Mann mit strengem Seitenscheitel im geölten Haar drängelte sich rabiat zwischen allen durch. Um seinen Hals hing eine riesige Fotokamera. Seinem wichtigtuerischen Gesicht nach zu urteilen, vertrat er die internationale Presse. «Brockstedt, Inselkurier», sagte er und gab Greta die Hand. «Du bist Greta, die Geschäftsführerin?»

«Ja.»

Er hielt sich die Kamera vors Gesicht. «Lächeln bitte. Aber nicht zu breit, das verzerrt das Gesicht!»

«Ich würde gerne ein Foto mit Jana, Tante Hille, Karen und Sandra haben», sagte Greta.

Es dauerte etwas, dann hatte sie die vier aus der Menge gefischt. Sie stellten sich nebeneinander, legten die Arme umeinander und strahlten in die Kamera.

Bevor Greta mit ihren Gästen anstoßen konnte, hielt Bürgermeister Godbersen seine angekündigte Rede. «Ruhe!», rief seine Frau Tine in die Menge. Das Gemurmel erstarb.

«Die kleine Inselbuchhandlung ist ein kleiner Schritt für dich, Greta, aber ein großer Schritt für unsere Insel», las Godbersen ab. «Die Regale sind stabil und halten, das habe ich eben eigenhändig überprüft.» Er schaute missmutig auf Reporter Brockstedt, der mit seiner Kamera um ihn herumtänzelte und ein Foto nach dem anderen schoss. Dann fuhr er fort: «Ich bin ja nicht so der Bücherwurm, dafür aber meine Tochter und meine Frau, die freuen sich auf jeden Fall. Und ich als Bürgermeister der Insel natürlich auch.»

Bundespräsident wäre er aufgrund seiner Redekunst wohl nicht geworden, aber es war herzlich gemeint. Godbersen war jemand, der lieber anpackte, statt zu quatschen. Es folgte Oppositionsführer Ede Carstens, der sich einige Spitzen gegen den «Regierenden», an dessen Stuhl er beständig sägte, nicht verkneifen konnte.

«Dass Bürgermeister Godbersen wenig liest, merkt man auf der Insel an allen Ecken und Kanten. Vor allem an den Kanten, um die wir mit den Lieferwagen nicht herumkommen, weil Godbersen da überall Poller für die Fahrradwege hingeklotzt hat. Deine Lieferwege an der Südpromenade sind frei, Greta, die Bücher können ungehindert zu dir kommen, sei froh! Glückwunsch und alles Gute für deine kleine Inselbuchhandlung!

«Sünjhait!», riefen alle und nippten am Manhattan.

«Superrede», lobte Godbersen seinen Gegner ironisch.

Carstens grinste. «Du mich auch.»

Eigentlich mochten sie sich, das war klar.

Nun stieg Greta auf einen Stuhl und ergriff das Wort. «Ich bedanke mich bei euch allen, dass ihr gekommen seid. Ein riesiges Dankeschön an Tante Hille und Karen, die mich bei allem so unterstützt haben.»

Beifall.

«Und an Sandra, die drinnen Klarschiff gemacht hat.» Die Angesprochene lief rot an und fummelte verlegen an ihrem Abendkleid herum.

«Heute wird erst mal ordentlich gefeiert, und natürlich hoffe ich, dass ihr alle wiederkommt. Ach ja, ich habe einen Ehrengast vorzustellen. Wer sie noch nicht kennt: meine Tochter Jana!» Jana wurde ebenfalls knallrot und winkte ihr mit der kleinstmöglichen Geste zu. Greta stellte sich an eine Tapetenrolle, die sie neben der Kasse aufgehängt hatte, und schrieb mit einem roten Edding folgenden Satz darauf:

1. Eike und Steffi betraten die neue Buchhandlung, und sofort fiel ihnen etwas auf.

Dann fügte sie erklärend hinzu: «Jeder von euch kann einen Satz dazuschreiben. Danach müsst ihr den Satz dadrüber abdecken. Wer weiterschreibt, sieht also nur den jeweils letzten Satz, um die Geschichte fortzuführen. Ich bin gespannt, was für eine Story das am Ende wird.»

Alle klatschten.

«Das Buffet ist eröffnet!»

In diesem Moment wurde Antje im Rollstuhl von Jasper über die Promenade geschoben. Mit ihnen hatte Greta nun wirklich nicht gerechnet! Beide lächelten ihr begeistert entgegen. Antje trug eine elegante dunkelblaue Hose und eine rote Seidenbluse dazu. Sie hatte ein eingepacktes flaches Geschenk auf dem Schoß, das sie ihr entgegenhielt. Greta umarmte sie gerührt. Als sie es auspackte, zuckte sie zusammen. War das möglich? Es war ihr Lieblingsgemälde aus Antjes Flur, die drei Poller vor der abendlichen Nordsee!

«Wie konntest du das wissen? Es war mein Liebstes bei dir im Haus!»

«Als wenn ich es geahnt hätte.»

«Dieses Bild verkörpert für mich die Insel!», rief Greta und hielt es hoch, damit alle es sehen konnten. «Das kann ich nicht annehmen, es ist ein Meisterwerk», flüsterte sie ihr ins Ohr.

«Umso besser.»

«Es bekommt einen Ehrenplatz hinter der Kasse, das verspreche ich dir. Alle sollen es sehen!»

Greta versuchte immer wieder, zu Jana vorzudringen, die ungezwungen mit den anderen Gästen quatschte. Aber als Chefin war sie von allen gefordert, sodass sie kaum zum Reden kamen. Auch für Claas hatte sie keine Zeit, er hatte schon angekündigt, dass er relativ früh wieder zum Dünenwind musste, weil dort neue Gäste ankamen.

Jetzt stieß Krabbenfischer Jan Rostrup in gelber Gummi-Watthose mit Ellen an seiner Seite zur Festgesellschaft. Jans Kutter mit dem Spruchband war bei Ebbe trockengefallen, sie wollten sich etwas zu trinken holen.

«Hallo, ihr zwei!», begrüßte sie Greta.

Ellen war barfuß und trug ein kurzes Sommerkleid. Ohne ihre Uniform sah sie geradezu schmächtig und zerbrechlich aus, sie schien sich selbst wegen ihres Aufzugs nicht ganz sicher zu sein. Dabei wirkte sie sehr weiblich, fand Greta, das konnte sie gut tragen!

«Komm, wir holen uns ein Buch aus dem Antiquariat, das wir uns an Bord vorlesen können», schlug Ellen Jan vor. «Welche Farbe magst du am liebsten?» Es war auf der Premiere bei allen Gästen ein Muss geworden, Bücher nach Farben zu kaufen.

«Blättergrün», antwortete er.

«Wieso gerade das?»

«So ein frisches Grün sehe ich auf hoher See nie.»

Nach einer Weile kamen sie mit einer uralten Ausgabe von Cornelia Funkes «Tintentod» wieder, einem Jugendbuch, das auch Erwachsene gerne lasen.

«Sehr schöne Geschichte», meinte Tante Hille, die gerade anstelle von Greta die Kasse bediente.

Es wurde ein tolles Fest. Antje las Karl Valentin und Loriot, mehrere Schüler von der Inselschule trugen mit heiligem Ernst Poetry-Slam-Lyrik vor, in der es um das Wattenmeer, die Insel und die Liebe ging. Nebenbei verkaufte Greta zahlreiche Bücher, vor allem weiße und rote. Viele Gäste verlangten gezielt ihre Lieblingsfarbe, nur Antje wünschte sich ein möglichst buntes Buchpaket. Irgendwann rollte Claas mit ein paar Kerlen das Klavier nach draußen und spielte drauflos. Seine Kumpels Brar und Eike begleiteten ihn an der Gitarre, sie sangen dreistimmig Seemannslieder, die nicht besser passen konnten! Irgendwann tanzten alle im Wintergarten und auf der Promenade. Antje wurde von Jasper im Rollstuhl wild herumgewirbelt. Greta hätte gerne mit Claas getanzt, aber der saß ja nun mal am Klavier – seine neuen Gäste im Dünenwind hatte er offenbar längst vergessen. Also tanzte Greta mit Bürgermeister Godbersen, Oppositionsführer Carstens und einigen Touristen. Kurze Zeit später schob Jasper Antje im Rollstuhl zurück zu seinem Geländewagen. Sie hatte alles gegeben, war aber noch nicht voll auf dem Damm und brauchte nun wieder etwas Ruhe.

Am Nachmittag musste Jana leider schon wieder zur Fähre zurück. In der kleinen Inselbuchhandlung war es immer noch proppevoll, die Gäste fühlten sich sichtlich wohl und wollten einfach nicht gehen.

«Wir hatten gar keine Zeit füreinander», sagte Greta bedauernd und kniff ihrer Tochter zärtlich in die Wange.

«Ich bin froh, dass ich hier war», sagte Jana.

«Tja, das ist jetzt mein neues Zuhause.»

«Na ja, so neu auch wieder nicht, das kenne ich ja alles

schon von unseren Urlauben. – Wirst du das Fliegen nicht vermissen?»

«Nein.»

«Gute Entscheidung, deine kleine Inselbuchhandlung ist traumschön.»

«Finde ich auch. Und ich drücke dir die Daumen für die Prüfung!»

Dann fuhr Tante Hille Jana mit dem Tandem zur Fähre. Greta blickte ihnen nach. Sie freute sich, dass sich die beiden so gut verstanden.

Der ganze Tag war ihr wie ein Karussell vorgekommen, das sich wild drehte und keine Pause machte. Als irgendwann alle wieder weg waren, trank Greta noch mit Tante Hille und Karen als Absacker einen Manhattan. Dann legte Greta sich mit der großen Tapezierrolle, die sie im Laden aufgehängt hatte, ins Bett. Neugierig las sie, was ihren Gästen eingefallen war:

1. *Eike und Steffi betraten die neue Buchhandlung, und sofort fiel ihnen etwas auf.*
2. *Irgendetwas war anders.*
3. *Der Laden war nicht in den Boden einzementiert, sondern besaß Turbinen und Flügel.*
4. *Damit konnte man bis ins Taka-Tuka-Land fliegen.*
5. *Dort war es sehr warm, und es gab jede Menge Palmen.*
6. *«Ich hasse Palmen», sagte ich und schaute auf den zukünftigen Bundeskanzler, der sich auf einer Liege breitmachte.*
7. *«Ist mir doch egal», sagte der. «Die Palmen werden jetzt überall im ganzen Land eingepflanzt.»*
8. *Er wollte, dass es allen gutging.*

9. *Deshalb fuhr er zu den Inuit, um sie zu retten.*
10. *Die Eisbären rettete er gleich mit.*
11. *Danach rettete er Gabi, die schönste Frau im ganzen Ruhrpott.*
12. *Und danach rettete er Sylvia, die schönste Frau in Nordfriesland.*
13. *Nur dass Sylvia gar keine Frau war.*
14. *Sie war ein Roboter, der genauso aussah wie ein Mensch.*
15. *Zur Welt gekommen war sie als Volkswagen Golf.*
16. *Danach wurde sie als Toyota Hyundai Miss World.*
17. *Frauenverachtender Macho.*
18. *… ist das beste Düngemittel für Heilpflanzen.*
19. *Heilpflanzen braucht kein Mensch, solange es Tabletten gibt.*
20. *Sagte der Pharmavertreter Ralf Clausen, bevor er an seinen eigenen Tabletten verstarb.*
21. *So war es nun mal, die Mode änderte sich Tag für Tag.*
22. *…*

Dann konnte sie nicht mehr, den Rest würde sie morgen lesen. Sie sank in die weichen Lavendelkissen und schlief überglücklich ein.

24

Warum ging das Schöne nur immer so schnell vorbei? Am nächsten Tag war alles wieder abgebaut und aufgeräumt. Seitdem waren auch schon wieder ein paar Tage vergangen. Greta setzte sich in den Strandkorb vorm Wintergarten und wartete auf Kundschaft. Sie konnte mehr als zufrieden sein: Der «Insel-Kurier» hatte auf Seite eins größer über ihre Eröffnungsfeier berichtet als über eine Rede des amerikanischen Präsidenten. Dazu gab es ein Foto von ihr, Tante Hille, Karen und Sandra sowie einen Schnappschuss von Bürgermeister Godbersen bei seiner Ansprache. Während Greta in die Sonne blinzelte, lief die Feier immer wieder wie ein Film vor ihrem geistigen Auge ab. Es war die schönste Party ihres Lebens gewesen, und Janas unerwartetes Erscheinen konnte nichts toppen. Das Gemälde mit den drei Pollern vor der Nordsee hatte sie bereits hinter die Kasse im Wintergarten gehängt. «Es ist ein Opfer an den Meeresgott», hatte Antje mit vollem Ernst erklärt. «Du lebst hier nahe am Wasser, da muss man sich mit Neptun gutstellen.»

Die Umstellung auf den Alltag war härter ausgefallen als erwartet. In ihrer wunderbaren Buchhandlung herrschte in den Tagen nach der Eröffnung totale Flaute, ohne dass sie sich das erklären konnte. Von wegen Spökenkiekerin, die Menschen zusammenbrachte! Das schien überhaupt nichts zu bedeuten. Anscheinend waren die Insulaner erst mal mit Büchern versorgt, nur hin und wieder verirrte sich ein Tourist oder ein Kurpatient zu ihr. Sie traute sich nicht, zwischendurch das «Bin gleich wieder da!»-Schild an die Tür des Wintergartens zu hängen, um mal eben kurz baden zu gehen. Falls in dieser Zeit ein Kunde gekommen wäre, hätte sie sich das nicht verziehen. Immerhin meinte es die Sonne gut mit ihr und schien verlässlich auf sie herab. Aber sogar der Blick über den Strand zum Meer machte sie unruhig: Alles um sie herum war traumschön, nur mit ihrer Buchhandlung ging es bergab.

Sie harrte tapfer im Strandkorb vor der Tür aus und las sich durch Unmengen von Romanen und Sachbüchern. Die neuen hielt sie ganz vorsichtig in der Hand, damit sie hinterher nicht benutzt aussahen und sie sie noch weiterverkaufen konnte. Ansonsten registrierte sie vom Strandkorb aus jede Kleinigkeit, die sich auf der Promenade und am Strand abspielte. Um sich abzulenken, fing sie an, im Kopf kleine Spielchen zu spielen. So erklärte sie zum Beispiel den dynamischen Mann in kurzer Hose und Flip-Flops, der über die Promenade auf sie zukam, zum Premium-Kunden. Der würde es nicht bei einem Buch belassen. Sie schätzte ihn auf Mitte vierzig, auf seiner Nase saß eine schwarze Intellektuellenbrille, mit Sicherheit war er ein Vielleser. Das war keiner, der sich hängenließ, weder körperlich noch geistig. Männer wie er gingen mit einer unstillbaren Neugier durch die Welt, und wo fanden sie neue Ideen und Anregungen? – Richtig, in ihrer Inselbuchhandlung! Sie würde ihn allein mit der Energie ihrer Gedanken dazu bringen, ihren Laden zu betreten. So etwas konnte gelingen, das hatte sie mal in einem Buch gelesen. Wenn sie diese Kraft besaß, und davon war sie überzeugt, würde dieser Mann sie spüren.

Seine Schritte wurden langsamer. Wie ein Flugzeug, das in den Sinkflug überging. Sie würde ihn mit dem Lächeln einer Flugbegleiterin empfangen: «Willkommen an Bord, was kann ich für Sie tun?» Vielleicht wurde sogar mehr daraus, jetzt, wo sie wieder Single war. Das konnte man nie wissen. Einen Ehering trug er jedenfalls nicht.

Sie konzentrierte sich auf ihren Bauch und atmete tief ein und aus. Dazu schickte sie ein Wunschgebet in den Himmel: Falls es von dort zusätzliche Unterstützung gab, wollte sie nicht darauf verzichten.

Es war nicht zu verstehen: Wieso ging er einfach vorbei, ohne auch nur einen Blick auf sie und ihr Angebot zu werfen? Reichte ihre Energie etwa nicht? – Nein, es lag auf der Hand, sie hatte sich komplett geirrt: Der Typ war vollkommen hohl im Kopf, er las in seiner Freizeit ausschließlich Bedienungsanleitungen für technische Geräte und interessierte sich für nichts, was über seinen Geschäftsbereich hinausging. Ein reiner Zahlenmensch, der nur ans Geld dachte und fies zu seinen Mitarbeitern war, besonders zu Frauen. Ein Glück, dass ein Idiot wie der ihre kleine Inselbuchhandlung nicht betreten hatte! Trotzdem erwischte der Kerl sie auf dem falschen Fuß und zog sie nach unten: Würde überhaupt jemals wieder ein Kunde in ihre Buchhandlung kommen? Und ein Mann in ihr Leben treten? Es gab genug Menschen, die nach so einem Pech, wie sie es erlebt hatte, nie wieder Anschluss ans normale Leben gefunden hatten.

Am Ende der ersten Woche saß Greta mit betrübtem Gesicht bei Tante Hille am Frühstückstisch.

«Es läuft nicht», verkündete sie. Wahrscheinlich war es prinzipiell ein Fehler gewesen, die Buchhandlung aufzumachen.

«Ach was, die Saison beginnt erst noch», erwiderte Tante Hille. «Außerdem steht bald das Sonnenwendfest an.»

«Das reißt es auch nicht mehr raus.»

Tante Hille legte ihr die Hand auf die Schulter. «Wart's ab, du wirst dich wundern.»

«Aber im Winter bin ich wieder auf die Insulaner angewiesen. Und von denen scheint nur eine Handvoll an Büchern interessiert zu sein.»

«Da irrst du dich, in der kalten Jahreszeit lesen die Leute viel mehr! Jetzt vor der Saison haben sie alle Hände voll zu tun, da bleibt keine Zeit für ein Buch.»

«Na, dein Wort in Gottes Ohr.»

«Das wird!»

«Was kann ich bloß tun?»

Tante Hille lächelte. «Einfach weitermachen.»

Es war nett, dass Tante Hille ihr Mut machte, aber der Blick ins Warenwirtschaftssystem sprach eine eindeutige Sprache: Würde ihre Geschichte die vom Scheitern einer Flugbegleiterin werden, die sich übernommen hatte, weil sie es romantisch fand, auf einer Insel Bücher zu verkaufen? Immerhin war sie in der Buchhaltung besser geworden, Tante Hille hatte ihr eine Menge beigebracht. Nur, was nützte das, wenn es nichts abzurechnen gab? Den täglichen Gang zur Inselbank, um die kümmerlichen Bareinnahmen auf ihr Geschäftskonto einzuzahlen, empfand sie jedes Mal als Demütigung.

Doch dann kam eines Montagmorgens, wie aus dem Nichts, die große Wende. Die erste Kundin an dem Tag war Sandra, ausgerechnet. Dass sie frühmorgens nach ihrer Putzschicht auf der Fähre in der kleinen Inselbuchhandlung auftauchte, war eine Überraschung.

«Tut mir immer noch leid wegen der Farben», sagte sie und schaute Greta verlegen an.

«Ach was, das war eine tolle Idee. Meine Kunden stehen total drauf. Das gibt es auf der ganzen Welt nur bei mir.»

Sandra lächelte. «Echt?»

«Kann ich etwas für dich tun?»

«Ich suche was für Wiebke aus dem Modestübchen. Sie bedient mich immer so gut, und bei ihr krieg ich alles billiger.»

Was für sie mit Sicherheit eine große Hilfe war, denn mit einer Halbtagsstelle als Putzfrau auf der Fähre verdiente sie nicht die Welt.

«Irgendeine besondere Farbe?»

«Vielleicht gelb.»

Greta suchte die Regale hinten im Antiquariat nach Titeln für Wiebke ab. In der gelben Abteilung fand sie kein passendes Exemplar. Erst bei lila wurde sie fündig und hielt einen Band mit Liebesgeschichten aus Cornwall hoch.

«Könnte das was sein?»

«Ich kann es doch nicht lesen», erinnerte sie Sandra leise.

Natürlich, Greta hatte es einen Moment lang vergessen. «Das sind romantische Liebesgeschichten aus England.»

«Lila ist nicht meine Farbe.»

«Die Geschichten sind aber gut.»

«Nee, lieber was in Gelb.»

Schließlich fand Greta doch noch einen Krimi mit gelbem Umschlag, den sie sorgfältig einpackte.

Kaum war Sandra gegangen, kamen die nächsten Kunden. Und dann passierte das, was sie sich die ganze Zeit erhofft hatte: Die Insulaner stürmten ihren Laden. Es war, wie Tante Hille prophezeit hatte: Das Sonnenwendfest stand an, und das war auf der Insel nach Heiligabend der zweithöchste Feiertag. Überall wurden bunte Lampions aufgehängt und die Straßen der Hauptstadt mit Blumen dekoriert. Man feierte die kürzeste Nacht des Jahres mit öffentlichen und privaten Partys, meist zog man von einer zur anderen. Dazu machten sich die Insulanerinnen und Insulaner gegenseitig kleine Geschenke, was ihr zugutekam: Ein Buch war immer noch die klassische kleine Aufmerksamkeit, über die sich jeder freute. Im Festgeschäft lernte Greta die Insulaner noch einmal von einer ganz anderen Seite kennen, und dabei wurde sie stark gefordert. Wer schenkte wem was, das konnte eine komplizierte Frage werden. Dabei musste sie heikle Aufgaben lösen, zum Beispiel: Was schenkte man seinem größten Feind?

Irgendwann stand Jasper vor ihrer Kasse. Im ersten Augenblick hatte sie ihn fast gar nicht erkannt. Er hatte sich mit dunkler Sonnenbrille und hochgeschlagenem Jackettkragen gut getarnt. Er suchte etwas für Antje, wollte aber auf keinen Fall von ihr ertappt werden, wenn sie gerade jemand mit dem Rollstuhl hierherbrachte.

«Es soll unterhaltsam sein, aber auch anspruchsvoll, poetisch und trotzdem nüchtern – hast du so was?»

«Thema Liebe?»

«Gerne, aber nicht kitschig.»

Greta überlegte. «Ich habe eben eine neue Autorin reinbekommen, sie ist gerade mal dreißig und schreibt total erfrischend und frech.»

«Frisch klingt gut, das wird ihr gefallen.»

Greta packte das Buch sorgfältig ein. Sie war sich sicher, dass Antje damit eine gute Zeit haben würde.

Jasper war vielleicht eine halbe Stunde verschwunden, da kam Antje in ihrem Rollstuhl angefahren. Sie wurde von Katja geschoben, der Kellnerin aus Claas' Pension. Antje hatte Jasper knapp verfehlt, was sonst eine mittlere Katastrophe gewesen wäre, es war ja alles hochgeheim. Sie war heute ganz in Weiß gekleidet, weißer Rock und weißes T-Shirt, dazu trug sie ein dunkelblaues Halstuch mit grünen Ankern darauf. Greta umarmte die beiden zur Begrüßung.

«Ich suche dringend etwas für Jasper. Er liest wenig und ist ein eher langsamer Mensch. Wenn er mal ein Buch in die Hand nimmt, denkt er über jede Seite ewig nach.»

Greta reichte ihr ein dunkelgrünes Buch, das sie vorsorglich neben die Kasse gelegt hatte. «Dann sind vielleicht Gedichte etwas für ihn.»

«‹Liebesgedichte› von Pablo Neruda», las Antje laut. «Das klingt gut.»

Greta führte die beiden in den Wintergarten und rezitierte:

In dir die Erde / Kleine Rose, Rose du, kleine /
manchmal winzig und nackt / als hättest du / Platz /

in meiner einen Hand / als schlösse ich dich drin ein /
und führte dich zu meinem Mund / aber plötzlich /
berühren meine Füße die deinen /
und mein Mund berührt deine Lippen.

«Wunderschön», flüsterte Antje.

Greta standen die Tränen in den Augen. Nicht wegen Pablu Neruda, sondern wegen Florian. Ohne dass sie damit gerechnet hatte, wirbelte das Gedicht Gefühle auf, die sie weit nach hinten gesteckt hatte. Seit seinem Weggang von der Insel hatten sie nichts mehr voneinander gehört – bis auf den Blumenstrauß zur Eröffnung, für den sie sich mit einer langen SMS bedankt hatte. Einen Moment lang fühlte sie sich plötzlich sehr alleine in dem Trubel um sie herum. Aber das waren nur Sekunden, für mehr blieb keine Zeit, und das war auch gut so.

«Ich schenke es dir.»

«Nein, dann ist es kein echtes Geschenk an jemand anderes mehr.»

Greta lächelte. «Keine Widerrede.»

Sie packte es ein und steckte das Geld, das Antje ihr trotzdem gab, in eine Spendenkasse für ein Brunnenprojekt in Afrika.

Am frühen Nachmittag stand Bürgermeister Godbersen in der Tür, in Fischerhose, ausgewaschenem weißem T-Shirt und Gummistiefeln. Er hatte wenig Zeit, weil er schnell wieder zum Boot musste.

«Die Ermittlungen wegen dem Stein verlaufen im Sande», erklärte er. «Das war nichts weiter als ein Dumme-Jungen-Streich.»

«Denke ich inzwischen auch. – Was kann ich sonst für dich tun?»

«Ich suche was für Ede Carstens.»

«Den Oppositionsführer?»

«Jo.»

«Was Politisches? Oder einen Roman?»

«Was ihm weh tut und ihm einen Spiegel vorhält.»

Bürgermeister Godbersen hatte sich bei der letzten Wahl nur äußerst knapp, mit einer Stimme Mehrheit, gegen Ede Carstens durchsetzen können, was den unglaublich wurmte. Dementsprechend war ihr Verhältnis angespannt, wie Tante Hille erzählt hatte. Sie stritten sich bei der Frage, um wie viel Uhr man nachts die Straßenbeleuchtung abschaltete, und über die neuen Gullydeckel in der Hauptstraße, als ginge es dabei um das Überleben der Nation. Einig waren sie sich nur bei der Deichbeschau, bei der penibel geprüft wurde, ob die Deiche hielten, was auf der Insel überlebensnotwendig war. Wie viele Schafe auf den Deichen weiden durften, war dann schon wieder Streitthema.

«Er soll merken, wo der Hammer hängt», erklärte Godbersen. «Es sollte aber nicht zu plump rüberkommen. Und es muss so interessant sein, dass er es wirklich liest.»

«Gibst du mir ein paar Tage?»

«Nee, ich brauch das *jetzt.*»

Diese Ansage war die echte Kür für jede Buchhändlerin. Greta hatte das Gefühl, dass sie eher im Antiquariat fündig wurde. Godbersen folgte ihr nach hinten.

«Es gibt übrigens Ärger wegen deiner Buchhandlung», murmelte er.

«Wie das?»

Er kratzte sich verlegen am Kinn. «Ich konnte dir ja nur eine vorläufige Genehmigung geben.»

«Du hast gesagt, das wird kein Problem.»

«Dachte ich auch. Aber Ede Carstens fordert jetzt, dass sich am Südstrand kein Gewerbe ansiedeln darf.»

Gretas Kreislauf sackte nach unten. «Was hat der gegen meine kleine Inselbuchhandlung?»

«Ich glaube, es geht gar nicht um dich. Der will *mir* damit eins auswischen.»

«Und jetzt?»

«Da stecken mit Sicherheit noch andere hinter, ich werde mich auf jeden Fall mal weiter umhören.»

«Du machst mir Angst.»

«Noch ist nichts entschieden. Wir tagen in einer Woche öffentlich, du solltest deine Truppen auch in Stellung bringen.»

Greta drückte ihm «Er ist wieder da» in die Hand, eine Hitler-Parodie.

Und dann passierte etwas, das die dunklen Wolken, die Bürgermeister Godbersen an den Himmel gemalt hatte, noch weiter verdüsterte. Wie jeden Abend ging Greta vorm Zubettgehen noch einmal in den Büchertempel, das war ein Ritual von ihr geworden. Als müsste sie sich von ihren Büchern für die Nacht verabschieden. Das Mondlicht schien kühl und schön durch die Bullaugenfenster auf die Buchrücken. Sie schaltete kein Licht ein, die gelben Einbände leuchteten hell auf, die schwarzen hingegen gaben auch im Mondlicht nichts von sich preis. Dass die Bücher nach Farben geordnet waren, gefiel ihr immer noch, dazu kamen der wunderbar knarzende Holzfußboden, die alten Orientteppiche und nicht zu vergessen die Pflanzen überall: Inzwischen sah es bei ihr aus wie im Dschungel. Ihr Bücher-Universum war nicht riesig, aber sie war stolz darauf. Sie trat in den Wintergarten und wünschte allen Geschichten mit einem zufriedenen Rundumblick eine geruhsame Nacht.

Plötzlich stockte sie. Irgendetwas war anders als sonst – aber was? Sie ließ ihren Blick erneut kreisen, entdeckte aber nichts. Wahrscheinlich waren es nur die Müdigkeit und der kleine Manhattan mit Tante Hille vorhin in der Küche, die ihr einen Streich spielten. Gerade wollte sie gehen, als sie einen großen Zettel entdeckte, den anscheinend jemand unter der Eingangstür im Wintergarten geschoben hatte. Mit einer bösen Vorahnung ging sie hin und hob ihn auf. Sie schaltete das Licht an, um besser lesen zu können. Auf dem Blatt stand in Druckbuchstaben: «WEG HIER VON DER INSEL! WER NICHT HÖREN WILL MUSS FÜHLEN!»

Greta bekam rote Ohren und fing leicht an zu zittern. Sie musste sich erst einmal ein Glas Wasser nehmen und auf einen Stuhl setzen. Erst danach konnte sie wieder einigermaßen klar denken. Es musste etwas Persönliches sein. Aber wer steckte dahinter? Sie schadete doch niemandem! Greta erhob sich und ging nach oben. Tante Hille saß gerade allein am Küchentisch und trank im Dunkeln ihre Tasse Baldriantee, die sie jeden Abend zum Einschlafen brauchte.

«Ich muss dir etwas zeigen, Tante Hille», keuchte sie, schaltete das Licht an und legte den Zettel auf die Tischplatte. «Was hat das zu bedeuten?»

Tante Hille las und drehte den Kopf weg. «Ich kann

dazu nichts sagen», murmelte sie. Sie wirkte auf merkwürdige Weise abwesend.

«Hast du nicht einmal einen Verdacht?»

«An deiner Stelle würde ich das gar nicht ernst nehmen.»

Greta wurde richtig schlecht. «Erst der Stein, jetzt der Zettel! Es hört nicht auf. Und im Inselrat wollen sie, dass ich schließe.»

«Wer will das?»

«Ede Carstens.»

«Godbersen wird das schon regeln.»

«Und wenn nicht?»

«Ich sage das nicht gerne, aber bohr da besser nicht nach. Das wird zu keinem Ergebnis führen.»

Antje hatte fast genau dasselbe gesagt, als sie sie das erste Mal bei ihr zu Hause nach «Papillon» gefragt hatte.

«Wer will, dass ich verschwinde?», rief Greta.

Tante Hille starrte aus dem Fenster. «Es wird dir nichts passieren, das kann ich dir versprechen.»

«Wie kannst du das sagen, wenn du sonst nichts weißt?» Das erste Mal in ihrem Leben wurde sie sauer auf ihre geliebte Tante. «Bitte sag, was los ist! Oder ich schalte Ellen ein, und es wird eine offizielle Ermittlung.»

Tante Hille nahm einen großen Schluck von ihrem Baldriantee. «Dann haben wir wieder die Feuerwehr hier und sind keinen Schritt weiter.»

Sie drehten sich im Kreis. Hatte es womöglich doch mit ihrer Entdeckung im Gedichtband tun? Weil ihr Vater vor Jahren eine Affäre mit einer Insulanerin hatte?

«Die Botschaft ist klar», wiederholte sie. «Ich soll von hier verschwinden.»

«Schmeiß das am besten weg.»

«Wer weiß, was als Nächstes passiert? Soll ich nicht doch Ellen anrufen?»

«Die kann auch nichts machen.»

Greta war nicht ihrer Meinung, sagte aber nichts. Sie würde schon rausbekommen, wer dahintersteckte. Wieso konnte nicht einfach alles optimal laufen, und fertig?

25

Auch der nächste Tag lief im Verkauf wieder prächtig. Ihre Sorgen wegen der Drohung ließ Greta sich nicht anmerken. Die Kunden konnten ja nichts für den Zettel, sondern wollten freundlich und aufmerksam bedient werden wie immer. Das bekam sie hin, aber es kostete viel Energie.

Am Abend sprang Greta ins Meer und tauchte erst einmal so tief wie möglich ab. Die Nordsee streichelte ihre Stirn. Schade, dass sie hin und wieder an die Wasseroberfläche zurückmusste, um Luft zu holen. Sie schwamm ein paar Züge in Richtung Vogelinsel, die heute von Hunderten Vögeln umlagert war. Plötzlich hörte sie eine Männerstimme hinter sich rufen: «Greeeetaaaaa.»

Sie drehte sich um. Claas tigerte am Strandufer auf und ab. Er hatte vorhin angerufen, weil er einen neuen Packen Bücher für seine Bibliothek abholen wollte. Greta winkte ihm kurz zu und kraulte mit schnellen Zügen zurück. Als sie aus dem Wasser stieg, reichte er ihr galant ihr Handtuch. Sie trocknete sich ab, dann gingen sie in den Wintergarten, wo sie Teewasser aufsetzte.

«Du wirkst bedrückt.» Er sah ihr in die Augen.

«Bin ich auch.» Seufzend reichte sie ihm den Zettel mit der Drohung, den sie unter die Kasse gelegt hatte. «Wer macht so was?», fragte sie.

Er las schweigend, dann blickte er sie entsetzt an. «Ich habe eine Ahnung, wer dahintersteckt», sagte er leise.

«Wer?»

Er holte tief Luft. «Meine Mutter. Sie hetzt gegen dich, wo es nur geht.»

«Rita? Aber wieso?» Greta konnte sich das nicht vorstellen.

«Keine Ahnung.»

Greta überlegte. «Meinst du, sie hat auch den Stein geworfen?»

«Weiß ich nicht, aber es kann sein.»

«Am besten, wir fragen sie einfach!»

Sofort machten sie sich auf den Weg in die Altstadt. Greta fuhr auf Tante Hilles Tandem, er auf seinem Mountainbike. Der abendliche Strand war immer noch voll, die Leute hielten ein Eis in der Hand, in der Schachecke saßen die üblichen Experten und kommentierten jeden Spielzug. Weder Claas noch sie sprach unterwegs ein Wort. Greta fragte sich, was gleich auf sie zukam. Wenn Rita wirklich hinter den Angriffen steckte, würde sie es wohl kaum zugeben. Falls sie überhaupt damit zu tun hatte – sie sollte vorsichtig mit Anschuldigungen sein.

Sie bogen ab in die Straße mit dem Bonbonladen, passierten Dieters Schmuckladen, dann standen sie vor Ritas Fischerkneipe. Immer wieder wurde in genau dieser Häuserzeile über ihr Schicksal entschieden: Ganz rechts hatte Dr. Sörensen sie in seiner Praxis gesundgeschrieben, und bei Rita wurde vielleicht gleich etwas ganz anderes geklärt. Zum Glück war um diese Zeit in der Kneipe nicht viel los, draußen saßen ein paar Feriengäste, drinnen stand Rita am Tresen und polierte Gläser. Sie schaute nicht gerade freundlich, als Greta mit Claas hereinkam.

«Mama, wir müssen reden», sagte Claas ohne Umschweife.

«Worüber?»

«Lass uns an einen Tisch setzen, hinterm Tresen geht das nicht.»

Rita sah genervt aus, setzte sich aber mit ihnen an einen runden Tisch.

«Hast du den Stein in meine Buchhandlung geworfen?», fragte Greta ganz direkt.

«Was soll ich gemacht haben? Behauptet *die* das?», fauchte Rita ihren Sohn an.

«Also nein?», fragte Claas.

«So etwas habe ich gar nicht nötig!»

Claas trommelte mit den Fingern auf die Tischplatte. «Mal Klartext, Mama. Was würdest du dir ganz konkret von Greta wünschen?»

«Klartext? Also gut.» Sie sah ihr wütend in die Augen. «Du servierst in deinem Laden ‹Manhattan› ohne Schanklizenz.»

Das fand Greta reichlich übertrieben. «Ich gebe hin und wieder mal 'n Lütten aus, wie jeder auf der Insel.»

«Mal'n Lütten? Der Alkohol fließt bei dir in rauen Mengen, das sagen alle. Aber im Gegensatz zu dir zahle ich Schanksteuer dafür, und nicht zu knapp. Du gräbst mir finanziell das Wasser ab, dagegen werde ich mich mit allen Mitteln wehren.»

Wegen ein paar Drinks zettelte sie einen Krieg an?

«Kann man da nicht einen Kompromiss finden?», schlug Claas vor.

«Nein.» Rita, verschränkte die Arme vor der Brust und wandte sich wieder an Greta. «Du tust so, als ob der Ausschank privat wäre, aber das ist er nicht. Du verdienst mit der Buchhandlung eine Menge Geld.»

«Schön wär's.»

«Muss man das denn so eng sehen?», fragte Claas.

«Ja, mein Sohn. Zufällig lebe ich von meiner Kneipe!»

«Aber die Sonnenwendfeier findet in drei Tagen bei mir im Laden statt», erklärte Greta trotzig. «Und zwar mit Manhattan. Das machen alle Geschäfte auf der Insel so, das kannst du mir nicht verbieten.»

«Ich kann dir gar nichts verbieten, das kann nur der Inselrat.» Rita lächelte. «Aber ich werde dafür sorgen, dass der kein Gewerbe am Südstrand will.»

Eine unmissverständliche Kampfansage.

Claas war empört. «Mama!»

Ein Gast von draußen kam herein, um zu zahlen.

«Ihr seht, ich habe zu tun.» Rita sprang ruckartig vom Tisch auf.

Wie betäubt verließen sie die Kneipe. Konnte Rita es wirklich schaffen, ihre kleine Inselbuchhandlung schließen zu lassen? Greta hatte Godbersens Wort, dass die endgültige Genehmigung im Inselrat reine Formsache war. Ohne ein Wort zu sagen, schoben sie ihre Räder nebeneinanderher. Keiner von beiden hatte Lust, in die Altstadt zu gehen oder das fröhliche Strandleben auch nur zu sehen. Sie gingen um das Hafenbecken herum zum Deich, der in die Marsch führte. Dort schleuderte Claas sein Fahrrad wütend zu Boden. «Ein Mist ist das!», fluchte er und setzte sich an den Deichsaum.

«Du kannst doch nichts dafür», tröstete ihn Greta und setzte sich zu ihm. «Ich werde das mit deiner Mutter irgendwie klären.»

«Da lässt sich nichts klären, fürchte ich.»

«Ich schenke halt nichts mehr aus, und fertig.»

Claas schüttelte den Kopf. «Darum geht es gar nicht.»

«Sondern?»

«Das ist nur ein Vorwand. Sie will so oder so, dass du die Insel verlässt. Hat sie mir gestern gesagt.»

«Aber warum?»

«Keine Ahnung, sonst ist sie gar nicht so böse.»

Claas guckte aufs Watt. Sie hatten gerade Ebbe, man konnte auf dem Meeresboden bis zur Fahrrinne für die Fähre laufen, was auch viele taten.

«Manchmal frage ich mich, ob das alles mit Papillon und meinem Vater zusammenhängt.»

«Ich denke, es ging um deinen Großvater?»

«Das hier habe ich in Papas Zimmer gefunden.» Sie zog die Karte mit dem Lavendelfeld aus ihrer Jacke. Bei dem ganzen Trubel der letzten Wochen hatte sie die Liebesgeschichte oder was auch immer es war fast vergessen. Dabei trug sie die Karte immer bei sich, um sie gegebenenfalls mit einer Schrift zu vergleichen, die sie irgendwo entdeckte. Claas sah sich die Karte an und setzte ein Pokerface auf.

«Nett.»

«Du kennst die Schrift auch nicht, oder?»

«Kann ich mir die mal leihen?»

«Okay, aber ich will sie auf jeden Fall wiederhaben.»

Er verabschiedete sich und fuhr am Deichsaum entlang zurück in die Marsch. Ihre Wege führten in die entgegengesetzte Richtung. Der Himmel bezog sich gerade, und der Wind nahm an Stärke deutlich zu. Ihr wurde leicht fröstlig. Trotz der gesunkenen Temperatur waren die Strände immer noch voll. Die Leute wussten, wie ein gelungener Urlaub in Norddeutschland optimal funktionierte: Sie zogen sich im Strandkorb einfach einen Pullover über und blieben dort liegen, bis es dunkel wurde.

Greta musste unbedingt Tante Hille von den jüngsten Ereignissen erzählen. Sie war gespannt, was sie zu alldem sagen würde. Mit Sicherheit wusste sie einiges mehr, als sie bisher verraten hatte. Ungeduldig zischte sie über die Promenade. Als sie vor Tante Hilles Haus stand, kamen ihr wieder Zweifel. Ihre wunderbare Tante war wirklich immer wie eine Mutter zu ihr gewesen, sie war ein Anker in ihrem Leben. Greta wollte ihr auf gar keinen Fall zu nahe treten. Mit einem flauen Gefühl im Magen schlich sie ins Haus.

«Tante Hille?», rief sie leise.

Es kam keine Antwort.

Sie schaute im Schlafzimmer nach, im Wohnzimmer und im Bad, aber niemand war da. Dann entdeckte sie auf dem Küchentisch einen Zettel:

Karen und ich brauchen eine Auszeit. Sind auf Urlaub. Melde mich. Deine Tante Hille.

Was hieß das denn jetzt? Greta musste dringend mit ihr sprechen. Sie war die Einzige, die ihr weiterhelfen konnte! Sie zückte ihr Smartphone und wählte Tante Hilles Nummer. Es klingelte nebenan, offensichtlich hatte ihre Tante das Handy zu Hause vergessen – vielleicht sogar extra? Es half nichts: Greta musste sie finden, und zwar so schnell wie möglich!

26

Greta hatte sich den Wecker auf sechs Uhr morgens gestellt. Um halb sieben saß sie bereits auf dem Tandem und fuhr Richtung Altstadt. Die Insel gehörte in diesen frühen Morgenstunden sich selbst. Die Sonne flutete die menschenleeren Straßen mit Licht, das Pflaster glänzte wie Gold. Auf dem Gepäckträger klemmte ein großer Karton mit Plakaten. Als Erstes fuhr sie zum Hafen, um dort und in der Altstadt möglichst viele davon aufzuhängen. Das Sonnenwendfest wollte sie in ihrer Inselbuchhandlung mit einer «Holly-Golightly-Party» feiern. Oben auf dem Plakat sah man ein Foto von Audrey Hepburn in der Verfilmung von «Frühstück bei Tiffany»: Ihre großen Rehaugen und ihr wunderschöner langer Hals wirkten magisch. Da mittlerweile praktisch alle Insulaner Holly als Hauptfigur aus dem Buch kannten, würde ihnen Audrey Hepburn bestimmt ein kleines Lächeln ins Gesicht zaubern. Greta plante, im Wintergarten eine lange Tafel aufzubauen, auf der Promenade sollte getanzt werden.

Aber zuerst musste sie klären, wo Tante Hille stecken konnte. Je länger sie darüber nachdachte, desto seltsamer kam ihr das Verhalten ihrer Tante vor: Wieso fuhr sie weg, ohne ihr Bescheid zu sagen? Es musste mit Rita, dem Stein und dem Zettel zusammenhängen. Warum wollte Tante

Hille nicht offen mit ihr darüber reden? Sie hatten doch sonst ein vertrauensvolles Verhältnis zueinander. Wenn sie wiederkam, musste sie sich Greta stellen, eine Aussprache war nur aufgeschoben.

Im Hafen guckte sie nach dem Börteboot, und siehe da: Der Liegeplatz am Kai war leer. Damit stand fest, dass Tante Hille die Insel mit ihrem Boot verlassen hatte. Für weitere Recherchen blieb Greta keine Zeit, sie musste sich unter Hochdruck um ihre Feier kümmern.

Bürgermeister Godbersen schleppte gerade zwei große Styroporboxen mit dem nächtlichen Fang vom Kutter in seinen Laden. «Moin, Greta», grüßte er.

«Moin, Godbersen.» Sie folgte ihm in seinen Laden. Konzentriert und blitzschnell sortierte er den frischen Fang in verschiedene Behälter mit Eis. Für das Party-Catering setzte sie wieder auf ihn, das Buffet bei der Eröffnung war von allen hoch gelobt worden. Vor allem übrigens die vegetarischen Speisen – ausgerechnet –, bei denen hatte er sich ganz besonders ins Zeug geworfen!

«Kann ich das bei dir in die Ladentür hängen?» Sie hielt das Plakat mit dem Audrey-Hepburn-Foto hoch.

Godbersen schaute nur kurz von seinen Fischen auf. «Sieht super aus, nur zu.»

«Kommst du auch?»

«Der Wetterbericht is' ja nicht so dolle.»

Das war reichlich untertrieben. Angeblich zog ein Orkantief von England herüber auf die Insel, was im Sommer mehr als ungewöhnlich war.

«Ach was, das sind doch alles Theoretiker», rief sie fröhlich. «Das ändert sich noch.»

«Sonst komme ich in Ölzeug», grummelte Godbersen.

Greta grinste. «Steht dir sowieso am besten.»

Er grinste zurück. «Ist das jetzt ein Kompliment oder eine Frechheit?»

«Manche können eben alles tragen.»

Er lachte. «Pass bloß auf. – Sag mal, wegen dem Inselrat ...» Greta hatte ihn natürlich angerufen und ihm kurz von dem Gespräch mit Rita erzählt. «Ich habe versucht, mit Rita zu reden, aber sie ist stur wie ein Stein. Außerdem sitzen Ede Carstens und seine Leute bei ihr mit im Boot.»

Greta wurde ganz anders. «Und jetzt?»

«Das kriegen wir schon irgendwie hingebogen. Ach übrigens, die Sitzung ist aus Termingründen vorgezogen worden. Sie ist jetzt in zwei Tagen, direkt nach der Sonnenwende.»

Greta bekam vor Schreck einen trockenen Mund. «Was, so schnell? Und wenn es schiefgeht, muss ich dann dichtmachen?»

«So weit lasse ich es nicht kommen.»

Greta stöhnte. Jetzt war es noch viel dringender, dass Tante Hille auftauchte. Sie selbst konnte als Neu-Insulanerin nicht «ihre Truppen in Stellung bringen», wie es Godbersen ausgedrückt hatte. «Sag mal, du weißt nicht zufällig, wo Tante Hille stecken könnte?»

«Wieso? Ist sie verschwunden?»

Sie musste vorsichtig sein, sonst schaukelten sich schnell Gerüchte hoch. «Nee, auf Urlaub, aber sie hat nicht gesagt, wo.»

«Ich weiß, dass sie Venedig mag, und nach Feuerland wollte sie auch mal.»

Das war nicht besonders hilfreich – zumal sie Tante Hille beides locker zugetraut hätte.

Als Greta hinaus in den Hafen trat, holte sie erst mal tief Luft. In diesem Moment spielte sich am Himmel etwas Seltsames ab: Ein kleines Flugzeug näherte sich im Tiefflug dem Hafen. Nun kannte sie Sportmaschinen, die die Insel gelegentlich überquerten, aber dieses Flugzeug flog viel zu niedrig. Würde es gleich abstürzen? Als erfahrene Flugbegleiterin wusste sie, dass so etwas viel seltener vorkam als ein Autounfall.

Die kleine Maschine sank tiefer und tiefer – plante der Pilot eine Notwasserung? Instinktiv trat sie ein paar Schritte vom Kai zurück. Auch die anderen Menschen um sie herum starrten gebannt auf das Flugzeug. Jetzt erst erkannte sie die Kufen: Es war ein Wasserflugzeug. Der Pilot zog weiter runter und setzte kurz vor dem Hafen gekonnt auf der Wasseroberfläche auf. Das Flugzeug bremste ab und glitt langsam Richtung Kai. Es war eine zweimotorige Maschine, den Typ kannte sie aus Kanada, wo Wasserflugzeuge ein gängiges Transportmittel waren. Außer dem Piloten war niemand an Bord. Er stoppte am Kai gegenüber, der Tankwart von der Schiffstankstelle machte die Leinen fest. Der Pilot öffnete die Tür und kletterte heraus. Er trug ein dunkelrotes T-Shirt und eine helle Hose, seine Augen waren hinter einer Sonnenbrille versteckt. Ihr Herz schlug sofort etliche Takte schneller: Das war Florian!

Was hatte das zu bedeuten? Hatte es etwas mit ihr zu tun? Wohl kaum – oder doch? Sie war schockiert, ihn zu sehen, freute sich, war verunsichert, erschlagen und beglückt. Wieso hatte er ihr nicht gesagt, dass er kam?

Sie fuhr mit dem Tandem um das Hafenbecken herum, um ihn zu begrüßen. Er packte gerade mehrere große Koffer und Taschen aus und hatte sie noch nicht entdeckt.

Von seinem umfangreichen Gepäck her sah es nach einem längeren Urlaub aus, es waren vier große Koffer und einige Taschen. Langsam ging sie über den Steg hinter der Tankstelle auf ihn zu. Er sah sie erst, als sie direkt vor ihm stand. Sie war leicht verlegen und wusste erst einmal nicht, was sie sonst sagen sollte.

«Moin, Florian.»

Er schien ein bisschen erschrocken. «Greta!»

Er sah vertraut und fremd zugleich aus. Sie umarmten sich.

«Tolle Landung», lobte sie.

Florian lächelte geschmeichelt. «Tja, meine Zeit in Neufundland zahlt sich jetzt aus.»

«Wo hast du die Maschine her?»

«Gekauft.»

«Um auf die Insel zu fliegen?»

… und mich zu besuchen?, fügte sie in Gedanken hinzu.

Er nahm seine Ledertasche mit den Flugplänen in die Hand. «Ich habe meine Eigentumswohnung in Frankfurt verkauft und mir mit dem Geld das Flugzeug besorgt.»

Sie wusste gar nicht, was sie dazu sagen sollte, sondern staunte einfach nur.

«Ich werde ab morgen als Post- und Kurierflieger zwischen den Inseln arbeiten.»

Hatte sie richtig verstanden? «Du ziehst auf die Insel?»

«Ja.»

«Und die Lufthansa?»

Er zuckte mit den Achseln. «Ich hatte sowieso die Schnauze voll von Frankfurt. Die Insel passt viel besser zu mir.»

Und sie hatte ihm unterstellt, ein phlegmatischer Gewohnheitsmensch zu sein … «Wo wohnst du?», fragte sie.

«Erst mal im Dünenwind. Von da aus suche ich mir in Ruhe was für länger.»

«Lust, zu meiner Sonnenwendfeier in die Buchhandlung zu kommen?» Sie drückte ihm ein Plakat in die Hand.

Er warf einen kurzen Blick drauf. «Da muss ich erst mal in meinen Terminkalender schauen.»

«Ernsthaft?»

Jetzt lachte er verschmitzt. «Unsinn, ich bin ein freier Mann und mein eigener Chef. Natürlich komme ich gerne.»

Das klang vielversprechend. Plötzlich hatte sie das Gefühl, dass die Sonnenwendfeier in der kleinen Inselbuchhandlung noch viel aufregender als die Eröffnungsparty werden könnte. Damit hätte sie nicht gerechnet.

Als sie zurück zur Buchhandlung radelte, war sie immer noch schwer verwirrt. Die wohligen Heiß-kalt-Schauer, die sie durchliefen, bekam sie kaum in den Griff. Andererseits gab es gerade so viel, um das sie sich dringend kümmern musste: Tante Hille finden, die Sache mit dem Stein klären, die Sonnenwendfeier organisieren, die Sitzung des Inselrates vorbereiten, sie kannte sich noch viel zu wenig mit den Machtverhältnissen hier aus … Dass sich Florian auf der Insel niederlassen wollte, war immer noch nicht richtig bei ihr angekommen. Vielleicht konnten sie noch einmal auf START gehen? Sie sollte trotzdem besser vorsichtig sein.

Ach nein, lieber nicht!

27

Am Abend vor dem Fest bauten Greta, Ellen und Wiebke auf der Promenade Tische und Bänke auf und hängten Lampions mit chinesischen Schriftzeichen in den Wintergarten. Die hatte Tante Hille noch in der Garage liegen gehabt, damit hatte sie früher die Sonnenwendfeiern in ihrem Textilladen dekoriert. Greta hatte beschlossen, ihre Sorgen, so gut es ging, erst einmal zur Seite zu schieben. Die Frauen waren sich sicher, es würde eine tolle Party werden. Voller Vorfreude mixten sie literweise Manhattan zusammen und verkosteten ein paar Gläser vorweg.

Doch dann zogen dunkle Wolken am Himmel auf: Die Schlechtwettervorhersage verfestigte sich zu einer Unwetterwarnung. Am Abend der Feier würde ein schweres Orkantief über die Insel ziehen. Sämtliche Festvorbereitungen wurden unverzüglich abgebrochen, stattdessen musste auf der Insel alles sturmfest gemacht werden. Stühle und Lichterketten der Cafés und Restaurants wurden hereingeräumt, alles, was herumfliegen konnte, wurde verstaut und gesichert. Da man nicht vorhersagen konnte, wie hoch das Wasser steigen würde, nagelten die Ladenbesitzer an der Altstadtpromenade ihre Schaufenster mit Brettern zu. Die Insulaner wirkten dabei keinesfalls ängstlich, sondern ruhig und konzentriert. Sie waren starke Stürme gewohnt, wenn auch eher im Winter und im Frühjahr. Gretas Freundin Mona rief besorgt aus Frankfurt an, die Insel war in der Tagesschau gezeigt worden, der bevorstehende Sommerorkan in Norddeutschland war ein großes Thema. Bei all dem Aufruhr fand Greta es langsam höchst beunruhigend, dass Tante Hille sich nicht meldete – hatte sie keine Angst, dass das Unwetter ihr Haus wegfegte?

Sie ging zum Pfahl auf der Promenade, der die Pegelstände der schlimmsten Sturmfluten an der Nordsee anzeigte. Die höchste ereignete sich im Januar 1976 und erreichte Tante Hilles Haus nicht ganz. Viel höher durfte die Flut auch nicht auflaufen, sonst würden die unteren Räume, in denen sich die kleine Inselbuchhandlung befand, unter Wasser stehen. Greta wurde einmal mehr bewusst, dass sich die Insel mitten im Wasser befand, das Meer hatte hier das alleinige Sagen. Flehentlich schaute sie auf Antjes Bild mit den drei Pollern, vielleicht schützte es sie ja vor Neptun und seiner Gewalt. Am Nachmittag kam die freiwillige Feuerwehr und brachte Sandsäcke, für alle Fälle. Die beiden Strandkörbe hatte Greta bereits in die Garage geschoben.

Und dann kam Florian um die Ecke, in Seglerjacke, Gummistiefeln und alten Jeans. «Wo kann ich anpacken?» Er grinste sie unternehmungslustig an.

Sie umarmten sich. «Schön, dass du da bist», flüsterte sie in sein Ohr.

«Schön, dass du da bist», antwortete er.

Zeit für Romantik blieb nicht. Zu zweit schichteten sie die Säcke vor dem Wintergarten zu einer hüfthohen Wand auf. Später kam Jan dazu und half ihnen. Um das Provisorium wasserdicht abzusichern, kam eine stabile Plastikplane davor. Am liebsten hätte Greta alle Bücher nach oben ins Haus gebracht, aber es waren einfach zu viele, das war nicht zu schaffen.

Ein paar gute Freunde von der Insel hatten angekündigt, die kleine Inselbuchhandlung zusammen mit ihr zu beschützen. Florian und Jan waren ja schon da, Carola kam kurze Zeit später mit Ellen, zum Schluss erschien Wiebke vom Modestübchen. Dieses kleine Häuflein war nun übrig geblieben von der geplanten spektakulären Sonnenwendfeier ... Jetzt, wo Tante Hille und Karen fort waren, fühlte sich Greta erleichtert, dass sie in der Sturmnacht nicht allein sein würde.

Die Luft war auf unheimliche Weise geladen und drückte gegen den Kopf, es war schwül und absolut windstill. Das war wohl die berühmte Ruhe vor dem Sturm. Sie hörten von Marschbauern, dass die Tiere in den Ställen unruhig scharrten – sie spürten, was kam. Touristen wie Einheimische schauten mit sorgenvollen Gesichtern in den bedeckten Himmel, nirgends war mehr ein Lachen zu hören. Fast unmerklich verfärbte sich weit draußen der Horizont. Erst war es nur ein schmaler pechschwarzer Streifen, der langsam höher stieg und dann erstaunlich schnell übers Meer näher rückte. Sie nahm Florians Hand und hielt sie einen Moment.

Carola stellte sich zu ihnen. «Gigantisch», flüsterte sie beeindruckt.

«Wie das Ende der Welt», murmelte Greta.

«Na, ich weiß nicht», meinte Florian.

«Was sagt die Bibel dazu, Carola?»

«Nichts darüber, ob Jesus heute Nacht wieder zur Erde zurückkehrt», meinte sie.

«Ist das gut oder schlecht?»

«Er ist auf jeden Fall bei uns.»

Greta hoffte das sehr, obwohl sie nicht besonders religiös war, jedenfalls nicht im kirchlichen Sinne. Zusammen mit Ellen und Jan starrte sie gebannt aufs Meer. Auf der Promenade war kein einziger Mensch mehr zu sehen. Der schwarze Streifen über dem Wasser wuchs zu einer Riesenwand heran, die mehrere Kilometer hoch war. Diese böse Macht hatte vor, sich auf die Insel herabzustürzen. Das Meer wurde unruhig, die Wellen schlugen immer höher an den Strand. Von einer Minute auf die andere pfiff ein heftiger Wind ums Haus, ähnlich wie bei einem Gewitter, nur viel stärker.

Florian blieb ruhig. «Anspruchsvolles Flugwetter heute», meinte er. Sein Wasserflugzeug hatte er mit einem Kran aus dem Hafenwasser heben und in die Bootshalle des Segelclubs bringen lassen.

«Als wenn du jetzt noch fliegen würdest», erwiderte Greta.

«Nicht freiwillig. Aber während der Ausbildung mussten wir bei so einer Wetterlage immer hoch. Und zwar mit kleinen Maschinen, damit wir das respektieren lernen.»

«Hast du nie Angst dabei gehabt?»

«Sagen wir mal so, ich habe trainiert, meine Ängste herunterzuschlucken und mich auf die Technik zu konzentrieren. Und bisher gab es Gott sei Dank jedes Mal ein Hinterher.»

Die Wellen waren nun mit weißem Schaum bedeckt und bäumten sich immer höher auf. Der Wind ließ nicht eine Sekunde nach, Regen peitschte durch die Luft. Es waren keine Tropfen, sondern Massen, die von oben herunterschütteten. Zusammen mit Florian überprüfte Greta noch einmal die Sandsäcke, dann huschten sie über den Hintereingang zurück ins Haus. Alle hatten Luftmatratzen und Decken dabei, sie würden die Nacht im Buchtempel verbringen.

Dort gab es einen kleinen eisernen Ofen mit einer Glasscheibe, durch die man das Feuer beobachten konnte. Der blieb im Sommer sonst natürlich aus, aber jetzt zündete Greta ihn an. Weniger wegen der Temperaturen als wegen der beruhigenden Atmosphäre, die er verbreitete. Sie hatte genug trockenes Feuerholz für die Nacht aus der Garage geholt. Vorne im Wintergarten donnerten die Regenmassen gegen die Scheiben. Der schwarzdunkle Sturmhimmel hatte das Tageslicht zwei Stunden früher als sonst verschwinden lassen. Greta schaltete die bunten Lampions an, als könnte sie irgendjemanden damit ablenken. Hinten im Tempel hatte sie ein kleines Buffet auf einem Tischchen aufgebaut, doch niemand hatte so richtig Hunger. Sie rückten Sessel und Couchen an das Feuer heran und starrten in die Flammen. Greta hüllte sich in eine weiche Wolldecke, was ihr das Gefühl von Ruhe und Entspannung gab. Der Orkan heulte mit dunklen Tönen ums Haus, wie sie sie noch nie gehört hatte. Doch die trotzige Burg von Tante Hille würde nichts erschüttern, sie machte die kleine Inselbuchhandlung zu einer sicheren Höhle – jedenfalls hoffte sie das. Immer mal wieder ging sie mit den anderen nach vorne in den Wintergarten, um den Wasserstand zu beobachten. Der Strand war bereits zu einem Drittel überspült.

Irgendwann fing Carola an, auf dem alten Klavier klassische Stücke zu spielen, Chopin und Mozart. Sie machte das wirklich gekonnt und entführte sie alle für einen Moment in eine andere Welt. Als sie aufhörte, stellte Florian argentinische Tangomusik an, was Greta zunächst als unpassend empfand. Tango war zu wild für den Sturm, sie wünschte sich eher etwas Ruhiges, als Ausgleich. Er forderte Carola zum Tanzen auf und führte sie zwischen den Regalen hindurch. Greta wurde ein bisschen eifersüchtig, was kurzzeitig sogar ihre Angst vor dem Sturm überlagerte. Denn die Pastorin erwies sich als erstaunlich geschmeidige Tänzerin und war Single, wie sie wusste. Außerdem besaß sie einen hemmungslosen Hang zur Erotik …

Jan versuchte mit Ellen ebenfalls ein paar Tangoschritte, aber er war ein Grobmotoriker, der aus Paddeligkeit fast ein Regal umriss, worüber alle herzlich lachten. Dann forderte Florian Greta auf. Endlich. Es tat gut, seine Hände zu fassen. Sein Griff war genau richtig, nicht zu fest und nicht zu weich. Sie spürte die Wärme seines Körpers. Die Buchrücken flogen an ihr vorbei: Gelb wurde abgelöst durch Rot, dann tauchten sie ein in tiefes Blau. Die Geschichten, die für sie in ihrem Büchertempel sonst so präsent waren, traten zurück, die Nähe zu Florian überlagerte alles. Er tat ihr so was von gut!

Zwischendurch schauten sie vorne im Wintergarten nach dem Wasserstand. Der Strand war jetzt zur Hälfte überspült, viel näher durfte das Meer nicht kommen. Um ihre Angst zu vertreiben, tanzten sie weiter, später auch mit anderer Musik, für jede und jeden war etwas dabei. Wiebkes Volksmusikschlager aus ihrer Jugend waren dann aber doch eine zu große Herausforderung.

Später stellten sie die Musik aus und lauschten dem Sturm. Ellen hatte einen starken Handscheinwerfer aus der Polizeistation mitgebracht, mit dem sie im Wintergarten unter den Lampions hindurch aufs Meer leuchtete. Die Wellen, die auf die Insel zurollten, waren gigantisch und bedeckt von wütender weißer Gischt. Laut Gezeitenkalender war der Scheitelpunkt der Flut erreicht. Ab jetzt würde das Wasser langsam zurückgehen – falls der Orkan nicht noch zulegte. Greta erinnerte sich an frühere Tagträume, die sie als zehnjähriges Mädchen genau hier gehabt hatte – als sie sich vorstellte, wie es wohl wäre, wenn sie einmal vierzig war. Sie hatte sich alles Mögliche ausgemalt, aber nicht, dass sie während eines Orkans auf ihrer geliebten Insel in der eigenen Buchhandlung sitzen würde.

Später lasen sie sich gegenseitig etwas vor. Wiebke begann mit dem berühmten Ameisen-Gedicht von Ringelnatz:

In Hamburg lebten zwei Ameisen,
Die wollten nach Australien reisen / Bei Altona auf der
Chaussee / Da taten ihnen die Beine weh. / Und da
verzichteten sie weise / Dann auf den letzten Rest der Reise. /
So will man oft und kann doch nicht / Und leistet
dann recht gern Verzicht.

Ellen zitierte – wen überraschte es? – «Frühstück bei Tiffany»:

Was mir am besten gegen Angst tut, das ist: eine Taxe nehmen und zu Tiffany fahren. Das macht mich umgehend ruhig, die Stille dort; nichts Schlimmes kann einem dort passieren, nicht mit diesen liebenswürdigen Männern da in ihren feinen Anzügen und mit dem herrlichen Geruch nach Silber und Krokodillederbrieftaschen …

Dann las sie vor, wie sich Holly Golightly und ihr Zimmernachbar kennenlernten. Wobei Greta die Kennenlerngeschichte von Ellen und Jan eigentlich noch schöner fand. Die Stimmung im Raum wurde immer fröhlicher. Irgendwann nahm Florian heimlich ihre Hand, und sie ließ es geschehen. Zu mehr kam es nicht. Denn alle nächtigten nebeneinander im Büchertempel, niemand hatte Lust, bei diesem Sauwetter nach Hause zu gehen. Erst schlief Wiebke ein, dann Ellen und Jan, beide ganz eng beieinander. Florian, Carola und sie hielten Nachtwache im Wintergarten und spielten am Kassentresen Skat. Gegen drei wurde der Sturm dann deutlich schwächer, kurze Zeit später schliefen auch sie tief und fest auf ihrem Nachtlager zwischen den Büchern ein. Greta lag ganz nah bei Florian, der sich wunderbar anfühlte, manchmal berührte ihre Nase seinen Nacken. Wenn die anderen nicht da gewesen wären, wäre mehr passiert. Aber sie wollten sich jetzt nicht nach oben absondern: Es war unglaublich nett und freundschaftlich von ihren Freunden, dass sie gekommen waren, um sie zu unterstützen. Außerdem musste sie ja ihre Bücher bewachen.

28

Am nächsten Morgen krochen sie alle zusammen aus dem Haus und schauten sich auf der Promenade um. Der Sturm war weitergezogen, es wehte nur noch ein laues Lüftchen, und die Sonne schien, als wäre nichts gewesen. Die Schäden auf der Insel waren zum Glück überschaubar, wie sie hörten. Hier und da war ein Schild oder ein Baum umgefallen, aber es hatte sich offenbar niemand verletzt. Greta war erleichtert, dass das Inferno vorbei war. Sie deckte eine Tafel im Wintergarten mit Tante Hilles bester weißer Tischdecke, dem dünnwandigen friesischen Teegeschirr und mehreren großen Kerzenleuchtern ein. Dann bereitete sie ein großes Frühstück «nach Insulanerart», mit Fisch, frischen Krabben und Marmelade mit Früchten von der Insel. Dazu gab es knackige Brötchen, die Jan von Bäcker Hansen holte. Alle waren dankbar, dass nichts passiert war, das musste erst einmal gefeiert werden.

Später fuhr die Feuerwehr mit sechs Leuten vor und baute die Wand aus Sandsäcken wieder ab, die am Strand entleert wurden. Alle, die bei Greta übernachtet hatten, packten mit an, sogar die schmächtige Carola. Es war erleichternd, den Eingang der kleinen Inselbuchhandlung wieder frei zu sehen.

Dann verabschiedeten sich die Gäste, nur Florian blieb noch. Sie wollte nicht, dass er ging, auf keinen Fall!

«Komm», sagte sie und nahm ihn bei der Hand.

«Ich muss leider los», sagte er.

Sie zuckte zusammen: Ging er wieder auf Distanz? War es das alte Spiel? Dann war es aus für immer, das schwor sie sich.

«Ich muss aus Norwegen Ersatzteile holen. Einige Windkraftanlagen in der Nordsee haben beim Sturm ordentlich was abgekriegt.» Dann nahm er sie in den Arm. «Sonst wäre ich geblieben.»

Eine Welle der Erleichterung durchströmte sie. Beim Abschied küssten sie sich auf den Mund, und zwar sehr lange, was sie fast etwas schwindelig werden ließ.

«Spätestens zur Ratssitzung morgen bin ich wieder da», versprach er.

«Nicht mein Lieblingstermin», seufzte sie und sah ihm in die Augen. «Ich freue mich auf dich.»

Es war so gut, ihn an ihrer Seite zu wissen.

Es war sinnlos, die kleine Inselbuchhandlung heute zu öffnen, niemand käme an dem Tag nach dem Sturm auf die Idee, ein Buch zu kaufen. Also setzte sie sich in den Strandkorb und versuchte ein paar Neuerscheinungen anzulesen, was ihr aber nicht gelang. Bei jedem Satz spürte sie erneut ihre Nase an Florians Nacken, seine Hand auf ihrem Rücken.

«Moin, Greta.»

Sie schreckte hoch. Claas stand vor ihr. Seine Augen flackerten nervös.

«Ich muss mit dir reden.»

«Habt ihr den Sturm bei euch in den Dünen gut überstanden?», fragte sie besorgt.

«Ja.»

«Das war heftig, oder?»

«Allerdings. Bei dir auch alles okay?»

«Siehste ja.»

«Aber deswegen bin ich nicht hier.» Mit vielsagendem Blick gab er ihr die Karte mit dem Lavendelfeld zurück. «Mir kam die Schrift gleich bekannt vor. Aber ich bin erst draufgekommen, als ich eine Einkaufsliste meiner Mutter entdeckt habe. Guck selbst …»

Greta schaute auf eine handschriftliche Liste mit Hackfleisch, Wirsing und Fisch, dann auf die Lavendelkarte. Sie war keine Graphologin, aber die Ähnlichkeit war unübersehbar, vor allem das «w» in Druckbuchstaben war auffällig.

Rita war «Papillon»!

Greta wurde ganz anders. «Hast du deine Mutter gefragt, ob sie was mit meinem Vater hatte?», flüsterte sie.

«Klar.»

«Und?»

«Sie hat mich ausgelacht.»

Greta zuckte mit den Achseln. «Siehste.»

Doch Claas wollte sich nicht beruhigen. «Ich glaube ihr nicht.»

«Wieso?»

«Ist so ein Gefühl. Ihr Lachen war zu künstlich.»

«Meinst du?»

Claas sah niedergeschlagen aus. «Kapierst du nicht? Ich kenne meinen Vater nicht, Mama hat seinen Namen nie genannt, obwohl ich sie Millionen Mal nach ihm gefragt habe. Sie hat immer behauptet, es sei ein unbekannter Seemann gewesen, der hier eine Nacht auf Landgang war.»

«Kann doch sein.»

«Alles ist möglich, auch dass sie etwas mit deinem Vater gehabt hat. Womöglich ist er auch *mein* Vater!»

Greta lachte. «Hör auf, das ist absurd.»

«Überleg doch mal: Dann sind wir Bruder und Schwester! Stell dir vor, wir hätten zusammen ...»

Das klassische Motiv aus unzähligen Vorabendserien. Greta ließ sich nicht beirren: Ein Lottogewinn war bestimmt hundertmal wahrscheinlicher.

«Claas, du spinnst. Warum sollte deine Mutter lügen? Dafür gibt es keine Beweise.»

Class blickte sie trotzig an. «Für mich ist das lange noch nicht erledigt.»

«Wie geht es denn deiner Meinung nach weiter?»

Er fasste in seinen Rucksack und zog ihre türkisfarbene Bürste heraus, die sie schon vermisst hatte. «Die hast du letztens nach dem Surfen bei mir vergessen.»

Greta starrte ihn verblüfft an. «So?»

«Ich habe einige Haare von dir zu Dr. Sörensen gebracht. Der schickt sie in ein Labor und lässt sie mit meiner DNA vergleichen.»

Greta schoss das Blut in den Kopf. «Und ich werde nicht mal gefragt?»

Claas sah total verzweifelt aus. «Ich muss wissen, ob wir Geschwister sind. Findest du das nicht wichtig?»

«Trotzdem möchte ich gefragt werden!»

«Ich finde es besser, wenn wir uns nicht mehr sehen, bis das Ergebnis da ist», sagte er leise.

«Nun warte doch erst einmal ab.» Sie versuchte ein Lächeln. «Wenn wir zusammen surfen, passiert ja nichts, das geht auch unter Verwandten, oder?» Sie glaubte einfach nicht an seinen Verdacht.

Sein Gesicht blieb ernst. «Bitte, Greta, du musst es nicht verstehen, aber akzeptiere es wenigstens.»

Dann stieg er auf sein Rad und fuhr über die Promenade davon. Greta war wie vor den Kopf geschlagen. Wenn es stimmte, wären sie und Claas jahrzehntelang von ihren Familien betrogen worden. Das konnte nicht sein! Andererseits hatte sie die Papillon-Widmungen mit eigenen Augen gesehen, und fest stand, dass damals irgendetwas bei ihrem Vater passiert war.

Kaum war Claas weg, klingelte ihr Handy. Es war Jan. Er rief von Bord seines Krabbenkutters an. «Ich weiß, wo Hille steckt», rief er.

Sie richtete sich im Strandkorb kerzengerade auf. «Wo?»

«Auf der Vogelinsel, zusammen mit Karen. Sie vertritt Vogelwart Ralle.»

«Wie bitte?» Tante Hille befand sich in Sichtweite, direkt gegenüber? Greta konnte hinüberblicken, Hunderte von Vögeln kreisten gerade über dem Eiland. Ganz in der Ferne war sogar das Haus auf Pfählen auszumachen, in dem sich Tante Hille und Karen angeblich gerade aufhielten. Dort hatte sie die Sturmnacht verbracht? Kaum zu fassen.

«Kannst du mich rüberbringen?», fragte sie.

«Wann?»

«Jetzt?»

«Okay!»

«Ich bin in einer Viertelstunde im Hafen.»

Sie sprang aufs Rad.

Wenige Minuten später fuhr Jan mit seinem Kutter in den Hafen ein. Die beiden Ausleger mit den Netzen zum Krabbenfang waren am Mast befestigt. Er musste nicht mal festmachen, sie sprang einfach so an Bord. Dann tuckerten sie aus dem Hafen heraus. Greta war mulmig zumute, sie hatte ein bisschen Angst vor dem, was sie gleich erfahren würde.

«Ich hoffe, du verlierst durch mich nicht zu viel Zeit», sagte sie.

«Kein Problem, die Vogelinsel liegt auf dem Weg zu meinem Fanggebiet.»

«Ist das weit weg?»

«Betriebsgeheimnis.» Jan lächelte geheimnisvoll.

«Glaubst du, ich steige um auf Fischerei und klau dir die Krabben?»

Er blieb ganz ernst. «Weiß man's?»

Jan nahm direkten Kurs auf die Vogelinsel. Das Wasser gurgelte und schmatzte um den hölzernen Rumpf seines Kutters herum. Seit ihrer überstürzten Flucht aus Frankfurt hatte Greta die Insel nicht ein einziges Mal verlassen. Von der Wasserseite aus wirkte sie wie ein Gemälde im Sonnenschein: Tante Hilles Haus mit der kleinen Inselbuchhandlung; der Leuchtturm am Küstenknick, der direkt neben der Schachecke lag; das Volleyballnetz und weiter hinten das Dünengebiet, in dem Antje wohnte und Claas' Pension lag; die Flügel der alten Windmühlen in der Marsch. An einem kleinen Steg vor dichten Schilfbüschen war Tante Hilles Börteboot festgemacht, hier war sie richtig. Jan bremste den Kutter ab.

«Bedankt», rief sie, schnappte sich ihren kleinen Rucksack und sprang auf den Steg.

«Da nich für.»

Er drehte um und tuckerte weiter. Greta kam sich vor, als sei sie auf einem anderen Kontinent gelandet. Wann war sie jemals auf einer unbewohnten Insel gewesen? Die Luft roch nach Sumpf und Salz. Um den Steg herum wuchs hohes Schilf, das ihr zunächst den Blick versperrte. Überall lag Treibgut herum, Holz und Plastikteile, der Sturm hatte anscheinend alles überspült. Massen an Vögeln schnatterten und krächzten, in der Luft wie am Boden. Die kleine Insel war flach wie ein Teller, hinter dem Schilf konnte man sie vollständig überblicken. Kein Mensch war zu sehen, wahrscheinlich hielten Tante Hille und Karen sich in der Hütte des Vogelwartes auf.

Das Häuschen stand in der Mitte des Eilands auf unzähligen hohen Holzpfählen. Greta hielt direkt darauf zu. Sie schlenderte die paar hundert Meter über die Wiesen, einen Weg oder Trampelpfad gab es nicht. Die Zivilisation war weit weg. Sie kletterte die wackelige Holztreppe zum Haus hoch. Die Ausstattung innen war einfach, zwei Kojen, in denen sie sofort Tante Hilles und Karens Schlafsäcke entdeckte, ein Herd, der mit Propangas betrieben wurde, ein Tisch, drei Stühle plus mehrere Regale mit Laborutensilien, das war alles. Greta trat auf die kleine Terrasse und musste sich die Hand vor die Augen halten, so heftig blendete das Sonnenlicht.

Niemand war da. Sie schaute noch einmal hinaus, dort war auch keiner. Wie war das auf einer flachen Insel möglich? Waren Tante Hille und Karen weggefahren? Nein, das konnte nicht sein, Tante Hilles Boot lag ja am Steg. Greta wanderte zur anderen Seite der Insel, wobei sie darauf achtete, möglichst keine Vögel aufzuschrecken. Plötzlich sah sie auf einer Wiese die Spitze eines roten Basecaps herausragen und ging darauf zu. Dort befand sich eine sandige Kuhle, in der Karen lag. Sie blätterte in einer Zeitschrift und schaute erstaunt auf, als Greta vor ihr stand.

«Du?», rief sie.

«Moin, Karen, schön habt ihr's hier.»

«In der Hauptsaison wird es uns an der Promenade immer zu hektisch. Wir kommen jeden Sommer hier rüber, wenn Ralle ein paar Tage freinimmt.»

«Kann ich gut verstehen. Obwohl mir der Rummel um meine Buchhandlung natürlich gut gefällt.»

«Klar, das ist Hille früher genauso gegangen, als sie noch den Laden hatte.»

«Wie habt ihr hier bloß den Sturm überstanden?»

«Ach, das sind wir gewohnt.»

«Wie hoch war das Wasser denn?»

«Wir hatten vollständig Land unter.»

«Ich wäre vor Angst gestorben.»

«Das Haus ist sturmflutsicher.»

Über ihnen flogen zwei Austernfischer und schrien gegen den Wind, so laut sie konnten.

«Hille ist sehr unglücklich», erklärte Karen leise.

«Und wieso haut sie dann einfach ab?»

«Sag ich doch: weil sie unglücklich ist.»

«Aber warum?»

Karen richtete sich auf. «Deinetwegen.»

«Was habe ich ihr getan?»

«Nichts.»

«Aber?»

Karen schaute ihr direkt ins Gesicht. «Das muss sie dir selber sagen.»

«Wo steckt sie?»

«Keine Ahnung.»

Greta musste grinsen. «Man kann hier kilometerweit gucken, und du siehst sie nicht?»

«Auch wenn alles flach ist, auf dieser Insel gibt es mehr Verstecke als in einer Großstadt.» Karen stand auf, und sie gingen zusammen zurück zur Vogelstation.

Nach einer Weile sahen sie, wie Tante Hille vom Ostteil der Insel zu ihnen kam. Sie hatte am Strand hinter der Grasnarbe gelegen, dort konnte man sie beim besten Willen nicht sehen. Als sie bei ihnen war, umarmte sie Greta kurz. Dann tranken sie schweigend den Tee, den Karen gemacht hatte. Es war klar, dass jetzt ein paar Dinge ehrlich und offen besprochen werden mussten. Karen verabschiedete sich, nachdem sie ihren Tee ausgetrunken hatte. Tante Hille und Greta traten auf die kleine Terrasse, von der aus man die gesamte Vogelinsel überblickte.

«Weißt du, dass der Inselrat meine Buchhandlung schließen will?», fragte Greta.

Tante Hille schaute sie entsetzt an. «Was? Wieso das denn?»

«Dahinter steckt Rita.»

«O Gott!»

«Kannst du mir das erklären?»

Tante Hille blickte starr aus dem Fenster. «Es fällt mir schwer, darüber zu reden», begann sie leise. Dann kam erst einmal nichts mehr.

«Wenn du nicht sprechen willst, singe es oder tanze es», forderte Greta. «Aber ich möchte es endlich wissen!»

«Ich wusste, dass alles rauskommen würde, wenn du

auf die Insel ziehst. Aber ich wollte dir und der Buchhandlung nicht im Weg stehen.»

«Was ist denn los?»

Tante Hille richtete sich auf. «Also gut. Mein Bruder Hauke, dein Vater, hatte was mit Rita, ganz kurz. Ihr wart zu Besuch auf der Insel, da warst du gerade drei Jahre alt. Rita war eine bildhübsche Frau. Das war alles mehr oder weniger heimlich, du hast davon nichts mitbekommen.»

«Was ist daran schlimm?»

«Erst einmal gar nichts.»

«Und wieso darf ich bis heute nichts davon wissen?»

Tante Hille zögerte lange, bevor sie weitersprach. «Neun Monate später kam Claas zur Welt.»

Greta lief ein kalter Schauer über den Rücken. «Will sagen?»

«Rita sagte, dass das Kind von Hauke stammt.»

Greta riss die Augen auf. Dann war Claas doch ihr Bruder! «Ist das wahr?»

«Dein Vater hat es abgestritten, aber Rita hatte keine Zweifel.»

Greta fühlte sich wie im freien Fall. «Mann, was denkt ihr euch eigentlich? Wir sind Geschwister, und ihr sagt kein Wort?»

«Deswegen habe ich dich vor ihm gewarnt.»

Greta wurde wütend. «Wieso hast du nicht einfach die Wahrheit gesagt?»

Tante Hille wurde ganz leise. «Rita wollte das nicht.»

«Na und?»

«Sie ist immerhin Claas' Mutter, darüber konnte ich mich nicht hinwegsetzen.»

«Und ich?»

Tante Hille bekam feuchte Augen. «Mir hat Rita leidgetan. Sie war alleinerziehende Mutter und bekam von deinem Vater keinen Unterhalt. Deswegen habe ich ihr 40 000 DM aus dem Erbe meiner Eltern gezahlt. Davon hat sie ihre Kneipe eingerichtet.»

«Und Papa?»

«Der hat sich stur gestellt.» Tante Hille war am Boden zerstört. «Du hättest es längst wissen sollen, aber ich musste Rita schwören, nichts zu sagen. Jetzt schäme ich mich dafür.»

Greta starrte aufs Meer. «Rita wollte, dass ich von der Insel verschwinde, damit ich nicht erfahre, dass ich einen Bruder habe? – Abartig.»

«Ich habe mehrmals mit ihr geredet, ohne Erfolg.»

Der Boden unter Gretas Füßen schwankte.

«Ich weiß, dass es ein schwerer Fehler war.» Tante Hille hatte Tränen in den Augen. «Ich bitte dich um Entschuldigung, Greta.»

«Eins nach dem anderen, Tante Hille. Ich brauche noch etwas Zeit, bis das angekommen ist.» Sie war noch total benommen. In ihrem Kopf hämmerte immer wieder aufs Neue der eine Satz: Claas ist mein Bruder!

«Es ist immer so weitergegangen», fuhr Tante Hille fort. «Ich weiß auch nicht. Sonst bin ich nicht so, du kennst mich doch.»

«Ich muss mich erst daran gewöhnen.»

Tante Hille schaute sie schüchtern durch einen Tränenschleier an. «Und am Ende wird alles gut? Auch mit uns?»

«Bestimmt.»

In diesem Moment brauchte Greta alle Kraft für sich selbst und konnte ihre Tante leider nicht trösten.

Am späten Nachmittag brachte Tante Hille sie mit ihrem Boot zurück zum Inselhafen. Dort ging das Leben weiter wie gehabt: Florians Flugzeug war am Steg vertäut, Touristen gingen spazieren. Greta sah das alles wie hinter einer Glaskugel. Sie hatte das Gefühl, auf der Vogelinsel eine andere geworden zu sein.

«Ich werde mit Rita wegen der Buchhandlung reden. Sie soll dich in Ruhe lassen», sagte Tante Hille.

Wenn sie das hinbekam, wäre das eine Riesenerleichterung! Greta kletterte mit Tante Hille von Bord und sah ihr verzweifeltes Gesicht. Trotzdem war sie immer noch sauer auf sie. Hätte Greta die Buchhandlung nicht eröffnet, wäre nie herausgekommen, dass Claas und sie Geschwister waren.

Sie wollte sofort zu ihm.

29

Greta zischte mit dem Tandem durch die Marsch. Der Wind fegte mit kräftigen Böen über Felder und Bäume. Sie durchfuhr die schattige Allee und bog an der einsamen Kreuzung bei der Mühle ab ins Dünengebiet. Erst einmal musste sie sich neu sortieren. Jahrzehntelang hatten Tante Hille und ihr Vater sie angelogen. Was wäre bloß gewesen, wenn sie mit Claas etwas angefangen hätte? Hatte er geahnt, dass er ihr Bruder war, und deshalb den Gentest machen lassen? Das Geld hätte er sich sparen können, das war nun überflüssig.

Sie war unsicher, wie er reagieren würde.

Gleichzeitig freute sie sich darauf.

Sehr aufgeregt schlich sie auf den Dünenwind zu. Die Hagebuttenbüsche ums Haus herum wurden hin und her geweht. Die windgeschützte Terrasse war gut besetzt, die Gäste waren gerade vom Strand gekommen und genossen den Kaffee in der Nachmittagssonne. Florian konnte sie nicht entdecken, was in diesem Moment ausnahmsweise mal besser war. Sie musste jetzt mit Claas allein sein. Sie zögerte noch etwas. Er hatte bestimmt gerade viel zu tun. Sollte sie ihn wirklich stören oder noch etwas warten? Nein, er musste sofort wissen, was sie gerade erfahren hatte.

Sie fand ihn in der Küche. Er zog gerade ein Blech mit frischem Kuchen aus dem Ofen. Einen Bruder zu haben, der kochen und backen kann, das hat doch was, dachte sie.

Als er ihr Gesicht sah, ließ Claas vor Schreck fast das Tablett fallen. «Moin, Greta. Ist was passiert?»

Greta wollte antworten, aber ihre Stimme versagte, sie brachte keinen Ton heraus.

«Greta?»

«Ich …» Sie brach ab.

Er nahm sie in den Arm. «Was ist denn?»

«Wir sind Geschwister!», platzte es aus ihr heraus. Dann musste sie weinen.

Claas sah sie irritiert an. «Wie kommst du darauf? Gestern warst du noch der Meinung, dass …»

«Tante Hille hat es mir gebeichtet», unterbrach sie ihn. «Sie hat all die Jahre Unterhalt für dich gezahlt, anstelle meines Vaters.»

Nun war es raus. Für eine Sekunde schien die Erde sich nicht mehr zu drehen. Dann fielen sie sich in die Arme.

«Bruder!» Sie drückte sich fest an ihn.

«Schwester!» Auch Claas konnte nur noch flüstern. Sie blieben eine Weile so beieinander.

«Und Tante Hille wusste es die ganze Zeit?», fragte er nach.

Greta nickte.

«Wieso konnte dein Vater, also *unser* Vater, nicht zu mir stehen?»

Die Frage aller Fragen.

«Da steck ich nicht drin. Ich bin aber froh, dass Tante Hille deiner Mutter geholfen hat.»

Es war auch für Greta ein quälendes Problem: Konnte ihr Papa so verantwortungslos gewesen sein? Das konnte sie sich nicht vorstellen. Sie hatte immer ein gutes Verhältnis zu ihm gehabt, sie waren viel zusammen gereist, auch als sie schon erwachsen war. Er war immer für sie da gewesen. Sie konnte nicht glauben, dass er seinen Sohn hätte hängenlassen. Und doch sah es so aus.

Hand in Hand gingen Claas und Greta ins Kaminzimmer. Bei dem guten Wetter war hier kein Mensch, alles sonnte sich auf der Terrasse. Sie setzten sich auf zwei Sessel vor der kleinen Bibliothek mit den Büchern aus ihrer Buchhandlung. Beide wischten sich erst einmal die Tränen ab.

«Und nun?», fragte Claas.

«Jetzt sind wir eine Familie … Eigentlich weiß ich gar nichts über dich.»

«Geht mir genauso.»

«Wann hast du Geburtstag?»

Claas musste lachen. «Stimmt, so was müssen wir jetzt klären. 22.7., und du?»

«3.8.» Sie nahm seine Hand. «Wehe, du vergisst jemals, mir zu gratulieren.»

«Noch ein Termin», sagte er und verdrehte lächelnd die Augen.

Langsam entspannten sich beide. Obwohl sich alles immer noch fremd anfühlte.

«Deine Nichte Jana kennst du ja schon», sagte sie. «Auf der Eröffnungsparty hast du sogar mit ihr geflirtet.»

«Konnte ich das ahnen?»

Ihr Handy klingelte. «Da gehe ich jetzt nicht ran.»

«Mach ruhig. Je schneller alles wieder normal wird, desto besser.»

Greta hielt das Handy ans Ohr. «Ja?»

«Hallo, mien Deern.» Es war Tante Hille. «Wo steckst du?»

«Bei meinem Bruder Claas.»

«Wie hat er es aufgenommen?»

Greta holte tief Luft. «Ich würde sagen, wir sind beide schwer verwirrt.»

«Kann ich mir vorstellen.» Greta konnte förmlich hören, wie Tante Hille schluckte. Wahrscheinlich kullerten ihr gerade dicke Tränen übers Gesicht.

«Ich war bei Rita», sagte sie. «Die war gar nicht begeistert, dass ich dir alles verraten habe.»

«Was hat sie konkret gesagt?»

«Es war ziemlich seltsam, sie faselte nur von der Schanklizenz, die du für die Buchhandlung nicht besitzt. Ich fürchte, im Inselrat wird sie weiter Ärger machen.»

«Aber wir sind doch jetzt eine Familie!», rief Greta.

«Das ist noch nicht bei ihr angekommen. – Du, ich muss zurück zur Vogelinsel. Ich kann Karen nicht im Stich lassen. Alleine hat sie dort Angst, ist das okay?»

«Klar. Falls es aber noch mehr Familiengeheimnisse gibt, solltest du besser jetzt damit rausrücken.»

«Ich verstehe, dass du sauer auf mich bist. Ich habe einen Fehler gemacht, und zwar einen schweren. Bitte, Greta, verzeih mir. Morgen zur Ratssitzung bin ich wieder da.»

Sie legte auf, bevor Greta etwas sagen konnte.

«Und jetzt?», fragte Claas.

Greta lächelte. «Ja, was macht man denn so, wenn man gerade erfahren hat, das man einen Bruder hat?»

«In Filmen hört es immer mit der Nachricht auf», stellte Claas fest. «Dann kommt der Abspann.»

«Mir kommt es tatsächlich vor wie ein schlechter Film.»

«Komm, es gibt Schlimmeres.»

«Immerhin ist niemand gestorben», stimmte sie ihm zu.

Claas lachte. «Im Gegenteil, jemand ist neu geboren.»

«So neu bin ich auch wieder nicht.»

«Stimmt», sagte Claas grinsend. «Du bist meine *alte* Schwester.»

«Pass bloß auf.»

Sie hielten sich an den Händen und konnten nicht mehr aufhören zu kichern.

30

Am nächsten Tag sollte die gefürchtete Ratssitzung stattfinden, die über Gretas Schicksal entscheiden würde. Tante Hille war zusammen mit Karen zurückgekommen, um sie zu unterstützen. Zwar hatten sie Vogelwart Ralle versprochen, die Insel nicht zu verlassen. Aber die Vögel kamen wohl auch einen Tag ohne sie aus.

Greta war sich sicher, dass sie und ihre Tante sich wieder vertragen würden. Natürlich hatte Tante Hille einen Fehler gemacht, aber das war menschlich und würde sich wieder einrenken. Tante Hille blieb Tante Hille, was sie miteinander verband, reichte viel tiefer. Greta hatte Carola im Vertrauen von den Ereignissen erzählt, und die hatte ihre Aufregung mit den Worten kommentiert: «Wir alle sind immer wieder auf Verzeihen angewiesen.» Da hatte sie recht.

Vormittags war Tante Hille mit dem Auto auf der Insel herumgefahren und hatte mit einigen Leuten vom Inselrat geredet. Gegen Mittag war sie wieder da und ließ sich erschöpft auf den Küchenstuhl fallen. Heute trug sie eine seriöse weiße Bluse mit Perlenkette. Was an ihr irgendwie furchteinflößend aussah – aber so sollte es für die Ratssitzung auch sein.

«Sage mal, was war eigentlich in der Sturmnacht bei dir

los?», fragte Tante Hille ihre Nichte. «Es soll massenhaft Drogen gegeben haben? Es ist die Rede von Gruppensex.»

Greta verzog das Gesicht. «Wer sagt das denn? Das ist absurd.»

Aber sie konnte sich schon denken, wer die Gerüchte gestreut hatte.

«Nur kommt dieser Unsinn genau zur falschen Zeit. Im Inselrat braut sich was zusammen. Rita hat angeblich einen Nachfolger für Hinnerks Kiosk besorgt, der will eine Buchhandlung am Hafen aufmachen.»

Greta bekam eine heiße Stirn. «Das war aber anders abgesprochen.»

«Sind alles auch nur Gerüchte. Selbst Hinnerk weiß nix davon, ich habe ihn schon gefragt.»

«Und jetzt?»

«Jetzt müssen wir da durch.»

Wenn es schiefging und sich die Opposition gegen Bürgermeister Godbersen durchsetzte, musste sie schließen. Und das, nachdem sie so viel Liebe und Arbeit in ihre kleine Inselbuchhandlung gesteckt hatte. Sie rief noch einmal ihren Neu-Bruder Claas an. Beide hatten eine ziemlich schlaflose Nacht hinter sich, das alles musste erst einmal verarbeitet werden.

«Kannst du bei Rita nicht irgendetwas für mich tun?», fragte sie ihn verzweifelt.

«Ich fürchte nicht.» Claas klang betrübt. «Meine Mutter weigert sich, über unseren Vater zu sprechen.»

Greta und er hatten gehofft, dass Tante Hilles Geständnis auch für Rita eine Befreiung gewesen sein könnte und sie im Inselrat ihren Widerstand gegen die kleine Inselbuchhandlung aufgeben würde.

«Und wenn ich noch mal mit ihr rede?»

«Bloß nicht, du bist für sie ein rotes Tuch.»

«Immerhin bin ich deine Schwester.»

«Das macht es noch schlimmer.»

«Warum?»

«Ich steige da auch nicht mehr durch.»

«Bist du wenigstens auf meiner Seite?»

Seine Stimme klang warm. «Was denkst du denn, Schwesterherz?»

Das «Schwesterherz» ging ihr runter wie Öl.

Greta zog ein graues Jackett über ihr weißes T-Shirt, dazu trug sie die Marlene-Dietrich-Hose. Gerade waren neue hochhackige Schuhe aus ihrem Frankfurter Lieblingsschuhladen mit der Post gekommen. Am Strand war damit zwar nicht viel anzufangen, aber für die Ratssitzung waren sie genau richtig.

Am frühen Nachmittag ging sie zusammen mit Jan und Tante Hille viel zu früh in die Altstadt. Jan kam im gewohnten Fischerhemd, Tante Hille hatte über ihre weiße Bluse ein konservatives dunkelblaues Jackett mit goldenen Knöpfen gezogen. Es wirkte wie eine Kampfuniform. Schweigend setzten sie sich auf eine Bank in der Straße. Schon bald eilten Bonbon-Kalle und Schmuck-Dieter vorbei. Normalerweise waren die beiden einfache Verkäufer, aber heute hatten sie bedeutsame Mienen aufgelegt, dazu kamen die neuwertigen ledernen Aktentaschen, die sie in der Hand trugen, bestimmt extra für Ratssitzungen zugelegt. Mit anderen Worten: Niemand war wichtiger als sie.

Greta, Tante Hille und Jan folgten ihnen zum Rathaus,

das wie gesagt schmalste der Republik, was die Insulaner stolz in jedem Reiseführer erwähnten. Die Straßenfront war gerade so lang wie zwei der Kombis, die vor der Tür parkten.

Doch etwas heute war anders als sonst, ganz anders: Vor der Eingangstür stand Antje in ihrem Rollstuhl und blockierte den Zugang. Zu ihrer hellen Sommerhose trug sie eine lila Bluse mit indianisch anmutendem rotem Muster darauf. An die Bluse hatte sie zwei untertellergroße Sticker befestigt, einen mit einem Peace-Zeichen, den anderen mit «Atomkraft – nein danke». Die Sachen hatte sie wohl noch aus den Siebzigern in ihrem Schrank gehabt. Vor ihrem Bauch hing ein Schild: «Hände weg von der kleinen Inselbuchhandlung!» Greta war so gerührt, dass ihre Augen feucht wurden, Tante Hille klatschte laut Beifall und setzte sich spontan zu ihr. «Super, Antje, da hätte ich auch drauf kommen können.»

Bonbon-Kalle und Schmuck-Dieter blieben verdutzt vor Antje stehen. «Wat soll dat denn?», fragte Bonbon-Kalle konsterniert.

«Steht auf dem Schild.»

«Nu lass uns mal durch», meinte Schmuck-Dieter.

«Geht nicht.»

«Wieso nicht?», grummelte Kalle.

«Handschellen.»

Sie deutete mit dem Kopf auf ihre Hände, die mit Handschellen an den Türgriff gekettet waren.

«Wo hast du denn die Handschellen her?», fragte Greta flüsternd.

«Hat Ellen mir geliehen», raunte Antje zurück.

«Und der Schlüssel?»

«Is bei Ellen.»

Greta grinste, die Polizei unterstützte den Aufstand also – sehr gut!

Ratsherr Schmuck-Dieter, der das zum Glück nicht gehört hatte, zückte sein Handy und wählte die Nummer der Polizei. «Das haben wir gleich», murmelte er. Dann bölkte er laut in den Hörer. «Ellen, kommst du mal dringend? Wir haben eine Protestantin vorm Rathaus mit Handschellen. Die musst du sofort abmachen.»

Greta lächelte, die falsche Vokabel «Protestantin» passte eher zu Luther, der bekanntlich seine Thesen an die Schlosskirche genagelt hatte. Vielleicht ein etwas zu großer Vergleich, andererseits konnte man das Schicksal ihrer kleinen Inselbuchhandlung gar nicht hoch genug hängen!

Aus dem Handy kam undeutlich Ellens Stimme, dann legte Schmuck-Dieter auf. «Ellen hat gerade einen Einsatz im Dünengebiet und kann nicht kommen.»

Gute Frau, dachte Greta.

Bonbon-Kalle schaute Antje unschlüssig an: Wie sollte es nun weitergehen?

«Das ist Nötigung», schnaubte Schmuck-Dieter.

«Ja», antwortete Antje ungerührt. Nun wusste er auch nicht mehr weiter. In den nächsten Minuten kamen immer mehr Leute, Ratsdamen und -herren und Freunde und Bekannte von Greta. Vor allem freute sie sich, als Florian herbeieilte. Endlich!

«Tut mir leid, dass ich so spät bin», sagte er keuchend. Sie umarmten sich und gaben sich einen Kuss, der keinem der Umstehenden entgehen konnte, und das war auch okay. Greta nahm seine Hand und ließ sie nicht los. Jetzt fühlte sich alles schon etwas besser an. Bald stand eine größere Menschenmenge vor dem blockierten Rathaus. Statt der ersehnten Polizei wieselte Lokalreporter Brockstedt mit seiner Kamera heran. Den wollten die Ratsherren lieber nicht hier sehen, denn am nächsten Tag würde die Welt womöglich über zwei Amtsträger lachen, die hilflos vor verschlossenen Türen standen. Pastorin Carola segnete Antje im Namen des Sohnes, des Vaters und des Heiligen Geistes. Wiebke und Jan wiederholten zusammen mit Tante Hille, Antje und Greta lautstark im Chor: «Bücher an den Südstrand! Bücher an den Südstrand …»

Aber auch Rita hatte ihre Truppen in Stellung gebracht. Ihre Leute keilten sprachlich etwas sperrig zurück: «Kein Geschäftszentrum am Südstrand!» Meinten die mit Geschäftszentrum etwa ihre kleine Inselbuchhandlung?

Jetzt wurde Greta flau im Magen. Komischerweise war Rita selbst noch nicht erschienen. Ob das ein gutes oder ein schlechtes Zeichen war, vermochte Greta nicht zu sagen. Als Letzter schlenderte Bürgermeister Godbersen zum Schauplatz der Ereignisse. Er sah sich amüsiert um, sprach kurz mit Antje und ging dann zu Jan: «Fragst du bitte bei Ellen nach, wann sie kommen kann? Damit wir anfangen können.»

Jan wandte sich an Greta. «Was meinst du? Soll ich Ellen Bescheid geben?» Greta nickte. Irgendwann musste es ja losgehen.

Eine Minute später raste Ellen mit Blaulicht und Martinshorn herbei und machte Antje los. Greta umarmte Antje und bedankte sich bei ihr für die grandiose Unterstützung. Verstohlen drückte sie auch Ellen zum Dank stumm die Hand, die nickte kurz und grinste.

Dann schritt Greta mit den anderen in den Ratssaal mit einer niedrigen Decke und einem großen länglichen Tisch in der Mitte. Die Einrichtung existierte so seit 1739, die Wände waren vollständig mit Eichenholz ausgeschlagen, die gotischen Fenster waren aus Buntglas und zeigten maritime Motive. An einer Wand gegenüber hing das Inselwappen, ein Löwe in einem offenen Fischerboot, in einer Vitrine stand das Modell einer alten Hansekogge mit vollen Segeln.

Die Ratsmitglieder nahmen am Tisch Platz: Bonbon-Kalle und Schmuck-Dieter gegenüber sowie zwei Feuerwehrleute, die sie von der Nacht des Steinwurfs kannte, plus Oppositionsführer Ede Carstens, der ihr linkisch zulächelte. Bürgermeister Godbersen saß an der Stirnseite. Die Zuschauer gruppierten sich auf unbequemen Holzstühlen mit hohen steilen Lehnen um den Tisch herum.

Greta saß neben Florian, der ihre Hand hielt, was ihr guttat. Im letzten Moment huschte Claas herein. Greta malte ein Fragezeichen in die Luft und formte mit den Lippen den Namen «Rita?». Claas zuckte nur mit den Achseln, er hatte anscheinend auch nichts gehört.

Bürgermeister Godbersen ergriff kraft seines Amtes als Erster das Wort. «Moin zusammen», rief er weihevoll. «Ich eröffne hiermit die Sitzung des Inselrates – Dieter, machst du einen auf Protokollant?»

«Hab ich letztes Mal schon! Kann nicht mal jemand anders …?»

«Deine Schrift können als einzige alle lesen.»

Greta kam sich vor wie in der Grundschule. Dann verlas Bürgermeister Godbersen die Tagesordnung: «Erstens, die Situation der Gullydeckel in den Landgemeinden, zweitens, unsere Sternengucker wollen abends weniger Straßenlicht haben, und zum Schluss ‹Sonstiges›.»

Unter «Sonstiges» fiel anscheinend die Gewerbeverordnung am Südstrand und damit ihre Buchhandlung.

Die Diskussion über die Gullydeckel, die beim Heraushebeln klemmten, verschlief Greta komplett. Sie dachte an den Büchertempel und setzte im Kopf ein paar Charaktere der aktuellen Romane in Momos Amphitheater. Dort war noch genug Platz für viele andere Figuren aus dem Büchertempel. Erst bei den Sternenguckern war sie wieder geistig anwesend. Physiklehrer Dr. Rainer Dau forderte, dass nachts ab zehn in der Hauptstadt alle Straßenlampen ausgeschaltet werden, weil die Hobby-Astronomen sonst nicht ins All schauen konnten. Dass man Lichter ausschalten musste, um mehr zu sehen, ließ sie sich trotz ihrer Sorgen auf der Zunge zergehen. «Ohne Licht stolpern unsere Feriengäste und brechen sich alle Knochen», kam es von Oppositionsführer Carstens. Dem musste auch Bürgermeister Godbersen zustimmen. Die Abstimmung fiel sechs zu eins gegen die Dunkelheit aus. Zwei Tage im Jahr sollte aber alles ausgestellt werden, damit die Hobby-Astronomen ungehindert in die Sterne gucken konnten. Daraus wollte man nach Möglichkeit ein Touristen-Event machen.

Dann folgte endlich «Sonstiges».

«Es geht um die widerrechtlich erteilte Genehmigung für die kleine Buchhandlung am Südstrand», rief Oppositionsführer Ede Carstens angriffslustig. Greta biss sich nervös auf die Lippen.

«Du warst doch selber bei der Eröffnung», erinnerte ihn Godbersen.

Ede Carstens protestierte sofort heftig. «Das war eine offizielle Ortsbegehung im Rahmen meiner Funktion als vom Volk gewählter Ratsherr.»

«Und um dir ein klares Bild zu machen, musstest du sieben Gläser Manhattan trinken und drei Bücher kaufen?», fragte Tante Hille dazwischen.

«Genau das ist das Thema!», rief Ede Carstens. «Die Buchhandlung ist eine unfaire Konkurrenz für Ritas Kneipe! Und das ohne Schanklizenz! Wenn der Laden nicht geschlossen wird, muss Rita dichtmachen. Der Südstrand ist kein Gewerbegebiet und auch kein Veranstaltungszentrum für ungesetzliche Partys wie zur Sonnenwende!»

«Was meinst du mit ‹ungesetzlich›?», rief Greta dazwischen.

«Erstens Drogen, zweitens Orgien!»

Es gab einen kleinen Aufruhr im Saal.

«Lächerlich!», entfuhr es Greta.

«Lüge!», rief Tante Hille.

«Reine Propaganda!», befand Antje.

«Ich bitte um Ruhe!», brüllte Godbersen dagegen an.

Claas meldete sich zu Wort, obwohl er gar kein Ratsherr war. «Ich schlage einen Kompromiss vor: zukünftige Buchlesungen finden in Ritas Kneipe statt, der Verkauf in der Inselbuchhandlung geht weiter – aber ohne Manhattan.»

Eine klare Mehrheit war sofort dafür, damit war die Sache abgeschlossen. Einfach so. Von einer Schließung war keine Rede mehr.

Greta fühlte sich ganz leicht, fast wie beschwipst. Sofort wurde sie von all ihren treuen Mitstreitern umringt, auch ihr Bruder Claas gratulierte herzlich.

«Das feiern wir!», rief Greta.

Sie war so froh, dass sie nur noch quietschen und kichern konnte. Blöderweise musste sich Florian schon wieder verabschieden. Es war irgendwie tragisch. Sie hatte so sehr gehofft, das er heute bei ihr blieb und sie endlich ungestört waren. Normalerweise hätte er auch keinen Auftrag angenommen, aber er sollte ein paar lebenswichtige Blutkonserven für Dr. Sörensen aus dem Kieler Krankenhaus abholen. Die mussten am nächsten Morgen auf der Insel sein, das war ein echter Notfall.

«Ich bin morgen wieder da», versprach er.

Sie küssten sich, und er ging Richtung Hafen, wo sein Wasserflugzeug festgemacht war. Tante Hille verabschiedete sich ebenfalls, sie wollte mit ihrem Börteboot wieder zurück auf die Vogelinsel. Greta zog mit Antje, Ellen und Jan sowie Wiebke, Carola und Bürgermeister Godbersen über die Promenade in ihre kleine Inselbuchhandlung. Sie hätte die Regale einzeln abknutschen können, so glücklich war sie!

Und weil dies eine Privatparty war, griffen die Auflagen des Inselrates auch nicht, und der Manhattan floss in Strömen. Bürgermeister Godbersen gab ihr einen Tipp: «Du machst mit dem Ausschank weiter wie bisher», riet er ihr.

«Rita wird mich genau überwachen», erwiderte sie.

«Kennst du den ‹kalten Pharisäer›?», fragte er grinsend.

«Nein.»

Sie kannte nur Kaffee mit Rum, der mit einer Sahneschicht abgedeckt wurde, damit man den Alkohol nicht roch. Angeblich wurde das mal auf einer Feier mit einem alkoholfeindlichen Pastor ausgeschenkt, der zunächst normalen Kaffee bekam. Als ihm eine falsche Tasse serviert wurde, rief er: «Ihr Pharisäer!» So weit die friesische Legende. Doch den Pharisäer gab es auch in kalter Form.

«Du schenkst Kaffee und Tee in Tassen aus, oder?», fragte Godbersen.

«Ja.»

«In die Tassen füllst du auf Wunsch einfach Manhattan. Von außen sieht das kein Mensch.»

Er zwinkerte ihr verschwörerisch zu – und sie schenkte ihm prompt einen Manhattan in seine Tasse.

Dann stellte Greta die Musikanlage an. Sie tanzten die halbe Nacht durch, nach uralten Titeln aus ihrer Teeniezeit. Schade, dass Florian nicht dabei sein konnte.

31

Am nächsten Morgen kam Claas mit einem Korb voller exquisiter Frühstückssachen zu ihr. Sie wollten ihre Familienzusammenführung mit frischen Meeresfrüchte-Salaten aus Claas' Küche im Strandkorb feiern.

«Hat sich Rita wieder beruhigt?», fragte Greta.

«Nicht wirklich. In der Kneipe sind ihr gestern andauernd Gläser aus der Hand gefallen, sie war wie weggetreten.»

«Kann ich irgendetwas tun?»

«Sie wird sich daran gewöhnen, dass ich jetzt weiß, wer meine Schwester ist.»

«Mir dagegen fällt das nicht so schwer», rief Greta und legte ihren Arm um seine Schulter. «Einen neuen Bruder zu haben, finde ich schön.»

«Geht mir mit meiner Schwester genauso.»

Gretas Handy klingelte, sie schaute aufs Display. «Dr. Sörensen. Was will der denn?» Sie schaute Claas fragend an und nahm ab. «Moin.»

«Ich möchte dich bitten, mit Claas in meine Praxis zu kommen», sagte der Arzt. Es klang ernst.

«Mit Claas?»

«Du weißt doch von dem Gentest, oder?»

«Klar.» Greta blickte zu Claas, der ihr direkt gegenübersaß und aufs Meer guckte. «Das hat sich inzwischen aber erledigt.»

«Wie das?»

«Ich weiß schon, dass Claas mein Bruder ist.»

Dr. Sörensen ließ nicht locker. «So etwas kann man nicht am Telefon verhandeln.»

Greta wollte das Gespräch möglichst schnell beenden, um endlich mit ihrem Neu-Bruder zu frühstücken. «Da gibt es nichts zu verhandeln.»

«Wo seid ihr gerade?»

«In der kleinen Inselbuchhandlung.»

«Okay, ich bin in zehn Minuten da.»

Was hatte der bloß?

«Das war Sörensen wegen des DNA-Tests. Er will mit uns reden.»

«Wir kennen das Ergebnis doch.»

«Er will trotzdem kommen.»

Erst einmal kümmerten sie sich weiter um die tollen Antipasti, die mit arabischen Pasteten gemixt waren, und plauderten über Gott und die Welt.

Wenige Minuten später hielt der Land Rover vor ihnen auf der Promenade. Sörensen stieg aus und eilte auf sie zu. «Moin, Greta, Moin, Claas.» Greta machte ihren Platz im Strandkorb neben Claas frei und setzte sich auf den Stuhl gegenüber.

Sörensen blinzelte sie abwechselnd an. «Ich kenne dich, Claas, und dich auch ein bisschen, Greta. Wie seid ihr auf die Idee gekommen, dass ihr Geschwister seid?»

«Die Mutter von Claas hatte was mit meinem Vater, neun Monate bevor Claas geboren wurde», erklärte Greta.

«Wir sind Halbbruder und Halbschwester.»

Sörensen sah sie empört an. «Halbbruder, was für ein Ausdruck! Als könne man Verwandtschaft durchschneiden und teilen.» Er holte tief Luft. «Ihr wisst es also?»

«Tante Hille hat es mir gestanden. Sie hat sogar Unterhalt für Claas gezahlt.»

Dr. Sörensen klatschte lachend in die Hände. «Hille hat Unterhalt gezahlt? Das wird ja immer besser.»

«Machen Sie sich lustig über uns?», beschwerte sich Claas.

Sörensen zog einen Zettel aus seiner Jackentasche. «Na gut, dann verkünde ich euch jetzt höchst amtlich das Ergebnis der DNA-Analyse, durchgeführt vom Institut in Husum: ‹Es besteht keine Übereinstimmung der eingesandten Proben.›»

Claas und Greta schauten ihn verdattert an.

«Das muss ein Irrtum sein», murmelte Claas.

«Nein, das ist ausgeschlossen. Genetisch gesehen seid ihr Fremde. Ihr könnt offiziell heiraten und zwanzig gesunde Kinder zusammen kriegen.»

Greta verstand gar nichts mehr. «Wie ist das möglich?»

Sörensen zuckte mit den Achseln. «Das ist ein paar Milliarden mal häufiger als andersherum.»

«Und das ist wirklich sicher?», fragte Claas noch einmal nach.

«Absolut! Und was deine Tante gemacht hat, Greta, und warum, geht mich nichts an. Noch Fragen?»

Er stand auf, gab beiden die Hand und ging zu seinem Auto zurück.

Claas und Greta blieben verwirrt zurück. Eben gerade hatten sie noch ihre Verwandtschaft gefeiert, jetzt hatte sich von einer Minute auf die andere alles wieder gedreht.

«Tante Hille hat deiner Mutter Geld gezahlt, obwohl mein Vater nichts mit dir zu tun hat?», fragte sich Greta laut. «Wieso?»

Ein bisschen war sie erleichtert darüber, dass das Bild von ihrem Vater wieder geradegerückt war. Wenigstens das.

Claas überlegte. «Mensch, Greta, das war ein Riesenbetrug!» Er sah entsetzt aus.

Greta kapierte es noch nicht. «Von Tante Hille?»

Claas schüttelte den Kopf. «Nein, von meiner Mutter. Die hat das mit deinem Vater nur behauptet, um an das Geld von Tante Hille zu kommen.»

«Meinst du echt?»

«Was sonst?»

«Vielleicht dachte sie wirklich, dass sie von meinem Vater schwanger war. Und DNA-Tests gab es damals ja noch nicht.»

Claas schaute mit zusammengekniffenen Augen aufs Meer. «Ich zahle das Tante Hille bis auf den letzten Cent zurück.»

Greta legte eine Hand auf seinen Arm. «Lass uns erst mal mit deiner Mutter reden.»

«Mir ist richtig schlecht», flüsterte er.

Claas tat Greta unendlich leid, er sollte das nicht alleine durchstehen müssen. «Ich begleite dich.»

«Das ist nett gemeint, aber das mache ich wohl besser alleine.»

«In deinem Zustand fährst du lieber nicht Auto. Ich bringe dich.»

Sie sprang in seinen klapprigen Toyota, ließ ihn auf dem Beifahrersitz Platz nehmen und gab Gas.

32

Greta hielt am Hafen im absoluten Halteverbot. Sie wusste, dass Ellen Claas' Wagen kannte und ihn sowieso nicht aufschreiben würde.

«Du musst wirklich nicht mit», sagte Claas, als er ausstieg.

«Es geht auch um meinen Vater und Tante Hille.»

«Ich schäme mich so.»

Sie streichelte ihm über den Arm. «Vor einer halben Stunde hat es noch so ausgesehen, als ob mein Vater ein Schwein gewesen wäre. Da habe ich mich auch ziemlich geschämt. Wir können doch beide nichts dafür.»

«Vielleicht gibt es ja eine plausible Erklärung für alles.»

«Wenn es jemand weiß, dann Rita.»

Sie eilten durch die Altstadt, und wieder einmal ging es in ihre Schicksal-Häuserzeile: die Praxis von Dr. Sörensen, das schmale Rathaus und schließlich «Bei Rita». Vor ihrer Kneipe standen heute keine Tische und Stühle auf der Straße. Claas rüttelte an der Eingangstür, sie war abgeschlossen. Sie schauten durch die Fenster, drinnen war niemand zu sehen

«Mitten in der Woche macht sie zu?», sagte Claas. «Das kann nicht sein. In der Saison gibt es normalerweise keinen Ruhetag.»

«Hast du einen Schlüssel?»

«Nee, aber hinten ist auf.»

Sie gingen um das rote Backsteinhaus herum, Claas drückte die Klinke zur Küche, die tatsächlich offen war. Als sie eintraten, wirkte alles kühl, sauber und leer, hier war heute nicht gekocht worden. Claas ging vor in den Gastraum und zuckte zusammen. Auch Greta hatte es sofort entdeckt: Auf dem Tresen stand eine Sammelbüchse von der Gesellschaft zur Rettung Schiffbrüchiger in Form eines Rettungsbootes. Daran lehnte ein weißer Briefumschlag mit der Aufschrift «An Claas und Greta».

Claas riss ihn hastig auf, Greta stellte sich neben ihn, sie lasen zusammen. Es war dieselbe Schrift wie auf der Ansichtskarte mit dem Lavendelfeld.

Mein lieber Sohn,

ich muss Dir etwas gestehen: Ich habe damals Hille Wohlert angelogen, was Deinen Vater anbelangt. Das Geld von Hille habe ich dringend gebraucht, weil der wahre Vater nichts zahlen konnte. Es war Betrug, ich schäme mich in Grund und Boden.

Mama

Claas wurde blass. «Wo steckt sie bloß?»

Greta sah ihn entsetzt an. «Machst du dir ernsthafte Sorgen?»

«Für mich klingt das wie ein Abschiedsbrief.»

«Wir müssen sie suchen!»

Er rannte zurück zu seinem Wagen, Greta kam kaum hinterher. «Sollen wir Ellen benachrichtigen?», fragte sie.

«Noch nicht.»

Im Gegensatz zu Claas behielt Greta einen kühlen Kopf. «Wir teilen uns am besten auf. Ich übernehme die Altstadt zu Fuß, du mit deinem Wagen die Marsch.»

«Okay.»

Greta eilte los und fragte überall: Bonbon-Kalle, Schmuck-Dieter, in den Boutiquen – niemand hatte Rita gesehen. Zwischendurch rief Claas aus der Marsch an, dort war sie auch nicht. Würde sich Rita wirklich etwas antun? Immerhin war gerade ihre große Lebenslüge aufgeflogen, von der sie vierzig Jahre finanziell gut gelebt hatte.

Bei Bürgermeister Godbersen, der gerade auf seinem Kutter herumwerkelte, wurde Greta endlich fündig: «Moin, Godbersen, hast du Rita gesehen?», rief sie.

«Die ist heute frühmorgens mit dem Boot rausgefahren.»

Greta rief Claas an.

«Sie mag das Meer eigentlich nicht», sagte er.

Bemerkenswert für eine Insulanerin, dachte Greta.

«Wusste Godbersen, wohin sie wollte?»

«Nee, er hat keine Ahnung.»

Kurze Zeit später bremste Claas mit quietschenden Reifen am Kai vor Godbersen und Greta. «Ich brauche ein Boot», keuchte er.

«Nimm meins», bot Godbersen an. «Es liegt da hinten am Kai.»

Greta beschloss, auf der Insel zu bleiben und dort weiterzusuchen. Unterdessen raste Claas mit Godbersens kleinem Zweitboot aus dem Hafen. In diesem Moment landete Florian mit seinem Wasserflugzeug vor ihnen, er kam gerade von seiner Tour zum Kieler Krankenhaus zurück. Arzthelferin Andrea aus der Praxis von Dr. Sörensen wartete bereits am Anleger auf ihn und nahm den Koffer mit Blutkonserven entgegen, den er aus Kiel geholt hatte.

Greta eilte zu Florian an die Anlegestelle. Sie hatte nicht einmal Zeit für einen Kuss. «Hast du getankt, Florian?», rief sie.

Er warf einen Blick auf seine Instrumente im Cockpit. «Dreiviertel voll.»

«Rita ist verschwunden.»

Florian verstand sofort. «Dann los.»

Ohne zu zögern, nahm er das Funkgerät in die Hand und meldete sich in Husum bei der Flugüberwachung an. Greta sprang an Bord seiner Maschine und schnallte sich an. Die Propeller wirbelten das Wasser vor ihnen auf, als Florian das Flugzeug übers Meer zischen ließ. Ganz sanft hoben sie ab.

«Nicht zu hoch steigen, bitte», sagte sie. «Sonst sehen wir sie nicht.» Dann berichtete sie in groben Zügen, was passiert war.

Florian überflog die Windmühlen, die einsamen Strände mit den Dünen, sie meinte, ihre Kuhle zu entdecken, in der sie am ersten Inseltag «Momo» gelesen hatte. Dann drehte er eine Schleife über dem Dünenwind und ging im Waldgebiet etwas tiefer. Zwischen den Bäumen war die Lichtung, in der sie ihren Tango getanzt hatten. Rita war nirgends zu sehen.

Florian nahm Kurs aufs Wattenmeer, in dem die Inseln und Halligen wie sattgrüne Perlen schimmerten. Das ablaufende Wasser glitzerte hell, die Ebbe machte unzählige Sandbänke sichtbar. Ritas Boot war laut Godbersens Angaben rot lackiert, das müsste gut zu erkennen sein.

«Da ist sie!» Florian deutete auf eine Sandbank. Tatsächlich sah Greta nun auch das Boot mit dem rotem Rumpf, das auf den Sand geschoben worden war. Rita lag daneben. Waren sie etwa zu spät? Doch dann richtete sie sich auf, um das Flugzeug zu beäugen, das sie umkreiste. Es schien ihr gutzugehen. Florian reichte Greta eine Luftkarte und deutete auf einen Punkt. «Gib Claas bitte unsere genaue Position durch.»

Greta nahm ihr Handy und informierte Claas, dass sie fündig geworden waren.

«Gott sei Dank!» Man hörte fast förmlich durchs Telefon, wie ihm ein Stein vom Herzen fiel.

«Sollen wir runtergehen und sie mitnehmen?», brüllte sie gegen den Motorenlärm an.

«Nee, ich bin mit dem Boot in einer halben Stunde bei ihr.»

«Sicher?»

«Wir haben ablaufendes Wasser, da kann ihr nichts passieren. Ich möchte alleine mit ihr sprechen.»

«Kommst du bei Ebbe überhaupt dorthin?»

«In der Nähe ist ein Priel, der führt genug Wasser.» Zum Glück kannte sich Claas in den Gewässern um die Insel bestens aus.

«Wenn irgendwas ist, meldest du dich, ja?»

«Ja. Und danke, Greta, für alles.»

«Ich wünsche dir, dass ihr einigermaßen wieder zueinanderfindet.»

«Keine Ahnung, was gleich passiert.» Claas legte auf. Greta hoffte für ihn, dass er nun mehr über seinen leiblichen Vater erfahren würde.

«Was wird Tante Hille jetzt wohl wegen des Geldes tun, das sie Rita gegeben hat?», fragte Florian.

Greta lächelte. «Sie hat Claas als eine Art Adoptivsohn angenommen. Er konnte durch sie in gesicherten Verhältnissen aufwachsen. So wie ich sie kenne, wird sie sich darüber auch weiterhin freuen.»

«Kein Groll gegen Rita?»

«Okay, ihr Laden wird wohl nicht ihre Stammkneipe werden.»

Sie schaute hinunter aufs Wattenmeer, das Optimismus und Beständigkeit ausstrahlte. Genau wie Florian, der neben ihr saß.

«Und jetzt?», fragte er.

«Ich habe nichts weiter vor», sagte sie. Erst jetzt fiel ihr auf, dass er zu seinen Jeans das rostrote T-Shirt trug, das ihm so gut stand.

«Tante Hille hat uns eine unbewohnte Insel weiter draußen gezeigt», sagte sie. «Sie ist sehr klein, wird meistens bei Flut aber nicht überspült. Da könnten wir vielleicht unser Picknick vom Waldsee fortsetzen.»

«Superidee! Ich habe noch eine halbe Packung Käsecracker und eine Thermoskanne mit Tee an Bord.»

«Klingt perfekt.»

In diesem Moment wurde ihr klar, dass sie das erste Mal wieder in einem Flugzeug saß, sogar in einem winzig kleinen – und sie fühlte sich großartig. Unglaublich, sie saß neben Florian und konnte wieder fliegen! Offensichtlich hatte sich der Knoten in ihrem Kopf gelöst.

Florian landete neben einer kleinen grasbewachsenen Mini-Insel im Wasser, sie besaß einen Sandstrand und war höchstens so groß wie ein Volleyballfeld. Sie kletterten aus der Maschine, Florian befestigte das Flugzeug an einem Anker, den er aus dem Gepäckfach zog.

«Ich möchte dich jetzt gerne lieben», sagte er.

«Und ich dich.»

Es machte sie sehr an, dass er es direkt aussprach. Sie druckste trotzdem noch etwas herum. «Ich weiß, es klingt lächerlich, aber ich fühle mich hier irgendwie beobachtet.»

Florian schaute sich nach allen Seiten um. «Ich sehe niemanden, bis auf die Möwen dahinten.»

«Und wenn plötzlich jemand mit einem Flugzeug kommt?»

«Das hören wir rechtzeitig.»

«Ich bin da etwas komisch.»

Florian hob lächelnd den Zeigefinger und ging erneut zum Gepäckfach. «Dagegen habe ich was.» Er zog ein zusammengeschnürtes Paket heraus.

«Was ist das?», fragte sie erstaunt.

«Manchmal muss ich irgendwo übernachten und habe keine Lust, extra in ein Hotel zu fahren. Dann baue ich mein kleines Superzelt neben dem Flugzeug auf.»

Er löste zwei Riemen und warf es auf die Insel. Es ploppte nach allen Seiten auf, dann stand tatsächlich ein echtes Igluzelt vor ihr. Und zwar mitten auf dem weichen Strand, der von der Sonne gut vorgewärmt war.

«Willkommen im Hotel ‹Florian›. Kann ich sonst noch was für dich tun?», fragte er lächelnd.

«Ja, herkommen.»

Sie krabbelten hintereinander in den Zelteingang, sie zuerst.

Drinnen küssten sie sich ganz vorsichtig und sehr, sehr lange. Dann zog sie ihm wortlos das T-Shirt aus und er ihres. Er streichelte ihren Hals und ihre Brüste, zog sie zu sich, und sofort lief ihr ein Schauer über den Rücken. Wie damals auf der Tangowiese.

Sie ließen sich viel Zeit, erkundeten ihre Körper und lösten kaum ihre Lippen voneinander. Bis sie es beide nicht mehr aushalten konnten und so wild miteinander wurden, dass es fast ein bisschen wehtat. Der Schweiß schoss aus ihren Poren, und ihre Herzen pochten so laut, dass sie es hören konnte. Obwohl ihnen sehr heiß war, blieben sie eng beieinander liegen. Draußen schlugen die Wellen an die Wasserkante, und ein sanfter Wind strich ums Zelt. Diese Nähe wollten sie nie wieder hergeben.

Föl Thoonk

Zuallererst föl thoonk an euch, meine Leserinnen und Leser! Ihr inspiriert und motiviert mich immer wieder aufs Neue, es ist eine große Freude, für euch zu schreiben!

Darüber hinaus gilt mein ganz besonderer Dank einigen Buchhändlern:

Jürgen «Bubu» Huß von der Inselbuchhandlung «Bubu» in Wyk auf Föhr, der mich auch bei diesem Buch wieder unterstützt hat, wo er nur konnte. Und Kirsten Müller von der Wyker (Insel-)Buchhandlung.

Sowie Annerose Beurich, kreative Inhaberin der einzigartigen Hamburger Buchhandlung «Stories» mit dem ganz besonderen Innendesign. Ich war der erste Autor, der dort zu einer Lesung eingeladen wurde, seit «Oma ihr klein Häuschen» stelle ich bei ihr all meine Romane vor, was jedes Mal eine große Freude ist.

Und Natalia und Lutz Heimhalt, Buchhändler bei mir im Viertel, u. a. für all ihre Infos zum Buchhandel und den ein oder anderen ukrainischen Wodka. Ihre Buchhandlung (mit Antiquariat) kommt meiner erdachten am Südstrand der Insel sehr nahe.

Großer Dank gilt wie immer meinem Agenten Dirk Meynecke, meinem Berater und Komplizen, mit dem ich nicht nur Projekte aushecken, sondern auch herrlich philosophieren und lachen kann.

Föl thoonk an die grandiose Crew im Rowohlt Verlag:

Marcus Gärtner, der mich vor Jahren in den Verlag geholt hat und mich seitdem loyal, kompetent und freundschaftlich begleitet, von ihm stammen übrigens die meisten Buchtitel meiner Romane,

Katharina Schlott, meine wunderbare Leib-und-Magen-Lektorin seit fast einem Jahrzehnt, wir atmen praktisch im selben Takt.

Grusche Juncker, freundschaftlich und kompetent, die mit mir u. a. die tiefe Überzeugung teilt, dass Berlin-Spandau ein Sehnsuchtsort ist. Was mehr bedeutet, als es auf den ersten Blick erscheint.

Katharina Dornhöfer, die humorvolle und hochkompetente Leiterin von Rowohlt Polaris.

Anne-Claire Kühne, toughe und herzliche Pressesprecherin, die in Hamburg auch das versteht, was Norddeutsche nicht aussprechen.

Lisa-Marie Paesicke, die meine Lesungen perfekt organisiert, ebenfalls sehr tough und immer freundlich.

Und alle anderen im Verlag, die ich nicht persönlich kenne, die aber alle viel für mich tun.

Föl thoonk an meine Autorinnenkolleginnen Gabriella Engelmann und Corinna Hessel sowie die Krimi- und TV-Kollegen Hendrik Berg und Frank Hemjeoltmanns.

Und last, but not least: Dank an Bente, Maite und Tammo.